ULLSTEIN

DAS BUCH

»Das natürliche Ende einer Ehe ist der Tod«, pflegte Oskar Bertram, ordentlicher Professor für Familienrecht, zu sagen. Wiepe nimmt das wörtlich. Bis zu ihrem fünfzigsten Lebensjahr ist sie der Reihe nach Tochter des Ornithologen Kleiner, Frau des Juristen Bertram, Mutter ihrer Töchter Barbara und Jenny. Die Witwe Bertrams aber wird sie nicht. Sie streift die Vergangenheit ab wie einen Kokon und tut fortan, was ihr Spaß macht: betätigt sich im Kunsthandel, fährt ein schnelles Auto, reist an den Pazifik, an die Wasserfälle Tennessees, nach Paestum, wird für eine Spielzeit die Geliebte von Markus, dem Regisseur. So lebt sie zehn Jahre. Dann weiß sie, daß sie todkrank ist. Sie ist allein, aber nicht einsam. Sie hat gehabt, was sie haben wollte. Nun hüllt sie sich in ihre Erinnerungen wie in einen Kokon, macht keinen Unterschied zwischen Lebenden und Toten. Noch einmal versammelt sie alle um sich, die ihr etwas bedeutet haben. Mit ihnen verbringt sie »die Zeit der Leoniden«, die letzten Wochen ihres Lebens.

DIE AUTORIN

Christine Brückner, am 10.12.1921 in einem waldeckischen Pfarrhaus geboren, am 21.12.1996 in Kassel gestorben. Nach Abitur, Kriegseinsatz, Studium, häufigem Berufs- und Ortswechsel wurde sie in Kassel seßhaft. 1954 erhielt sie für ihren ersten Roman einen ersten Preis und war seitdem hauptberufliche Schriftstellerin, schrieb Romane, Erzählungen, Kommentare, Essays, Schauspiele, auch Jugend- und Bilderbücher. Von 1980–1984 war sie Vizepräsidentin des deutschen PEN; 1982 wurde sie mit der Goethe-Plakette des Landes Hessen ausgezeichnet, 1990 mit dem Hessischen Verdienstorden, 1991 mit dem Bundesverdienstkreuz 1. Klasse. Christine Brückner war Ehrenbürgerin der Stadt Kassel und stiftete 1984, zusammen mit ihrem Ehemann Otto Heinrich Kühner, den »Kasseler Literaturpreis für grotesken Humor«.

Christine Brückner

Der Kokon

»Die Zeit der Leoniden«

Roman

Ullstein

Ullstein Taschenbuchverlag 2000
Der Ullstein Taschenbuchverlag ist ein Unternehmen der
Econ Ullstein List Verlag GmbH & Co. KG, München
1. Auflage

Umschlagkonzept: Lohmüller Werbeagentur
GmbH & Co. KG, Berlin
Umschlaggestaltung: Morian & Bayer-Eynck,
Coesfeld
Titelabbildung: Gemälde von Curt Herrmann
Archiv für Kunst und Geschichte, Berlin
Gesamtherstellung: Ebner Ulm
Printed in Germany
ISBN 3-548-24944-2

Inhalt

Glaucidium passerinum oder die niedliche Sperlingseule

Der Knopf, den Wiepe Bertram in ihrer linken Manteltasche trägt, ist aus graugelbem Horn und hat vier Einstechlöcher. Unverändert, nicht blanker, nicht matter geworden, obwohl sie ihn seit neun Jahren mit sich herumträgt und häufig zwischen Daumen und Zeigefinger reibt. Genauer seit neun Jahren, zwei Monaten, vier Tagen. Nicht daß sie die Tage zählte, die Wochen, Monate. Sie gehört nicht zu den Frauen, die ein Kalendarium ihrer eigenen Vergangenheit mit sich herumschleppen. Aber ohne Daten kommt der Erzähler nicht aus. Damals starb der Besitzer jenes Mantels, zu dem der Hornknopf gehört hat. Sie fand den Knopf, als sie vom Friedhof zurückkehrte; er lag auf der Messingschale, in die beide ihre Schlüssel zu legen pflegten, auf dem Tisch unter dem Spiegel im Korridor. Ihr Mann hatte sie zwei-, wenn nicht dreimal gebeten, diesen Knopf an seinen Überzieher zu nähen. Ein Kamelhaarmantel, zu jugendlich, zu wenig seriös für seinen Träger. Sie hatte es nicht getan. Nicht aus Opposition. Sie opponierte nie. Sie hatte es vergessen, die Mahnungen überhört, es war ihr nicht wichtig gewesen; es war Frühsommer, er trug den Mantel nicht. Nach ihrer Rückkehr vom Friedhof fand sie den Knopf in der Schale und tat ihn in die eigene Manteltasche. Ein schwarzer Seidenmantel, wie ihn Professorenwitwen zu Beerdigungen tragen.

Als die Schwägerin jenen Kamelhaarmantel für ihren Mann, den ältesten Bruder des Verstorbenen, beanspruchte, kam die Rede auf den fehlenden Knopf. Der Knopf muß doch da sein! Der Mantel ist doch wie neu! Nähst du die Knöpfe nicht nach, bevor du ein neues Stück benutzt? Nein. Jedesmal nein, sie nähte keine Knöpfe an, die noch nicht abgerissen waren, sie hatte den vermißten Knopf nicht. Sie sagte das, ohne zu lügen. Der Mantel, den der Schwager erben sollte, und jener Knopf in der Tasche ihres Witwenmantels waren zwei Dinge, die nichts mehr miteinander zu tun hatten.

Wechselte sie die Mäntel, dann räumte sie den Inhalt der Taschen um. Oft vergaß sie den Knopf. Monatelang. Fand sie ihn dann wieder, im Wintermantel, im Regenmantel, rieb sie ihn zwischen Daumen und Zeigefinger und erinnerte sich. Gelegentlich warf sie ihn in die Luft, fing ihn wieder auf, mal mit der rechten, mal mit der linken Hand, als Kind war sie linkshändig, fiel er zur Erde, ließ sie ihn liegen, um ihn endlich los zu sein, kehrte dann doch um, hob ihn auf, säuberte ihn, tat ihn zurück an seinen Platz. Also doch so etwas wie ein Talisman. Es ist deshalb so überraschend, weil sie nur selten etwas knöpft. Sie hüllt sich ein, in Capes, in Schals, in Umschlagtücher, als ob sie leicht fröre.

Wenn man den Knopf in ihrer Manteltasche finden wird, eines vielleicht nicht allzu fernen Tages, irgendwer, die Töchter sind schwer zu erreichen, sie werden es nicht sein, wird man feststellen, daß er nicht zu dem Regencape gehört, in dessen Tasche er sich zur Zeit befindet. Ein einzelner Knopf, nichts weiter, man wird ihn wegwerfen, zum Müll.

Wird ihn dann wegwerfen. Noch befindet er sich in der linken Tasche ihres Capes, das sie jetzt an einen Nagel hängt; das Wetter ist überraschend schön und beständig. Ein Knopf, der seine Funktion verloren hat, aber das letzte sichtbare, anfaßbare Stück aus dem Besitz ihres Mannes. Und das nach zehn Jahren. Nicht einmal volle zehn Jahre nach seinem Tode. Natürlich gibt es noch seine Bücher. Veröffentlichungen zum Familienrecht. Beiträge in Festschriften für alte, zu ehrende Kollegen. Sonderdrucke. Vornehmlich über die rechtliche Stellung des unehelichen Kindes, über Vormundschaftsfragen. Themen, die ihn bei unterschiedlicher Rechtsauffassung jahrzehntelang interessiert haben. Bücher in Bibliotheken, mit Stempeln und Nummern versehen, sein Name auf dem Titelblatt, in den Karteien, ungezählte Male sein Name, Bibliographie seiner Werke. In einer der älteren Ausgaben von *»Who's who«* auch seine Biographie, ebenso in Kürschners Gelehrtenkalender. Jenny, die jüngste Tochter, hat eigens die ganze Familie in die Universitätsbibliothek von Los Angeles getrieben, sogar Baby Gloria, alle mußten mit, eilten durch die Gänge, fuhren in Fahrstühlen, irrten umher, die unermüdliche Jenny immer vorweg, bis sie den richtigen Karteikasten hatte und ihn hervorzerrte, vorher Baby Gloria auf die Karteiwand setzte, die Kärtchen durchblätterte und flüsterte und zischte, *your grandfather* Bertram, *you know, mother's daddy! Daddy*, jetzt meinte sie Mike, ihren Mann, *look at that, here it is, one, two, three, four books, all in this library, dear!* Hast du das gewußt, das galt der Mutter, die dabeistand und versuchte, an »Bertram, Oskar« zu denken, und der nichts weiter einfiel als jener Satz, mit dem er sein Kolleg über das Scheidungsrecht zu beginnen pflegte: »Das natürliche Ende einer Ehe ist der Tod.« Hast du das gewußt, Ma? Kommentare zu einem neuen Ehegesetz, das ist neununddreißig erschienen, unter besonderer Berücksichtigung der Nürnberger Gesetze, *that's terrible, isn't it*, warum hat man das nicht entfernt, er war kein Nazi, sag Mike, daß *grandfather* Bertram kein Nazi war, Ma! Dann in den Lesesaal und Jennys erneute Entrüstung. In den beiden letzten Ausgaben von *»Who's who«* fehlte *grandfather* Bertram. Bertram, Oskar wurde nicht mehr erwähnt! August in Los Angeles. Und die Kinder quenglig und Jenny mit ihrem permanenten *did you enjoy it, Ma*?

Mehrere Düsenflugzeuge durchbrechen die Schallmauer. Die Fensterscheiben klirren, die Luft erzittert. Bei einem solchen Knall erinnert sich Wiepe an

Jenny, deren Mann bei der Air Force gewesen ist und jetzt etwas mit der Raumfahrt zu tun hat. Was, das hat sie sich nie merken können. Er fliegt, pflegte sie zu sagen, und Mike verbesserte sie geduldig und jedesmal, ich fliege nie, Wiepe. Er spricht das wie Weib aus. Du solltest Dir das unbedingt ansehen. *O what a lovely war*, stand in Jennys letztem Brief, und sonst das Übliche. Wir sorgen uns um Dich! Der Gedanke, daß Du da allein haust, belastet uns! Warst Du beim Arzt?! Du bist nicht mehr die Jüngste! Warum erwähnst Du nie Deine finanzielle Lage?! Und so weiter. Jeder Satz mit einem Ausrufungszeichen, und um es dringlich zu machen, mindestens eine Unterstreichung je Satz. Sie wußte, daß es schwer war, die Aufmerksamkeit der Mutter zu gewinnen.

Es ging Jenny nicht so sehr darum, daß die Mutter allein hauste, wie sie das nannte, sondern es ging hier mehr um die Belastung, die Sorge, die sie ihr, der Tochter, auflud. Sorge, Belastung, das waren Worte, die in allen Briefen wiederkehrten, kräftig unterstrichen, scheinbar liebevoll-eindringlich.

Wiepe beschloß, ihrer Tochter zu erklären, warum sie so lebt. Daß es die Lebensform ist, die sie für sich als richtig erkannt hat. Sie sucht Briefpapier, wählt einen grauen Karton, den sie zurechtschneidet. Sie schreibt am liebsten auf dicke, rauhe Kartons. Dieser ist schiefergrau. Sie nimmt eine Feder, stellt die Tusche bereit, setzt sich auf die Kante eines Gartenstuhls, legt den Karton auf dem Tisch zurecht und schreibt in die linke obere Ecke in großen Sütterlinbuchstaben Jenny. Sie liebt Markierungen, wechselt, nur scheinbar willkürlich, den Schrifttyp, setzt zwischen eine wohlgerundete Antiqua gern die scharfkantige Sütterlinschrift. Diesmal also in Versalien Jenny, ohne ein einführendes »liebe« davor oder *»dear«*. Der Gedanke, daß Jenny diesen Brief wiegen wird und das Porto nachrechnen, die Briefmarken zählen und ihr dann im nächsten Brief mitteilen, wieviel Geld sie hätte sparen können, wenn sie Luftpostpapier und Luftpostumschlag genommen hätte, und wie Jenny abends zu Mike, wenn sie zusammen auf der *porch* sitzen, sagen wird, *look at that! That's typical!* Ich mach' mir wirklich Sorgen! Sie kann einfach nicht mit Geld umgehen!

Die Vorstellung, wie dieser Brief empfangen werden wird, lähmt bereits ihren Entschluß, ihn zu schreiben. Die Tusche trocknet ein, bevor sie das nächste Wort begonnen hat. Sie sieht in den Himmel, sitzt wie immer bei gutem Wetter auf ihrem Dachgarten. Sie taucht die Feder erneut ins Glas, als eine Taube den Flug übers Dach zu tief ansetzt, fast den Kopf der Schreiberin streift, ausbiegt, spontan reagiert und auf den schiefergrauen Karton kleckst. Mit überraschend gutem Gefühl für Proportionen teilt sie den Bogen im Sinn des Goldenen Schnitts. Eine ungewöhnlich große Portion für eine städtische Taube, nur erklärbar, weil Sonntag ist, kurz nach der

Kirchzeit, die beste Stunde für Tauben. Viel Kalk darin, also nahezu weiß. Die Schreiberin blickt der Taube nach, die sich auf einer nahen Regenrinne vom Schrecken erholt. Wiepe streicht sorgfältig den Rest Tusche aus der Feder, verteilt den Taubenkot zu schönen dekorativen Bogen und Schnörkeln, läßt kleine Erhebungen stehen, nach Art eines Pollock oder Henri Michaux, und schreibt mitten in die weißen Schwünge hinein, jetzt wieder mit Tusche, *I enjoyed it,* und fügt hinzu, was sie auf die penetranten Erkundigungen von Tochter Jenny, ob sie eine Sache genossen habe – *did you enjoy it, dear?* –, zu antworten pflegte: *Ever so much.* Sie läßt den Bogen trocknen, hält ihn eine Weile in die Mittagssonne, die erst einen Teil des Dachgartens erreicht hat, und räumt ihn dann beiseite, vergißt ihn, denkt vermutlich, falls sie überhaupt noch einmal an den Vorsatz denkt, daß sie an Jenny geschrieben habe, da sie es ja vorhatte. Gestern. Heute, morgen. Ihr Gefühl für Zeit war nie gut entwickelt, sie verwechselte mehr denn je Geplantes mit Geschehenem. Wünsche, selbst unerfüllt gebliebene, tut sie zu den Erinnerungen, kramt sie gelegentlich hervor, behandelt sie dann durchaus gleichwertig. In den nächsten Tagen bleibt es ruhig in den Lüften, kein Flugzeug erinnert sie an die Air Force, an Mike, an Jenny, an den Vorsatz, einen beruhigenden, klärenden Brief an die sich sorgende Tochter in Kalifornien zu schreiben.

Es ist anzunehmen, daß dieser graue Karton irgendwann doch noch in Jennys Hände kommen wird und daß sie dann zu ihren *friends* sagt, es sei eine der letzten graphischen Arbeiten ihrer Mutter, ihr, der Tochter, gewidmet. Sie war eine Künstlerin! *She was happy!* wird sie sagen. *She enjoyed her life! Ever so much.*

Wiepe. Der Name muß erklärt werden. Es ist kein Taufname. In den Registern jener Standesämter, mit denen sie im Laufe von sechzig Jahren zu tun hatte, und auf polizeilichen An- und Um- und Abmeldeformularen, von denen sie ebenfalls zahlreiche ausgefüllt hat, steht nicht Wiepe, sondern Gudula. Auch schön, auch passend, aber sie hört nicht darauf. Ihr Großvater war Förster, Oberförster sogar, aber kein Schreibtischmann, sondern noch ein Waldgänger. Der Sohn studierte Zoologie, nahezu zwangsläufig; eine Verbindung von Wissenschaft und Natur mußte gefunden werden, erblich war die Oberförsterei nicht und der Sohn nicht von guter Gesundheit, also studierte er Zoologie, spezialisierte sich später auf Vögel. Ein Ornithologe. Nie Ordinarius, nicht einmal ordentlicher Professor. Privatdozent, oft ohne Lehrauftrag. Ein Sonderling. Ein Vogelsteller. Das Haus, glücklicherweise am Stadtrand gelegen, glich einer großen Voliere, erst recht der Garten. Er betrieb Verhaltensforschung, so würde man das heute nennen, das Wort kam erst später für diesen Zweig der Wissenschaft auf. Er ging nicht exakt vor, war kein Systematiker, er war ein Liebhaber, ein ungeduldiger dazu. Er machte nicht einmal regelmäßig Aufzeichnungen über seine Beobachtungen. Für Außenstehende unterhielt er einen privaten Zoo, in dem er vornehmlich heimische Vögel unter leidlich günstigen Bedingungen gefangenhielt. Soweit seine Frau es zuließ, bezog er die Vögel in das Familienleben mit ein. Die Strenge seiner Frau wurde durch ihre Abhängigkeit von ihm gemildert, was dem Bestand einer Ehe so gut tut: wirkliche Abhängigkeit, und sei sie finanzieller Art. Ihre Abneigung gegen das Viehzeug staute sich, kam mitunter unvermutet zum Ausbruch und kostete einem der gehüteten Vögel das Leben, einer Gans zum Beispiel, nicht zu Martini oder zu Weihnachten, wenn das Bedürfnis, Gänse zu rupfen und zu braten, andere Frauen überkam, sondern irgendwann im Frühling, wenn sie zu schreien anfingen, mit gereckten Hälsen hinter den Gittern standen und schrien, Pfeifgänse übrigens, keine gewöhnliche deutsche Hausgans oder polnische Mastgans. Auch die Tauben waren gefährdet, sie verwandelten sich in eine kräftige Brühe, gebraten kamen sie nicht auf den Tisch, selbst Wiepes Mutter war, soweit es ihre herrschsüchtige Natur zuließ, ihrem Mann untertan.

Das Kind Gudula wuchs zwischen dem Vogelvieh auf, ein kleines spillriges Wesen, das nicht fliegen konnte. Der Vater beobachtete eines Morgens, als er sich mit den beiden Dohlen abgab und ihre beiderseitigen Verbeugungen studierte, daß die winzige, knapp dreijährige Gudula auf einem Mäuerchen, nicht hoch, knappe zwei Meter höchstens, aber doch zu hoch für so ein kleines Mädchen, stand, mit den Ärmchen wedelte, sich auf die Spitze ihrer roten Lackschühchen stellte und anfing zu flattern, das Hälschen gereckt. Er beobachtete ihre Versuche mit Interesse. Möglich, daß er damit rechnete, daß seine Tochter fliegen konnte, warum schließlich nicht, warum sollte die menschliche Unvollkommenheit ewig unwandelbar sein. Er sah zu, wie sie das Gleichgewicht verlor und verschwand. Es blieb still. Weder ein Triumphgeschrei, wie es seine Gänse ausstießen, noch ein kindliches Wehgeschrei erhob sich. Da er sie am Himmel nicht sah, mußte sie hinter der Mauer liegen. Dort befand sich unglücklicherweise ein Wassergraben, den er für die Enten hatte anlegen lassen, trüber Modder. Er ging und sah nach. Die roten Lackschühchen schwammen mit den Sohlen nach oben auf dem Wasser. Das Kind hing kopfunter daran. Er zog es heraus, ließ das Wasser aus dem Mäulchen rinnen, behandelte sie, wie er eine ertrunkene Ente behandelt hätte, also richtig, und trug das federleichte, übelriechende Ding ins Haus und überließ das Weitere seiner Frau.

Das kleine Mädchen war vernünftig, es versuchte kein zweites Mal zu fliegen, behielt aber die Angewohnheit bei zu wippen. Sie stellte sich auf die Zehenspitzen, ließ sich auf die Fersen fallen, wippte auf und ab, wenn sie überhaupt am Fleck blieb. Wäre sie ein Vogel gewesen, hätte sie zu den Stelzen gehört, zu den Läufern unter den Vögeln.

Fünfzig Jahre später sah sie in Arizona die *roadrunners,* diese hochbeinigen grauen Vögel, die mit erhobenem Haupt die einsame Wüstenstraße entlangrannten. In Santa Fé hat sie sich einen Ring gekauft, in einem der *gift shops* der Indianer, sie hatte zwei Stunden Aufenthalt, fuhr dann mit dem nächsten *Greyhound Bus* weiter. Den Ring trägt sie seitdem am kleinen Finger der rechten Hand, ein plumper Silberring, in dessen flaches Oval ein *roadrunner* eingraviert ist. Als Jenny ihn sah, nahm sie ihn zum Anlaß, der gesamten Familie eine Lektion über dieses Symbol der Pueblo-Indianer zu erteilen. Sie beschäftigte sich gerade mit indianischer Kunst, vornehmlich mit Weberei, zeigte ihnen Abbildungen. Hörst du mir auch zu, Ma, deinetwegen erzähle ich das! Sie war Lehrerin an einer *high school.* Zunächst nur für Deutsch, später auch für Englisch, sprach längst ein besseres Englisch als Mike, korrigierte ihn häufig, was er sich gefallen ließ. Er war der gutmütigere; er war abhängiger von ihr als sie von ihm. Sie hatte im ersten Ehejahr herausgefunden, was andere Frauen in einem ganzen Eheleben nicht lernen, daß man einen Mann abhängig machen muß, möglichst von Tisch und Bett. In jedem Fall aber von einem von beiden. Sie hatte ihn überzeugt, daß sie besser kochte als alle anderen Frauen ihres Viertels. Sie gab ihm keine Gelegenheit auszuprobieren, ob andere

Frauen im Bett besser waren als sie. Er war ausgelastet. Er verließ niemals hungrig das Haus.

Jenny gab einen Abendkurs in der Volkshochschule. Lebensfragen der Frau. Eines Abends nahm sie ihre Mutter mit, stellte sie vor, *my German mother,* unterbrach mehrmals ihren Vortrag, um sich die Richtigkeit ihrer Behauptungen bestätigen zu lassen. Dazu bedurfte es nur eines Nickens. Jenny hatte die Vorliebe für Sprichwörter von ihrem Vater geerbt. Wiepe erinnerte sich, daß auch dieses zu seinem Zitatenschatz gehört hatte: »Ist das Brot so gut, oder bin ich so hungrig?« Sie gab als Quelle ihren Vater an, den deutschen Professor für Familienrecht, was ihre besondere Kompetenz in Familienfragen noch zu heben schien. Sie machte eine saubere Textauslegung, sie übertrug das Sprichwort sachlich und ohne Hemmungen auf alle Gebiete des täglichen Lebens, nahm das genannte Beispiel Brot symbolisch, landete unweigerlich beim Bett und endete mit: Schikken Sie Ihren Mann nicht hungrig auf die Straße! Auf der Heimfahrt saß Jenny am Steuer, die Zigarette im Mundwinkel. Meeresleuchten, zum erstenmal sah Wiepe das: phosphoreszierendes Licht, kleine Tierchen im Tang, in den Algen. Plankton. Mike erklärte es ihr noch am selben Abend. Der Mond im ersten Viertel hing noch an den Zähnen des Gebirgskammes, kam dort nicht los. Sie hörte nicht hin, Jenny sprach die ganze Zeit. Sie redete immer zuviel. Wiepe sagte nicht mehr als Oh oder Ah oder machte einfach nur ihr Hmhm, von dem nie jemand herausbekommen hat, ob es Ablehnung oder Zustimmung bedeutete. Das ging eine ganze Weile gut, bis Jenny die Stimme hob: Ich sagte, Vater ist doch bei dir auch nicht auf seine Kosten gekommen! Da sie eine Pause machte, hatte die Mutter den Eindruck, daß sie antworten müßte. Sie hatte den Zusammenhang verloren und fragte daher, um welche Kosten es sich handele. Ma! Tu doch nicht, als verständest du mich nicht! Als Mann! Auf sexuellem Gebiet! Er war doch unbefriedigt, das sah doch jedes Kind, Barbara und ich doch auch. Wiepe machte Oh, und Jenny fragte, ob das alles sei, was sie dazu zu sagen hätte. Ein schlichtes Ja von seiten Wiepes. Es ist sehr schwer, mit dir zu sprechen, Ma! Du mußt nicht, Jenny, und schon gar nicht über deinen Sex. Es ist nicht mein Sex, Ma!

Im selben Augenblick erinnerte Wiepe sich einer Szene, die sie längst in allen Abgründen des Vergessens wähnte. Es mußte im November 1946 gewesen sein, sie hatten eine Notwohnung bezogen, waren wieder alle zusammen. Sie hatte einen Radiergummi gesucht und nach der erstbesten Schulmappe gegriffen, es war Jennys. Sie meinte, das Etui mit den Bleistiften und Füllern in der Hand zu halten, es war jedoch ein Paket mit amerikanischer Beschriftung. Sie stutzte.

Um es hier nicht unnötig auszudehnen, es wird an

anderer Stelle vielleicht noch einmal davon die Rede sein müssen: es handelte sich um eine Großpackung Präservative. Die nicht ganz ahnungslose Wiepe – sie kannte das Wort nicht, war aber voller Arg – ging damit zu Bertram und fragte: Was ist das? Er erklärte es ihr, so gut er konnte, sein Vokabelschatz auf diesem Gebiet war nicht groß. Sie saßen und beratschlagten. Sie wußten nichts von dem schwarzen Markt, den ihre Tochter Jenny betrieb, vierzehnjährig. Sie wußten noch nichts von Mike, der keine drei Kilometer Luftlinie entfernt stationiert war. Sie wußten von nichts etwas. An jenem Abend wurde das und vieles andere von Vater Bertram im Kreuzverhör in Erfahrung gebracht. Am nächsten Tag trat Mike zur Zeugenvernehmung an. Alles in allem eine böse Sache, was auch passiert oder nicht passiert sein mochte. Mike wurde wenig später entlassen, ging zurück in die USA und bezahlte getreulich seine Schuld mit Carepaketen ab, und Jennys Eltern würgten an ihrem Rührei aus Ei- und Milchpulver. Jenny war jahrelang der wahre Ernährer der Familie. Ihre Mutter gab sich Mühe, die amerikanischen Nahrungsmittel so auf den Tisch zu bringen, daß ihre Herkunft nicht gleich kenntlich war, ähnlich wie ihre Mutter das im Steckrübenwinter des Ersten Weltkriegs mit den heimlich geopferten Tauben tat. Sie machte aus dem Corned beef eine kräftige Gemüsesuppe, mit Wirsing aus ihrem gepachteten Garten, aber man mußte immer damit rechnen, daß Jenny sagte, das ist doch wieder aus Mikes Paket! Die Erinnerung an Mike wurde wachgehalten.

Von *sex-life* hatte Wiepe an jenem Novembertag mehr erfahren als in Jahren zuvor. Jenny reagierte mit Wut. Daß sie jähzornig war, hatten die Eltern bis dahin nicht geahnt. Sie schrie. Tut bloß nicht so! Ihr habt mich auch nicht anders gemacht als andere Eltern ihre Kinder.

Bertram und Wiepe sahen sich an, und Bertram sagte etwas, was sie ihm nie vergessen hat: Doch, Jenny, ganz anders.

Zu Wiepes Vorzügen gehörte, daß sie nie das letzte Wort haben wollte. Sie schwieg trotz dieser Erinnerungen. Aber auch das war nicht recht. Jenny murrte, hatte aber erreicht, daß ihre Mutter über das nachdachte, was Jenny als *sex-life* bezeichnete. Jenny neigte dazu, Menschen eher nach ihren Fehlleistungen zu beurteilen als nach ihren Leistungen. Das ist verzeihlich, es ist üblich. Bertram war vermutlich nicht auf seine Kosten gekommen, wie die Tochter das nannte. Als Mann. Sie hatte seine Wünsche oder seine Bedürfnisse oft verlacht. Du renommierst, Bertram. Er hatte selbstverständlich nicht darauf bestanden. Sie hatte diese ganze Sache nie sehr ernst genommen und tat es heute noch nicht. Wollte man mit ihr darüber reden, äußerte sie höchstens, was sie bei allen Katastrophen oder Naturerscheinungen zu sagen pflegte: Es geht vorüber. Wenn du so willst! Alles ist vergänglich! Ja, sagte Wiepe. Darauf hatte sie ihr Leben eingerichtet.

Zurück zu den Vögeln. Eine Stelze also, eine Bachstelze. Oder, wie man dort sagt, wo der Großvater seine Oberförsterei hatte, in der man die Ferien verbrachte, zumindest die Mutter und die kleine Tochter, der Vater konnte aus seinem Vogelgehege nicht fort, ein Wiepstert. Zunächst noch Wiepchen als Name für das Kind. Sie blieb klein, zierlich, leichtfüßig. Wenn sie vor sich hin singend in einer der Volieren des Vaters saß und Vogelfedern aneinandernähte zu Puppenhütchen und Puppenröckchen, blieb der Vater gelegentlich stehen und sagte: *Lullula arborea*, die Heidelerche. Er deutete den Gesang des Kindes richtig. Der Vater war weniger weltfern, als seine Umgebung annahm, es war eine Schutzhaltung, er war durchaus in der Lage, aus seinen Beobachtungen in der Vogelwelt Rückschlüsse auf menschliches Verhalten zu ziehen, in diesem Falle auf Wiepchens. Sie sang, um ihr Revier abzugrenzen, und nicht, um auf sich aufmerksam oder gar sich verständlich zu machen. Dieses Bedürfnis war ihr nicht angeboren. Sie machte nur, wenn man sie sehr bedrängte, den Versuch, ihr Verhalten zu erklären.

Lullula arborea. Es war sicher besser, daß man sie Wiepchen rief als Lullula, ein Name, für den sie in keiner Zeit ihres Lebens das nötige Volumen besessen hätte. Der Vater war es auch, der entdeckte, daß seine Tochter Eulenaugen hatte. »*Glaucidium passerinum* oder die niedliche Sperlingseule«, pflegte er zu sagen. Runde, schwefliggelbe Augen, die Ränder der Pupille dunkler schraffiert, weit auseinandergerückte Augen, die es ihr unmöglich machten, den Blick eines Lehrers oder eines Verkehrspolizisten zu erwidern. Sieh mich an! Träum nicht! Sie sind gemeint! Dann riß sie die Augen noch runder auf, und der Blick der schwefelgelben Augen ging wer weiß wohin.

Gudula, *Lullula arborea*, Wiepe mit den Eulenaugen, war hinter Gittern aufgewachsen, so kann man ohne Übertreibung sagen. Mit drei Jahren konnte sie die Gittertüren allein öffnen, es waren keine komplizierten Schlösser, und hatte bereits begriffen, daß sie die Riegel wieder schließen mußte; ein vernünftiges Kind, das man selten ermahnen mußte. Sie pickte hier ein paar Maiskörner, dort ein wenig Hanf, kaute auf Sonnenblumenkernen, spuckte die Hülsen geschickt durch die Zahnlücken, als sie fünf war, teilte ihr Schulbrot mit den Lachtauben, fütterte die jungen Entchen mit hartgekochtem Ei, unter das frischgehackte Brennesseln gemischt waren, und stopfte ab und zu ein Händchenvoll in den eigenen Mund. Keinerlei Anzeichen, daß sie Käfige haßte, sich nicht gern darin aufhielt, die Vögel etwa nicht liebte. Sie war geschickter im Einfangen der halbzahmen Vögel als der Vater, ging ihm zur Hand, wenn er Ringe um

Vogelbeine schloß, war weniger empfindlich als er, wenn ein Schnabel zuhackte, und schien aufmerksam den Erklärungen des Vaters zu lauschen, wenn er ein frisches Gelege unter einem Balken entdeckt hatte. Zeitweise war sie seine einzige Schülerin, und sein Bedürfnis nach Mitteilung konzentrierte sich auf die siebenjährige Wiepe. Daß sie ihre Geschicklichkeit beim Einfangen der Vögel ausnutzte, um ihnen Flaumfedern, aber auch die dekorativen Schwanzfedern auszureißen, bei lebendigem Leibe, hat nie jemand beobachtet. Wenn man sie sah, saß sie friedlich mitten im Käfig und stichelte. Ihre kunstvollen Federgestecke und Vogelpüppchen wurden von den Tanten bewundert, an Hüten und am Revers getragen, sie kamen in die Weihnachtspakete und trugen dazu bei, daß Wiepe mit achtzehn Jahren eine Kunstschule besuchen durfte, um ihre künstlerische Begabung durch die Erlernung technischer Fähigkeiten eines Tages nutzbar machen zu können.

Sie liebt Käfige. Alle ihre Freunde kennen diese Marotte, wissen, daß sie bei Trödlern und Antiquaren, bei Nachlaßversteigerungen, vornehmlich aber bei den Trödlern, nach alten Käfigen sucht. Voluminöse Volieren, die jahrzehntelang zwei Papageien beherbergt haben, winzige, höchstens für einen einzelnen Dompfaff geeignete Käfige, die sie erwirbt, mit Draht und dünnen Eisenstäben repariert oder auch mit Peddigrohr. Sie lackiert sie weiß, verziert sie mit Goldbronze, manche sogar mit Blattgold, öffnet die Türen oder hakt sie sogar aus, entfernt, falls noch vorhanden, das Gestänge und hängt die herausgeputzten leeren Käfige im Gebälk ihrer Dachwohnung auf. Ein Psychoanalytiker würde einen Käfigkomplex vermuten und daraufhin einmal Wiepes Träume unter Augenschein nehmen. Aber ein Analytiker wurde nie zu Rate gezogen. Warum auch. Wenn sie einen Käfig- oder Gitterkomplex hat, so reagiert sie ihn auf natürliche und liebenswürdige Weise ab, indem sie alle Käfige, die ihr zu Gesicht kommen, aus dem Handel zieht und in schöne, nutzlose Zierstücke verwandelt.

Markus, sein wahrer Name muß hier verschwiegen werden, sie nannte ihn Markus, seit sie zusammen in Venedig gewesen waren, und wahrhaftig: sein Kopf hatte etwas Löwenhaftes, kein Kopf, sondern ein Haupt. Außerdem konnte er so schön brüllen. Wiepe, die sonst geräuschempfindlich war, liebte das. Geboren im Sternbild des Löwen, das Sonnenzeichen als zugehörigen Planeten, sie nahm ihn als Löwen: seine Lust am Essen, seinen Geschlechtstrieb, seine Selbstsicherheit, seine graugoldene Löwenmähne. Markus also, mit dem sie ein Schloß besichtigt hatte, alles auf jener kurzen Reise, auf der er einen Schauplatz für ein Fernsehstück suchte. Szenerie für ein Zweipersonenstück. Es schwebte ihm ein Treppenhaus vor, barock oder klassizistisch, eine Liebesgeschichte, jene zwei Personen, die beiden

Liebenden, die sich aus den Niederungen der körperlichen Liebe zu einer seelisch-geistigen Verschmelzung emporlieben. Wiepe folgte seinen weltumfassenden Gesten mit den Blicken. Zeigte sein weisender Finger auf den letzten Erker des Treppenturmes, bis zu den Wolken, sah sie jedesmal zwei weiße Tauben entfliegen.

Sie hatten wieder einmal an einer Schloßbesichtigung teilgenommen. Markus war auf Wirklichkeit aus, auf Teilnahme am realen Leben, es kam ihm immer darauf an, nicht den Kontakt mit dem Dasein zu verlieren. Wiepe war einer seiner nützlichen Kontaktpunkte. Sie besichtigten Uhren unter Glasstürzen, Lackschränkchen mit Geheimfächern, hörten Geistergeschichten und amourösen Affären aus der Schloßgeschichte zu, bohnerten mit ihren Filzpantoffeln den Schloßboden, hielten das Landeswappen blank, Markus setzte sich in einer der tiefen Fensternischen auf eine Brüstung und richtete den Blick, von der Hand nachdenkend beschirmt, in die Ferne. Die Teilnehmer der Führung flüsterten sich zu, daß es sich um eben jenen namhaften Regisseur handele, der kürzlich im Fernsehen die einführenden Worte gesprochen habe. Zum Entzücken Wiepes, die von Markus Gudula genannt wurde, der einzige Mann übrigens, der sie bei ihrem wahren Namen nannte, er liebte den Reichtum an Vokalen, dieses u-u-a, wenn er nicht in intimen Stunden Doña Siebenschwert sagte, zu Wiepes Entzücken also gelangte die Gesellschaft zu einem zierlichen Vogelkäfig, vergoldet, mit einem Pagodendach, ein Goldknauf mit der Hängevorrichtung aus purem Golde, wie der Führer erwähnte, die Wassernäpfchen reich emailliert, die Stäbe aus Elfenbein. Ein Türchen mit einem Vorhängeschloß, golden, und auf der mittleren Elfenbeinstange ein Kanarienvogel, kanariengelb, der genau im Augenblick, als das Publikum sich ihm zuwandte, das Köpfchen reckte und ein Lied schmetterte. Der kleine Brustkasten dehnte sich, das Gefieder sträubte sich vor Anstrengung. Nicht so laut, mahnte der Schloßdiener, piano und noch einmal: piano, Hänschen! Hänschen verstummte, gekränkt, ließ den Kopf sinken. Der Führer sagte, nun sei nicht gleich beleidigt, nun sing schon, Hänschen! Und schon fing das mechanische Hänschen an zu tirilieren.

Markus trat hinzu, er kannte Wiepe, wie eben ein Liebhaber seine Freundin kennt, er fragte, machst du dir was aus Vögeln? Willst du einen Kanarienvogel haben? Wiepe schüttelte den Kopf, hob gleichzeitig die rechte Augenbraue, lächelte und machte das ihr eigentümliche, nicht zu deutende Hmhm. Wo hätte sie anfangen sollen mit den Erklärungen? Wo er doch mit den Erklärungen nichts hätte anfangen können. Er suchte einen Schauplatz, gab sich zufrieden, lächelte zurück. Wiepe hatte übrigens Ähnlichkeit mit der Masina, dieser italienischen Schauspielerin Giulietta Masina, Sie erinnern sich? Sie spielte in dem Film »La strada«. Wiepe sah sich diesen

Film mindestens viermal an, manchmal sagte sie leise und zu sich selbst: Jetzt kommt der große Zampano, oder: Zampano ist gekommen. Eine Zeitlang ging sie ähnlich wie das törichte Mädchen, das mit dem Schausteller herumzog, setzte die Fußspitzen nach außen, trat mit der flachen Hacke auf, wie ein Clown. Aber sie war nie so hell wie die Masina, nie so albinohaft, im ganzen dunkler. Wiepe, das habe ich mittlerweile erfahren, heißt im Niederdeutschen auch Hagebutte. Aber ich glaube, daß der Zusammenhang mit den Bachstelzen, den Wiepsterten, in manchen Gegenden auch Wippsterz oder Weepstärt, der richtigere ist.

Von einem ihrer herbstlichen Streifzüge in die Umgebung hatte sie sich eine Handvoll Federn mitgebracht, darunter braunrote Schwanzfedern des Fasans, flaumige Rebhuhnfedern. Sie erinnerte sich an die Federgestecke, die sie als Kind gemacht hatte, als sie noch zwischen den Dohlen und Pfeifgänsen lebte. Mit größerer Fertigkeit als damals stellte sie winzige künstliche Vögelchen her, mit langer Schwanzfeder, einem Jettknopf als Köpfchen. Um den Vogelleib schlang sie einen Nylonfaden und hängte die Vögelchen in den Käfigen auf, wo sie bei jedem Windzug, der durch die Dachkammern strich, flatterten. Mitte November verpackte sie einen der weißen Käfige, den schönsten, mit dem orientalischen Goldknauf, befestigte den Vogel mit weiteren

Nylonfäden, damit er bei jedem Sturz der Kiste in seiner schwebenden Stellung bliebe. Ein Weihnachtsgeschenk für die Enkelkinder in Kalifornien. Du weißt, wie ich das bewundere und wie entzükkend ich das finde, Ma! Der Transport muß ein Vermögen gekostet haben! Ich bitte dich inständig, vernünftig zu sein! Die Kinder müssen sich in einer realen Welt zurechtfinden! Und so weiter. Sie las Jennys Briefe selten zu Ende. Die üblichen Sätze. Der kleine Phantasievogel wurde vier Monate später der Anlaß zu ihrer bis dahin immer hinausgeschobenen Amerikareise. Käfig und Vogel wurden in Magazinen abgebildet, in *Do-it-yourself*-Zeitschriften, Technicolor, aber auch schwarz-weiß in der Lokalpresse. »Ein Haustier, das keine Pflege verlangt, keinen Schmutz macht und keinen Lärm, der die Nachbarn stört.« Ein Bild der Künstlerin dazu. Wiepe in ihrem Karmann Ghia, der damals noch etwas neuer war. Jenes Foto hatte Wiepe ihrer Tochter nach vielfachem Drängen zu Weihnachten geschickt. Unter dem Bild stand als Vermerk, daß es sich um *the mother of Mrs. Mike Dean* handele. Eines Tages kam die Einladung eines Frauenclubs, man gedachte, ihr einen Teil der Reisekosten zu erstatten.

Sie liebte Tiere. Alle wußten das. Tochter eines Zoologen. Eine Frau, die allein lebte. Verwitwet, die Kinder längst erwachsen, im Ausland, eine solche Frau mußte einfach Tiere lieben. In Abständen bekam sie

Pakete mit der Aufschrift: Lebende Tiere. Luftlöcher im Pappkarton, aus denen schmutziges Sägemehl rieselte, Gestank, rote Warnschilder, Rumoren im Karton. War es still darin, machte es die Situation keineswegs einfacher. Ein junger Cockerspaniel. Dann ein Zwergdackel, noch dazu eine Hündin. Wellensittiche gleich paarweise. Schwarze Kätzchen. Einmal sogar eine griechische Landschildkröte, eigens für sie im Auto über die Grenzen geschmuggelt. Nicht zu reden von den eingerichteten Aquarien. Soweit es sich um Vögel handelte, erleichterte die Wohnung mit den zahlreichen Dachluken das Entfliegen. Sie brauchte anschließend und mit Dank nur einen bekümmerten Brief zu schreiben. Der erste dieser Briefe war ihr zu bekümmert geraten, er hatte eine Wiederholung der Sendung zur Folge. Auch das schwarze Kätzchen verschwand freiwillig in einer Mondnacht über die Dächer. Ein Katerchen, völlig schwarz, mit vier weißen Pfötchen. Schwieriger war es, den kleinen Cockerspaniel rechtzeitig loszuwerden, bevor sie sich an seinen dümmlichen, ergebungsvollen Blick gewöhnt hatte. Er leckte ihr die Knie. Sie fing bereits an, das gern zu haben. In jedem Fall kostete sie eine solche Sendung mit lebenden Tieren eine Freundschaft. Auf ihre, aber wirklich nur auf ihre Weise liebte sie Tiere, da hatten die Freunde recht. Sie liebte Spinnen, kannte sie beim Namen, liebte Käfer, hat sich gerade eben ein Buch über Käfer schicken lassen. Auch Raupen, besonders eigentlich Raupen, alles, was sich verwandeln konnte, verpuppen, um dann eines Tages auf und davon zu fliegen. Sie liebte Tiere, die freiwillig zu ihr kamen, die nicht anhänglich waren, die sich selbst versorgten, Tiere, die von anderen Frauen bekämpft und vertilgt wurden.

Wie ein Nachtkauz haust sie zwischen dem Gebälk, das der Architekt auf ihren Wunsch hin freigelegt hat. Ein hölzerner Dachstuhl, heute eine Seltenheit, die Dachsparren braun gebeizt. Manchmal verirrt sich eine Schwalbe, flattert zwischen den Käfigen herum, gewinnt meist von allein die rettende Dachluke. Eine Zeitlang kam ein Taubenpaar, nistete bei ihr, kam und ging freiwillig, zog die Brut auf und verschwand. Wenn sie sich hinlegt und wartet, daß der Schlaf kommt, gurren die Tauben in ihre Träume, es war wie zu Hause, nur besser.

Sie braucht und findet wenig Schlaf, hockt zwischen ihren weißlackierten Käfigen, halb träumend, mit ihren runden Eulenaugen, die dunkel schraffiert sind zum Rand hin, unter den struppigweißen Bögen der Augenbrauen, dazu das kurze, ebenfalls struppige Haar, das sie sich selbst schneidet, bürstet, bis dieser zerraufte Eindruck entsteht, eine künstliche Natürlichkeit, wie so vieles an ihr. Mittlerweile hat das Haar eine Farbe, die an Holzasche erinnert, Eschenholzasche, aber wer kennt schon Eschenholz. Sie beobachtet eine Spinne, eine gewöhnliche Hausspinne, *Tegenaria domestica*, die ihr Netz in mühevoller, kunstvoller Arbeit knüpft. Nie würde sie gewaltsam ein solches Werk zerstören. Sie entfernt es erst, wenn die Spinne ihr röhrenförmiges Wohngehäuse am Grund des Netzes verlassen hat. Sie hütet die Eierkokons und wartet darauf, daß sie das Ausschlüpfen erlebt, und sieht doch nie, wenn der Kokon aufplatzt. Eine Seidenraupe braucht acht Tage, um ihren Kokon zu spinnen. Wie lange brauchte eine Hausspinne?

Nächtelang war eine Maus am Werk, knabberte, nagte; das ließ sie zu. Sie liebt diese nächtlichen Geräusche, dieses Zerstören und Zernagen und Aushöhlen. Als in einem der langen Briefe von Tochter Jenny ausführlich stand, welche Katastrophe die Termiten bedeuteten, die sich unter den Dielen, hinter der Holztäfelung, Du weißt, im *living-room*, auf der *porch*, überall eingenistet hätten, alles unterhöhlten, daß Mike die Dielen und Planken aufrisse und sie selbst alles ausräuchern müßte, vielleicht wäre es sogar nötig, daß sie das Haus aufgäben, da war sie fasziniert. Das hätte sie gern einmal miterlebt: ein Haus, das von Termiten zerstört wird. Sie las den Brief bis zu Ende, bedauerte, daß die Termiten noch nicht eingezogen waren, als sie bei den Kindern zu Besuch war. Damals hingen nur allmorgendlich die toten *Canadian soldiers*, schon der Name gefiel Wiepe, in den Fliegenfenstern. Jenny mußte die losen Beine aus dem dünnen Maschendraht ziehen, die die Insekten sich verzweifelt ausgerissen hatten beim Versuch, vom Licht wegzukommen, sie tat das mit Widerwillen und Genugtuung, teilte die Zahl der erbeuteten spinnigen Beine triumphierend bei Tisch mit.

Die letzten Worte

Sie macht sich nichts aus Post, behandelt Briefe wie gewöhnliche Drucksachen, als seien sie einfach nur Papier. Leert höchstens einmal wöchentlich den Briefkasten, ohne jedoch besorgt zu sein, daß Unliebsames auf diesem Wege zu ihr gelangen könnte.

Sie erwartet mit der Post weder Gutes noch Böses. Mit Briefen geht es ihr wie mit Büchern. Worte. Sekundäres. Sie liebt das Leben, das unmittelbare Leben. Mit Telegrammen ist es anders, die liebt sie, hat es aber niemals jemanden wissen lassen, also kommen keine. Sie schickt selten eines ab, wohl aber verfaßt sie Texte. Während sie über Land fährt, formuliert sie Mitteilungen an die Töchter, auch an die Auktionatoren und die Kunsthändler, mit denen sie zu tun hat. Sie hält ihre Art der drahtlosen Telegrafie, des bloßen Denkens, für ausreichend. Zumindest für sie selbst reicht es aus, ihr Mitteilungsbedürfnis ist nicht groß.

Barbara, die älteste Tochter, hat bereits mehrfach schriftlich und telefonisch geäußert, du verdienst gar keine Briefe. Sie tagelang ungeöffnet liegenzulassen! Für Barbara waren Leben und Schreiben nahezu identisch. Bevor sie ihre langen Reisen antrat, stellte sie komplizierte Verzeichnisse ihrer Hotelanschriften her, mit genauen Abreise- und Ankunftsdaten. Von diesen Listen machte sie Abschriften, schickte sie an sämtliche Freunde. Ihre erste Frage galt der Post, als sei sie eigens an diesen Ort gereist, um sich Briefe abzuholen, um von hier aus wiederum Briefe an ihre Freunde schreiben zu können. Oft reisen Briefe monatelang hinter ihr her, ihr Inhalt ist längst überholt, sie hat die Schreiber inzwischen getroffen, aber alles das mindert ihr Interesse nicht. Sie liebt geschriebene Worte mehr als gesprochene. Eine Eigentümlichkeit, die sich verstärkt, seit sie älter geworden ist. Würde sie jemand fragen, warum sie ausgerechnet diesen oder jenen Mann liebe, hätte sie ohne zu zögern geantwortet, daß er so schöne Briefe schreiben könne. Sie liebt einen kunstvollen Briefwechsel über alles. Ersinnt immer neue Anreden, vermeidet Wiederholungen, bedient sich gern altmodischer Wendungen. Mein Freund, schreibt sie, mein Gefährte, bleib, was Du mir warst, oder: durchaus die Deine. Natürlich erhält auch ihre Mutter solche Adressenlisten. Sie heftet sie an einen Türrahmen, liest sie auch gelegentlich, studiert sie mit dem Vergrößerungsglas, geht sogar zu der Weltkarte, einem kolorierten Stich aus dem 18. Jahrhundert, einem Geschenk Barbaras, und versucht den angegebenen Ort zu finden. Sie zieht den Kalender zu Rate, aber es gelingt ihr nie, zum rechten Zeitpunkt an den rechten Ort einen Brief zu schicken. Sie kann sich ihre schöne Tochter Barbara nicht in einem Hotel in Bagdad vorstellen, oder war es doch Beirut? Orte, die man immer miteinander verwechselt. Alle diese Hotel Continental und Intercontinental und eines Tages Hotel Globe und Interglobe. Briefe! Hübsch daran war das Papier, zumindest manchmal, die Schrift, auch die Briefmarken, die sie gutwillig für Mike, den ältesten Enkel, sammelt. Das Äußere also. Die Worte drangen nicht zu ihr. Ich küsse dich! Ich umarme dich! Solche Sätze machten sie zeitlebens ungeduldig.

Pakete lassen sich nicht in den Briefkasten schieben. Der Paketbote klingelt und gibt ein Päckchen ab. Deutlich erkennbar: ein Buch. Barbara, mittlerweile Ende Dreißig, ist besessen von Büchern, produziert alljährlich ein Buch. Ergebnisse ihrer Reisen in den Vorderen Orient. Israel, aber auch Ägypten. Sie nennt das: Ich schreibe ein Päckchen. Beklebt mit roten Warnschildern, eigens für Leute wie Wiepe erfunden: Vorsicht Bücher. Diesmal kein eigenes, das kommt später, da wird es September. Ein Buch mit Geschichten, immer noch in der Annahme, daß die Mutter läse, endlich diese Quelle entdecken würde. Ein Mensch ohne ein Buch in der Hand erscheint Barbara wie ein Krüppel, kaum lebensfähig, gewiß nicht lebenswert.

Das Päckchen ist in Wien aufgegeben, direkt von der Buchhandlung im Kärntnertor. Wiepe sieht sich das Paket und den Inhalt gründlich an. Also ist die Tochter noch in Wien, bereitet die nächste Reise vor. Ohne Gruß, ohne Widmung, in Eile also, als Vorwurf also: Ich schreibe dir Briefe, ich denke sogar daran, dir Bücher zu schicken, ich bin gehetzt, ich habe einen Beruf, und was tust du?

So war es gemeint. So wurde es verstanden. In Gedanken formulierte Wiepe eines ihrer Telegramme. Sie betrachtete den Einband, den Schutzumschlag, den Satzspiegel, die Schrifttype. Damit erlosch ihr Interesse an dem Buch. Vermutlich sollte sie wieder eine Art Botschaft entdecken, wie bei der letzten Sendung. Da fing der Roman mit: »Seine letzten Worte waren –« an. Da war es einfach.

Nur weil sie die letzten Worte des Vaters nicht bewahrt hatte und ihr, seinem Liebling, nicht übermitteln konnte. Was hat er gesagt! Er muß ja irgendwas gesagt haben! Gute Nacht, zum Beispiel. Irgendwas sagt man doch, auch wenn man dreißig Jahre verheiratet ist! Oder habe ich etwa falsche Vorstellungen von der Ehe? Ihr lagt doch im selben Bett, das tatet ihr doch, oder hatte sich daran etwas geändert?

Wiepe erinnerte sich erst sehr viel später an seine letzten Worte. Nahezu zwei Jahre mußten vergehen. Dann war es zu spät, die Tochter davon in Kenntnis zu setzen. Die Tochter war noch der Ansicht, daß man etwas nicht morgen, plötzlich wissen kann, wenn man es heute nicht weiß. Ein Gedächtnis funktioniert prompt oder nie, ist permanent arbeitsfähig, wie bei ihr, sammelt Tatsachen, unbehindert durch Phantasie, Reportagen, etwas anderes lieferte ihr Gedächtnis nicht, vermutlich ihre Träume auch nicht.

Bertram hatte verhältnismäßig lange gelesen. Es mochte halb zwölf sein, wie immer hatte er das Licht der Nachttischlampe rücksichtsvoll abgeschirmt. Er hatte die Lesebrille bereits ins Futteral geschoben, eine Beruhigungstablette mit einem Schluck Wasser hinuntergespült, ein Lesezeichen in den umfangreichen Band gelegt und ihn weggestellt. Fünf oder sechs Bände standen ständig neben seinem Bett, griffbereit. Er hatte das Licht ausgeschaltet, die abschirmende Zeitschrift weggenommen, um in der Nacht notfalls den Schalter ungehindert erreichen zu können, hatte die Uhr aufgezogen, die Zeit kontrolliert, hatte sich zu Wiepe umgewandt, sich geräuspert, alles wie immer. Manchmal reagierte sie auf sein Räuspern, sagte: Gute Nacht, Meister Bertram. Im Schlafzimmer nannte sie ihn bis zum Schluß Meister Bertram, sonst nur Bertram. Seinen Vornamen Oskar mochte sie nicht, benutzte sie nie. Diesmal sagte sie nichts, sah zur Decke, auf die eine Straßenlaterne die Bänder der Jalousie projizierte, eine schwarz-weiße Schraffierung, sie zählte die hellen, dann die dunklen Streifen, wartete, daß Bertram sich auf die Seite drehen würde, kannte jede seiner Bewegungen besser als die eigenen, registrierte sie, ohne eigene Reaktionen oder Emotionen, ohne irgendein Zeichen von Ungeduld, wartete lediglich seine Regungen ab und reagierte sekundär. Legte er sich auf seine Schlafseite, tat sie es auch. Je bereitwilliger man sich anpaßt, sich dort fügt, wo es weniger schwer ist, desto mehr Freiheit hat man dort, wo Anpassung nicht erwartet wird. Weite Bereiche gehörten ihr, da forderte keiner Rechenschaft, da fragte keiner den anderen ab. Dieses liebevolle: Wo gehst du hin, wann kommst du wieder? Bertram war kein Gatte, der fragte: Wo bist du, wenn du träumst? Höchstens einmal hatte er in all den Jahren mit dem Knöchel an ihre Stirn gepocht und gefragt: Was geht hier vor? Wiepe sagte daraufhin nicht »nichts«, in jenem gekränkten, harmlosen Tonfall, wie andere Frauen solche Fragen beantworten. Sie schwieg, sah ihn mit ihren Eulenaugen an, zog die Augenbrauen hoch und war vermutlich der Ansicht, er wüßte nun alles. Sie glaubte einfach nicht an Erklärungen. Sie schwieg. Sie versuchte in Einklang mit ihrem Inneren zu leben, wurde das nicht sichtbar, konnte man es nachträglich mit Worten nicht verständlicher machen. Sie glaubte nicht an Worte. Und das in unserem Jahrhundert. Glaubte nicht an Bücher. Kam ohne sie aus. Nicht einmal ein Kochbuch. Sie nahm das Gedächtnis ihrer Zunge und ihrer Nase zur Orientierung.

Ohne Zeitungen, ohne Radio, ohne Fernsehen. Nachrichten kamen ohnehin ins Haus, drangen natürlich auch zu ihr. Sie wußte am Ende über das Wichtigste im Weltraum, auf den Kriegsschauplätzen und in den Fürstenhäusern Bescheid, genauso wie andere, die ohne Unterlaß Worte verschlangen. Worte. Worte. Und natürlich mußten sie ebenfalls

Worte ausstoßen, sie mußten sprechen. Worte verstopfen einen Menschen, müssen ausgesprochen werden, Platz machen für neue Worte. Sie hält Worte für Wörter und umgekehrt.

Zu Beginn ihrer Ehe, als sie noch glaubte, daß ein weit größeres Maß an Anpassung von ihr erwartet würde, lag sie neben ihrem Mann und horchte auf seine Atemzüge, versuchte ihr rasches Atmen seinem langsameren anzupassen und im gleichen Atemzug wie er die Luft einzuziehen, anzuhalten, auszustoßen. Sie verschluckte sich, hustete, geriet völlig außer Atem, verlernte von einer Sekunde zur anderen, wie man das macht: atmen. Sie verlor fast die Besinnung. Ihr Mann war ratlos. Was hatte sie? Sie wußte es nicht zu erklären. Er war nie atemlos, höchstens, wenn er seiner Frau beiwohnte, er benutzte diesen juristisch einwandfreien Ausdruck, gewöhnlich donnerstags, dann beschleunigte sich auch sein Atem, und nicht selten, daß er anschließend sagte: »Ich sollte mich mehr schonen.«

Wiepes Eltern hatten sie auf die Ehe mit Professor Bertram, mehr als zehn Jahre älter als sie, was dem ehelichen Gleichgewicht guttut, vorbereitet. Jeder auf seine Weise. Die Mutter hatte ihr außer einem handgeschriebenen Kochbuch ein Gesundheitsbuch, »Die Frau als Hausarzt«, bebildert, ins Zimmer gelegt, anstelle der ausgebliebenen mütterlichen Aufklärung, ungewiß, ob der Umgang mit den gefiederten Tieren die Tochter das Nötigste gelehrt hätte. Der Vater hatte sie, am Abend nachdem Bertram seinen Antrag zu schicklicher Stunde gemacht hatte, mit auf seinen Spaziergang genommen. Am Flußufer entlang, der Wasservögel wegen, für die er sich gerade interessierte. Zu jener Zeit lebte nur noch der Paradiesvogel in einem Gehege im Wintergarten, der seinetwegen überheizt war, so daß außer Palmen und Kakteen nichts dort gedieh. Die Gehege im Freien waren leer. In den letzten Kriegsjahren und den Notzeiten zu Anfang der zwanziger Jahre hatte sich die Vogelstation unter den tatkräftigen Händen der Hausfrau mehr und mehr in einen Geflügelhof verwandelt. Wenn schon Körner verfüttert wurden, die auf beschwerlichen, und gefährlichen, und strafbaren Wegen vom Bauernhof, dem sie entstammte, beschafft werden mußten, sollten sie sich in zartes Geflügelfleisch verwandeln. Mittlerweile aber waren, Tauben, Perlhühner und Graugänse aufgegessen, sogar das schöne Entenpaar, bunte Pekingenten, war verspeist. Auch ein Ornithologe sieht nach vier Kriegsjahren und ebenso dürftigen Nachkriegsjahren eine Ente als Geflügel an, als eßbar. Sein Interesse war erlahmt. Er hatte keinen Lehrauftrag. Es wäre der Familie ohne die Zuschüsse vom schwiegerelterlichen Hof schlechtgegangen, das sah Wiepe ein, ohne daß man mit ihr darüber reden mußte. Der Antrag des Professors der Jurisprudenz kam gelegen, auch aus diesem Grund. Es war

Herbst, die Zeit, in der die Wildenten eine auffällige Unruhe überkommt. Wiepe ging neben ihrem Vater und hörte sich an, was er über das Gebaren der Wildenten zu sagen hatte, Krickenten. Dann besann er sich auf den Zweck dieses Ganges. Sie kamen gerade an zwei einzelstehenden Pappeln vorüber, er liebte das Reden in Gleichnissen. Er blieb stehen, sagte: Wohin allzu große Nähe führt, sieht man am besten bei den Bäumen. Umschlingen sie sich in ihrer Jugend, kümmern beide dahin, oder einer gedeiht auf Kosten des anderen, falls sie nicht weit auseinanderstreben, der eine nahezu waagerecht, nahe dem Erdboden, im Widerspruch zu allem oder, wie man es bei Weiden häufig beobachten kann, fast das Wasser berührend, für Angler natürlich ideal. Auch für Enten, für Bleßhühner. Der andere Teil wächst einsam nach oben, bei Sturm zerren beide an ihren Verknotungen. Nebeneinander wachsen, einer dem anderen Luft- und Lebensraum lassen, nur mit den Zweigen sich berührend, bei Sturm sich gegenseitig stützend, bei Hitze Schatten spendend. Du verstehst mich: nur die Wurzeln im gleichen Erdreich, dieselbe Richtung, in der beide wachsen.

Er überließ der Tochter die Übertragung seines Gleichnisses auf die Ehe. Sie betrachtete ihn aufmerksam. Wo wuchs er? Wo die Mutter? Hatte einer den anderen behindert?

Der Vater sah in den Himmel, der sich grünlich färbte, dann violett, es würde Frost geben in der

Nacht. Drei Wildenten gerieten in sein Blickfeld, lenkten sein Interesse von der Tochter ab.

An jenem Abend, von dem noch immer die Rede ist, legte Bertram sich nicht wie sonst auf die rechte Seite. Auf der linken konnte er einer Herzmuskelschwäche wegen nicht liegen. Seine Frau zählte ein weiteres Mal die projizierten Bänder der Jalousie, gedanken- und empfindungslos, nur liegend und zählend. Ich friere, sagte Bertram. Nein, so nicht. Mich friert. Das ist ein anderes Frieren, das erfuhr sie später an sich selbst. Mich friert. Er streckte die Hand nach ihr aus, umfaßte ihre Schulter. Die Hand war kühl, ein wenig feucht auch, das war sie leicht, wenn er erregt oder angestrengt war. Er zog sie zu sich, vielmehr sich zu ihr, und sagte dann noch: Wärm mich. Ohne die sonstigen Vorbereitungen, ohne dieses hygienische Zeremoniell und auch ohne sein forsches: »Dann wollen wir mal wieder etwas für unsere Unsterblichkeit tun.« Nur: Mich friert, wärm mich.

Der Schlaf hatte sie überfallen. Sie erwachte in den Umarmungen des Todes, in tödlicher Umarmung. Die Leichenstarre war bereits eingetreten. Sie mußte Stunden geschlafen haben. Sie lag dem Tod im Arm, der klammerte sich an sie, sie wußte sich nicht zu lösen. Todesangst und Todeskälte gingen auf sie über, sie befreite ihre Beine von seinen Beinen, riß sich aus den starren Armen, floh, notdürftig bekleidet, holte das Auto aus der Garage und fuhr davon, wußte nicht wohin und nicht woher. Bis zum Morgen. Dann tat sie alles, was andere, vernünftigere Frauen auch tun. Arzt und Totenschein und Beerdigungsinstitut und Telegramme und Witwenschleier. Sie hatte diesen Augenblick nicht vorausbedacht, sie kalkulierte nie eventuelle Möglichkeiten ein. Sie war weder innerlich noch äußerlich vorbereitet. Sie war keine dieser weitvorausblickenden Ehefrauen, die die Todesanzeige des Gatten längst entworfen haben, die Grabbepflanzung einschließlich Grabstein und Inschrift, alles in jenen halben Stunden, in denen ihr Mann sich verspätet, eine Panne hat, ein Glas Bier mehr trinkt, den Zug versäumt. Alle Wartezeit dient ihnen zum Anlaß, das künftige Witwenleben vorauszuplanen. Sie wissen, fünf Minuten nach jeder Gehaltserhöhung, wie hoch die derzeitige Witwenpenison ist, können 60 Prozent in Sekundenschnelle errechnen, haben längst geplant, wie das Bett stehen soll, das halbe Doppelbett, seines, denn das ihre hat eine Kuhle, ist häufiger benutzt, auch das bedenken sie, mit Rührung, diese gemeinsame Kuhle in ihrem Bett. Eine halbe Stunde Wartezeit, was ist da an Zukunftsplanung möglich! Nicht so Wiepe, die war zu allen Zeiten völlig unvorbereitet, nicht auf die Ehe und nicht auf den Witwenstand. Nachdem sie von dieser Nachtfahrt zurück war, reagierte sie ruhig, praktisch, rasch, tat, was man von ihr erwartete. Eine Art Fahrerflucht, nur so zu werten. Sie kehrte rechtzeitig und freiwillig an den Tatort zurück. Verwunderung des Hausarztes, daß er nicht früher gerufen worden war. Sie fragte, hätte man noch etwas tun können? Das nicht. Verwunderung über die Lage des Toten. Aber auch dazu war von seiten der Witwe nichts zu sagen.

Diese letzten Worte versanken in ihr, waren lange Zeit nicht erinnerungskräftig. Aber sie wurden es. Blockierten sie. Eines Nachts befand sie sich in einem fremden Bett, ein nahezu fremder Mann befand sich in ihrem Blickfeld, der dabei war, sich auszukleiden. Der Schatten des Fensterkreuzes zeichnete sich auf der Zimmerdecke ab, sie verglich die Größe des oberen mit der Größe des unteren Vierecks, irgendwo rauschte eine Wasserleitung, ein Frösteln überlief sie. Es war heiß im Zimmer. Sie sagte: Mich friert, und dann auch noch: Wärm mich. Gleich darauf das Entsetzen. Sie zog das Laken um sich, erstarrt. Nichts war danach noch möglich. Sie ging, dies war nicht zu erklären, auch mit Worten geübtere Frauen hätten Mühe gehabt, einem nahezu fremden Mann die Bedeutung der vier Wörter zu erklären. Die Affäre war damit beendet. Mehr als eine Affäre war es nicht, nur dazu gedacht, ihre Erinnerung an den Tod Bertrams zu wecken. In jener Nacht war ein wenig Todeskälte in sie eingedrungen, sie fror seither leichter.

Als endlich die Töchter eintrafen, war der Tote

längst eingesargt. Sie verlangten, ihn zu sehen. Jenny, im sechsten Monat schwanger, in einem dieser plissierten amerikanischen Umstandskleider, die den Umstand betonen und nicht verbergen, wie eine aufgeplusterte Schwarzdrossel. Jenny, die plötzlich von »*grandfather* Bertram« sprach. Barbara, die Ältere, die »mein Vater« sagte, nicht mehr Vati wie früher, dafür mit dem besitzanzeigenden Fürwort: mein Vater. Drei erwachsene, schwarzgekleidete Frauen rund um den Sarg, die Töchter jede einen halben Kopf größer als die Mutter, die sich plötzlich nach ihren kleinen Mädchen sehnte, in Gegenwart der beiden Töchter.

Sie war an Anpassung gewöhnt, und plötzlich war keiner da, an den sie sich hätte anpassen können, es sei denn, man richtete sich noch einmal nach Bertram, nach dem sie sich dreißig Jahre gerichtet hatte. Er hatte keine ausdrücklichen Bestimmungen für seinen Todesfall hinterlassen, aber ihr Gedächtnis hatte einzelne, beiläufig geäußerte Sätze gespeichert und sie im rechten Augenblick freigegeben. Auf dem Sarg lag ein Kranz von Immortellen. Barbara entrüstete sich. Wie kannst du! Dieses halbtrockene Zeug, wie Stroh, und dann lila. Die Mutter verzichtete auch diesmal auf eine Erklärung, die weitere und weitere Erklärungen nach sich gezogen hätte. Worte und Widerworte. Sie sah aus dem Fenster und sah statt in die Lindenkronen der Goethestraße den kleinen Blumenladen im VII. Bezirk in Wien, Oktobersonne in der engen Gasse, sie hatten Karten im Vorverkauf gelöst, kamen vom Josefstädter Theater, schlenderten zur Burg, wollten die Lipizzaner sehen, es war ihre erste gemeinsame Reise, dann dieses Schaufenster, vor dem Bertram stehenblieb. Es war angefüllt mit kleinen und großen Kränzen aus violetten Strohblümchen, lila Blumenräder, er fragte, was sind das für Blumen, das ist hübsch, das gefällt mir. Immortellen! Sie kannte die Namen der meisten Blumen. Enkelin eines Oberförsters, Tochter eines Zoologen. Wie hätte sie nicht in Flora und Fauna Bescheid wissen sollen. Er wiederholte: Immortellen, ein hübscher Name für eine hübsche Blume, er sagte es noch ein paarmal, bis es ihm gut auf der Zunge lag, er hatte ein ausgeprägtes Sprachgefühl, war ein Rhetoriker, der auch privat gern mit den Mitteln der Wiederholung arbeitete. Und nun der Kranz aus Immortellen auf seinem Sarg.

So viele Worte braucht man, um den Zusammenhang unzulänglich zu erklären.

Bertram trug keines der üblichen Totenhemden aus Papier oder Seide. Auch das stieß auf das Befremden seiner Töchter. Das ist unüblich. Beide erwiesen sich plötzlich als konventionell. Im schwarzen Anzug! So wurde man vor hundert Jahren begraben. Wiepe wartete in Geduld ab, bis die Töchter sich auch darüber genügend verwundert hatten. Sie warf lediglich ein, daß es sich um einen Stresemann handele, also nicht um einen der üblichen schwarzen Anzüge. Er hatte den Stresemann zu allen wichtigen Anlässen seines Lebens getragen und gern getragen, er hatte die Statur für einen Stresemann.

War er denn krank? Warum hast du uns nicht rechtzeitig benachrichtigt? Dann und wie aus einem Munde: Er hat sich doch immer geschont. Was tut Vati? Wo ist Vati? Durch Jahre die Antwort, von beiden im Singsang gegeben: Vati schont sich. Nicht unbedingt lieblos, aber spottend. Die Schwestern sahen sich an, hatten sich ja lange nicht angesehen, dann den Toten.

Der exakt gezogene Scheitel war es, der Wiepe aus der Fassung brachte, Tränen schossen ihr in die Augen, sie riß sie weit auf, aber es war schon zu spät, die Tränen rollten über ihr Gesicht. Dieser Scheitel, er saß auf der falschen Seite, ein Irrtum des Leichenbestatters. Seine kleinen Mädchen hatten ihm so oft diesen Scheitel gezogen, jede saß auf einem Knie, sie kramten in seinen Hosentaschen, bis sie den Kamm fanden, und dann striegelten sie das nahezu schwarze Haar, es war gleichmäßig dünn, überall schimmerte die weiße Kopfhaut durch, sie kämmten die schwarzen Strähnen tief in die Stirn, zogen den Scheitel durch bis zum Nacken, spuckten in die Händchen, klatschten das Haar fest.

Die Töchter legten ihre Sträuße in den Sarg und ließen die Mutter allein. Ein frischer Schnitt am Kinn, an der Stelle, an der er sich oft geschnitten hatte; sogar rasiert hatten sie ihn.

I am lonely. Sie hatten zusammen einen Film gesehen, sie erinnerte sich nicht an den Titel, an nichts, nur daß da ein Mann inmitten lachender, feiernder Leute stand und sagte: *I am lonely*. Bertram hatte das, im gleichen Tonfall, er war ein guter Stimmenimitator, oft gesagt. Halb Spaß, halb Ernst. Und jetzt stand sie da und sagte zum erstenmal *I am lonely*, an seiner Statt. Er war so allein, so endgültig allein. Die Adern an Hals und Handgelenken, deutlich sichtbar, von der dünnen Haut unzulänglich verdeckt, wie Leitungen, die nicht unter Putz lagen. Wie dünnhäutig er gewesen war! Die Hände dunkel behaart, sogar die Finger. Zentimeterlanges, seidiges Haar, das seinen ganzen Körper bedeckte, wie ein schütteres Fell, das nicht wärmt, das ihn alt erscheinen ließ, als er noch jung war, und später die alternde Haut barmherzig verdeckte, noch kaum ergraut. Nur an wenigen Stellen war seine Haut blank, an den Innenseiten der Knie, an den Schultern, überall dort, wo die Kleidung scheuerte. Sie kannte diesen Körper nur als Torso. Einen nackten Arm, ein unbedecktes Bein. Sie war dreißig Jahre mit ihm verheiratet gewesen und konnte sich nicht erinnern, ihn jemals nackt gesehen zu haben. Sie hatte ihm Brustwickel gemacht, wenn ein Anfall von Bronchialkatarrh drohte, Wadenwickel, wenn er fiebrig war. Sie hatte sein Schamgefühl respektiert, wie sie den ganzen Menschen respektiert hatte. Eine Ehe ohne Badezimmerintimitäten. Sie knöpfte ihm einen Manschettenknopf in ein frischgestärktes Hemd, reichte ihm die Socken, in allem übrigen ließ er sie nicht an seinen Ankleidegewohnheiten teilhaben.

Bertram im weichgepolsterten, seidebespannten Sarg. *I am lonely*. Sie gab ihm mit, was er gern gehabt hatte, was er immer in seinen Taschen getragen hatte. Sie steckte ihm den Ring an den kleinen Finger, jenen schweren Goldring mit dem Brillanten, Geschenk eines reichen Onkels. In schlechten Zeiten hatte er gesagt: Wir haben ja immer noch unseren Wunschring, mein Herz. Sie schob den Ehering wieder an seinen Finger, niemals konnte sie darum später als rechtmäßige Witwe auftreten. Sie tat ihm die Uhr in die Uhrentasche, alle seine Hosen hatten eine Tasche für die Uhr am Bund eingearbeitet. Die Lesebrille im Lederetui, Geschenk seines Lieblings aus Damaskus, Krokodilleder. Sein Notizbuch, ohne einen Blick hineinzuwerfen, er hatte es sein Gedächtnis genannt, und nur er hatte es benutzt. Außerdem den faustgroßen Bernstein, den er gern in die Hand nahm, als Briefbeschwerer verwandte, es verknüpfte sich für ihn eine Erinnerung an die Ostsee daran, ans Kurische Haff, auch an ein Mädchen. Dann schloß sie den Sarg, nahm nur noch eine von Barbaras Rosen und stellte sie in das Stundenglas auf seinem Schreibtisch.

Die Rose stand noch im Glas, die Töchter hatten nicht lange Zeit, sie mußten wieder fort, Jenny zu ihren beiden Mikes und Barbara zur Redaktion der Zeitung, für die sie damals gerade reiste. Die Fragen des Nachlasses mußten besprochen werden. Ohne Sentimentalität. Ein Testament war vorhanden. Das Testament eines Juristen, eines Spezialisten für Familienangelegenheiten, und sein Tod war eine solche Angelegenheit. Es gab nichts zu beanstanden. Die Mutter war durch die Pension versorgt, die Beerdigungskosten konnten durch eine hohe Sterbeversicherung gedeckt werden, Barbara würde sämtliche noch erfolgenden Einkünfte aus seinen Veröffentlichungen beziehen und Jenny eine vermutlich entsprechende Summe in Hypothekenpfandbriefen. Die Bibliothek, soweit es die Fachbücher betraf, war dem juristischen Seminar vermacht. Alles war wohlbedacht, leicht auszuführen. Blieben nur die Erinnerungsstücke. Die Uhr zum Beispiel. Vaters Uhr. *Grandfather Bertram's* Uhr. Diese Taschenuhr mit dem Läutewerk, eine Kostbarkeit. Schon ein Jahrhundert im Besitz der Bertrams. Eine goldene Sprungdeckeluhr, die die Zeit ansagte, sobald man einen kleinen Hebel zog. Bertram war häufig nachts wach geworden, nahm dann die Uhr, hielt sie ans Ohr und ließ sie schlagen. Wiepe, die ein feines Gehör hatte, zählte die leisen Gongtöne mit. Stunden und Minuten. Er hatte sie den kleinen Mädchen ans Ohr gehalten, die hatten an ihr die Uhr gelernt, die Freundinnen hatten sie bestaunt. Also die Uhr! Was ist mit der Uhr? Barbara sagte, sie sei die Älteste, um nicht sagen zu müssen, daß sie Vaters Liebling war, immer so genannt, Vaters Liebling. Jenny sagte, daß sie ein Kind habe, bald zwei. Ein Sohn, der seinen, *grandfather Bertram's,* Namen trüge. *Mike Bertram Dean.* Die Uhr müsse in der Familie bleiben. Das ging hin und her. Wiepe äußerte sich nicht, die Töchter waren das gewohnt, rechneten gar nicht erst mit ihrer Stellungnahme, entschieden über ihren Kopf hinweg. Dann die Orden! Vater hatte ein EK I, immerhin ein EK I aus dem Ersten Weltkrieg. Wiepe war erleichtert: die Orden. Dann der Brillantring, ein Familienstück. Die Töchter einigten sich, Barbara den Ring, die Uhr für den kleinen Mike Bertram. Das wurde von Barbara rigoros entschieden. Das fleckige Gesicht der Schwester flößte ihr Unbehagen ein, schwangere Frauen waren ihr ein Greuel. Man mußte diese Szene beenden. Alles ging schnell bei ihr, sie lebte doppelt so rasch wie andere. Man sah ihr das bereits an.

Wiepe saß auf der äußersten Kante des Sessels. Falls sie beunruhigt war, hätte man das nur am Auf und Ab ihrer Schuhspitzen sehen können, aber darauf achtete keiner. Wo sind Vaters persönliche Sachen, du behältst ja alles übrige! Dann trat diese Pause ein, an deren Ende sie den Töchtern mitteilte, daß sie Uhr, Ring, Brille, Notizbuch dem Toten mitgegeben habe. Als Grabbeigabe, fügte sie hinzu. Sie machte manchmal solche zaghaften Versuche, ein erklärendes Wort zu finden. Im selben Moment waren die Töchter untereinander einig, gegen die Mutter, wie die Krähen hackten sie los, kaum eine Sekunde sprachlos, als hätten sie insgeheim mit einer solchen Wunderlichkeit gerechnet. Du hättest uns fragen müssen! Wir sind erbberechtigt. Du bist nur seine Witwe, wir sind seine Töchter, wir sind blutsverwandt mit ihm, du nicht. Barbara sagte aufgebracht, du bist eine Heidin! Das ist ein heidnischer Kult!

Wiepe stand auf und sagte, grabt ihn doch wieder aus, nehmt ihm alles weg, und verließ das Zimmer. Ihre beiden Kinder, die kleinen Mädchen. So nah, daß sie leicht die Mutter hätten in den Arm nehmen können. Und in ihrem Kopf nichts als: *I am lonely*.

Billroth zwo

Einhundertneunundfünfzig Zentimeter sind als Körpermaß in ihren Reisepaß eingetragen. Zu keiner Zeit ihres Lebens mehr, jetzt eher zwei Zentimeter weniger. Aber niemand, der das nachmißt. Sie ist klein. War das immer, stand im Turnunterricht immer als letzte in der Reihe. In der Tanzstunde immer die kleinste. Sie versuchte nie, die fehlende Größe durch hochhackige Schuhe zu korrigieren.

Diese registrierten hundertneunundfünfzig Zentimeter haben ihr Verhältnis zu Männern bestimmt und aufs natürlichste geregelt: es fiel ihr nicht schwer, zu ihnen aufzusehen, ihre Lider über den runden Sperlingseulenaugen aufzuschlagen und Bewunderung oder Erstaunen in den Blick zu legen, oftmals beides zugleich. Sie war leicht in Erstaunen zu setzen. Was man ihr sagte, erschien ihr immer neu, auch wenn man ihr Ähnliches kurz zuvor gesagt hatte. Sie war weniger aufmerksam, als es den Anschein hatte.

Ihr Haar ist ergraut. Die Sehschärfe der Augen kaum geschwächt, eine geringfügige Altersweitsicht. Sie benutzt, wo es nottut und wo es wirkungsvoll ist, ein Vergrößerungsglas, das sie an einer Silberkette um den Hals trägt und hervorzieht, wenn sie in einem Antiquariat oder beim Trödler herumstöbert und einen Gegenstand in näheren Augenschein nehmen will. Sie hält das Glas über den Stich, die Radierung, nicht vor das Auge, so daß der Eindruck entsteht, der zu betrachtende Gegenstand sei zu klein, nicht aber die Sehschärfe ihrer Augen geschwächt. Sie benutzt das Glas, wenn sie sich am Bankschalter ihre Kontokarte zeigen läßt, hält es über die unverständlichen Chiffrierungen 02-09-118, als ob sie durch die bloße Vergrößerung schon verständlicher würden, sie fragt zum wievielten Male den Mann am Effektenschalter: Sollte ich das wissen? Und er erklärt ihr zum wievielten Male, was ein Diskontsatz ist.

Die Schärfe ihres Gehörs hat nachgelassen. Sie ist jetzt weniger empfindlich gegen das Quietschen der Straßenbahnen, das Rumpeln des Aufzugs, der neben ihrer Wohnungstür endet. Das Schaben und Nagen des Viehzeugs im Gebälk, das Grummeln der Tauben im Morgengrauen jedoch hört sie eher verschärft. Ihre Ohrmuschel trifft eine Auswahl unter den Geräuschen, schickt nicht mehr wahllos jedes durch die Gehörgänge. Ein reizendes Ohr übrigens, immer noch klein, anliegend, ein wohlgeformtes Ohrläppchen, rosig durchblutet.

Die Zähne. Es sind noch dreißig, kein Anlaß, trübsinnige Gedanken an den letzten Zahn zu knüpfen. Dreißig wohlerhaltene, gutgepflegte Zähne, breit, kurz, kräftig, dem Kiefer entsprechend. Eine Jacketkrone, zwei Füllungen. Blaßrotes Zahnfleisch. Ein

Dentist würde dieses Gebiß vermutlich als kaufreudig bezeichnen. Der linke Schneidezahn weist eine Kerbe auf. Wie viele Frauen pflegt auch sie Fäden mit den Zähnen abzubeißen, Stecknadeln mit den Zähnen zu halten, bis zu sieben Stück.

Am rechten Oberarm sieben kreisrunde Impfstellen. Eher zierliche Tupfen denn entstellende Narben. Der impfende Arzt mochte das Töchterchen des Ornithologen für besonders gefährdet gehalten haben. Es gab orientalische Vögel in den Gehegen. Jenen Paradiesvogel zum Beispiel, neuseeländischer Herkunft und das kostbarste Stück der Sammlung, allerdings ohne jeglichen wissenschaftlichen Wert, zu beobachten gab es nichts. Da er allein lebte, war weder sein sexuelles Verhalten noch die Aufzucht der Brut während der Gefangenschaft zu beobachten. Der Arzt hatte siebenmal zugestochen. Behutsam, da es ein besonders kleines Mädchen war. Vielleicht war Wiepe aber auch unruhig, und die Nadel geriet versehentlich einige weitere Male in das Ärmchen. Keiner hat das beachtet. Außer diesem einen Mann, diesem Regisseur, der damals gerade den »Seidenen Schuh« von Claudel inszenierte. Vor allem anderen nahm er sie beim rechten Arm, zählte die winzigen Narben, tupfte auf eine jede, fünf, sechs und gesucht und gezögert und dann die letzte, kleinste, nahe der Achsel entdeckt, sieben und sie geküßt. »Du bist's, Doña Siebenschwert!«

Dann diese Narbe auf ihrem Bauch. Eher eine

Zierde als eine Verunstaltung ihres Körpers. Auch sie jahrelang, jahrzehntelang wenig beachtet. Von dem scheuen Bertram nie erwähnt, nie nach der Herkunft befragt. Daß er sie nicht zu Gesicht bekommen hätte, ist trotzdem nicht anzunehmen.

Wiepe war achtzehn, als die Blinddarmoperation nötig wurde. Sie war mit einem Medizinstudenten befreundet. Siebtes Semester, bereits vorgeschritten in den Studien, aber noch eifrig. Sie saßen in einer Konditorei. Er zeichnete auf die marmorne Tischplatte die Operationsmöglichkeiten beim Blinddarm. Sämtliche Komplikationen eingehend dabei demonstrierend, auch den Darmdurchbruch. Er entwarf ihr die chirurgischen Stichmuster, schrieb die Bezeichnung jeweils daneben. Durchstechstich und Vorstich und wie das alles heißt. Ein Matratzenstich war dabei, den der operierende Chirurg vermutlich bei ihr, bei Wiepe, anwenden würde. Er zeichnete einen weiblichen Bauch, etwa in Originalgröße, auf die Tischplatte, räumte Tassen, Teller, Vase und Aschenbecher, sobald sie ihm ins Gehege kamen, auf die nahe Fensterbank, auf den Stuhl, wo eben Platz war. Er ordnete mit Geschick Magen, Leber, Galle, Blase in dem Hohlraum an, schraffierte und tönte mit seinem Bleistift die verschiedenen Organe und setzte einen sauberen Schnitt dorthin, wo Wiepe ihren, im Augenblick stark schmerzenden Blinddarm vermuten mußte. Man würde sie, nach Entfernung des hoffentlich nicht durchgebrochenen

Darmstückes, mit jenem demonstrierten Matratzenstich zunähen, da war Manfred sicher. Billroth zwo.

Das behielt sie. Billroth zwo, während sie den jungen Mediziner namens Manfred völlig vergessen hat. Als Billroth zwo tauchte er auf, wenn Wiepe ihren kleinen Mädchen das Märchen vom Wolf und den sieben Geißlein erzählte.

Diese vernünftigen, braven kleinen Mädchen! Sie lernten Verse, plapperten sie nach. Suppenkasper und Paulinchen, Zappelphilipp und böser Friedrich. Nur um den fliegenden Robert kümmerten sie sich nie. Die Rückseite des Struwwelpeters betrachteten sie kein einziges Mal. Kein Blick! Dabei wird es erst da gefährlich! Nicht, weil der fliegende Robert in einen Graben fallen könnte, nicht da liegt die Gefahr, sondern daß er eines Tages unter seinem roten Regenschirm davonfliegt. Unmöglich, ihnen Gullivers Reisen vorzulesen. Ein Liliputreich? Daumengroße Männchen mit streichholzgroßen Schwertern? Daran glaubten sie einfach nicht, hielten alles für eine Erfindung ihrer Mutter, der sie wenig trauten. Dann schon eher die Heinzelmännchen aus Köln. Da konnte die Mutter wenigstens genau angeben, wo das liegt: Köln. Erbsen auf der Treppe, daran glaubten sie, zumal die Mutter es vorführte, Erbsen auf die Treppe schüttete, zum Befremden der Hausbewohner. »Da kamen bei Nacht, eh man's gedacht . . .«, das plapperten die kleinen Mädchen reizend nach, vor allem Barbara mit ihrer flinken

Zunge. Ihr Interesse galt vor allem den Königen, dem Orient. Diamanten und Perlen! Das mag am Vater gelegen haben, der es liebte, Heinrich Heine zu zitieren, wenn er seiner Frau ein Geschenk überreichte, zu Weihnachten, zum Geburtstag. Selbst wenn es sich um einen gewöhnlichen Blumenstrauß handelte, den er im letzten Moment im Laden an der Ecke erworben hatte, zitierte er: »Du hast Diamanten und Perlen, hast alles, was Menschenbegehr, und hast die schönsten Augen – mein Liebchen, was willst du noch mehr?« Daher die Diamanten und Perlen, die es nie gab, von denen immer nur die Rede war. Pures Gold! Vergrabene Schätze! Ein Dukatenesel. Bestimmt? Wieviel ist das? In richtigem Geld! Ein Taler? Ein Dukat? Talente! Wiepe war eine gewissenhafte Mutter. Sie sagte nicht irgendwas, um das Kind zu beschwichtigen oder abzulenken, war andrerseits auch nicht pädagogisch, sonst wäre sie gegen die frühen materiellen Interessen des Kindes angegangen. Sie holte das Lexikon, sah nach und las alles vor, auch wenn es lateinisch war. Leider stellten die kleinen Mädchen immer Fragen, deren Beantwortung sie selber nicht interessierte. Ein Karfunkelstein. Was gäbe es da zu erzählen! Aber immer nur die Währung von Drachmen und harten Talern. Barbara war zielstrebig von klein auf. Sie behielt ihre Interessen bei. Geld und Männer, lange Zeit sah sie zu, daß sich ihre Interessen in einem reichen Mann verbänden. Kaum älter als zwanzig, kam sie wahrhaftig an Königshöfe, schrieb angenehm unterhaltende Berichte über die märchenhaften Schätze in Kuwait.

Jenny hingegen unterbrach die Mutter fortwährend mit: Wie denn? und: Womit denn? und mit diesem tödlichen: Warum denn? Sie war ein so praktisches Kind. Kann man das waschen? Kann man das essen? Keinen Augenblick lang glaubte sie daran, nicht einmal kurz vorm Einschlafen, wo doch wirklich alles möglich ist, daß das kleinste der sieben Geißlein im Uhrenkasten steckte.

Wenn die Mutter vorlas »nur das Jüngste in dem Uhrenkasten, das fand der Wolf nicht«, ging kein Blick zu der großen Wanduhr. Weder die kluge Barbara noch die praktische Jenny schienen zu erwägen, ob das jüngste Geißlein sich vielleicht dort versteckt halten könnte. Es war immerhin dieselbe Wanduhr, die schon im Forsthaus bei den Groß-, den Urgroßeltern gestanden hatte. Generationen hatten daran geglaubt, daß dort das jüngste Geißlein säße. Nur nicht Wiepes vernünftige kleine Mädchen. Abends im Bett hat sie sich dann beklagt. Bertram! Sie glauben nicht einmal an Zwerge, diese kleinen Ungeheuer! Dann sagte Bertram, dabei gibt es Zwerge, das ist doch sicher! Das ist ganz sicher, sagte sie. Aber damals waren die kleinen Ungeheuer wirklich noch sehr klein.

Sie beantwortete die Fragen von Jenny so exakt, wie sie nur konnte. Kein Ruf des Schreckens, wenn vom vollgefressenen Wolf die Rede war, der auf der grünen Wiese unterm Baum schlafend gefunden wurde. Ungestört konnte sie weiterlesen, »die Mutter Geiß dachte, ach Gott, sollten meine armen Kinder, die der Wolf zum Abendbrot hinuntergewürgt hat, noch am Leben sein?« Unmittelbar nach dieser Stelle aber erwachte das Interesse der kleinen Jenny. Schere, Nadel, Zwirn! Sie war ein praktisch veranlagtes Kind, ließ nie einen Teller fallen, hatte die geschickten Finger der Mutter geerbt, konnte mit vier Jahren bereits Kreuzstich auf Stramin herstellen, Stielstich, Plattstich, Spannstich, und mit fünf Jahren lernte sie mühelos den schwierigen Schattenstich, den die meisten Frauen zeitlebens nicht erlernen. Jenny hörte nicht zu, wenn es lediglich darum ging, daß die sechs toten Geißlein lebendig aus dem Bauch des Wolfes hervorsprangen, sie fragte atemlos, wie hat die alte Ziege denn den Bauch vom Wolf wieder zugenäht?

Und in diesem Augenblick erinnerte Wiepe sich an Billroth zwo. Sie kramte aus ihrem Stopfkorb einen Lappen, machte mit der Schere einen schrägen Einschnitt, nahm Nadel und Zwirn und führte den Kindern einen sauberen Matratzenstich vor. Sie erwähnte sogar, daß ein Doktor vor vielen, vielen Jahren – es waren nicht einmal zehn vergangen! – mit einem solchen Stich – mit blauem Zwirn, Mutti? – mit Katzendarm, mein Kind! – Mutters Bauch wieder zugenäht hatte. Als du ein Kind gekriegt hast, Mutti? Das war Barbara, solche Fragen waren typisch für sie in dem Alter. Nein, als ich einen schlimmen Blinddarm hatte.

Sie räumte den Lappen fort, das Garn, sah einen Augenblick lang den Marmortisch vor sich mit der schraffierten Landschaft ihres Bauches und erinnerte sich an ein Nußtörtchen. Es muß ein ungewöhnlich gutes Nußtörtchen gewesen sein, falls es nicht nur an den schlechten Zeiten gelegen hat, in denen Nußtörtchen rarer als junge Studenten waren, daß sich ihr das Nußtörtchen und nicht der Medizinstudent eingeprägt hat. Billroth zwo. Sie hatte nachdenklich ihre kleinen Mädchen betrachtet in dem Gefühl, etwas falsch zu machen, und dann versucht, die Geschichte vom Wolf und den sieben Geißlein zu einem leidlichen Ende zu bringen. Die alte Geiß nähte den Bauch des Wolfes mit einem Matratzenstich wieder zu. Woher hatte sie denn so schnell den Darm einer Katze? Sie nahm gewöhnlichen Zwirn. Vorher hatte sie den Bauch des Wolfes mit Wackersteinen gefüllt, die ihre sieben Geißlein aus dem Bachbett herbeigeschleppt hatten. Was denn für Wackersteine, kann man die denn essen? Bis zum Gesang der Geißlein kamen sie nie. Dabei läßt sich »der Wolf ist tot, der Wolf ist tot« so hübsch singen. Die kleinen Mädchen spielten statt dessen mit Vorliebe das Waschfrauenlied. »Zeigt her eure Füße, zeigt her eure Schuh und sehet den fleißigen Waschfrauen zu.« Und dann wuschen und schrubbten sie den lieben langen Tag, vor allem Jenny.

Ich habe nachgesehen. Wiepes Gedächtnis hat diesen, für einen Laien überraschend fachmännischen Ausdruck »Billroth zwo« vermutlich richtig bewahrt. Es handelt sich da um einen Professor Billroth, 1824 bis 1895, der in Zürich und Wien gelehrt hat. Die nach ihm benannte B.sche Operation ist die Resektion des Magenpförtners. Die B.sche Krankheit ist das Austreten von Gehirnflüssigkeit unter die Kopfhaut bei Schädelbrüchen. Durchaus möglich also, daß zum Zunähen der Wunde nach der oben erwähnten Operation eine Art von Matratzenstich verwendet worden ist, den man seither auch bei anderen Operationen ausführt. Warum sollte dieser Manfred sich geirrt haben. Siebtes Semester immerhin.

Die Grübchen auf ihrer Rückseite, paarig, rechts und links der oberen Lendenwirbel. Lachgrübchen genannt von Markus, dem Löwenmähnigen, vermutlich auch von ihm entdeckt, zumindest wiederentdeckt, ihr Körper war lange Zeit ein unerforschtes Gelände.

Konfektionsgröße achtunddreißig. Schuhgröße sechsunddreißig. Im Sommer trägt sie offene Sandalen, barfüßig. Die Zehen sind kaum entstellt. Sie trägt jetzt meist Hosen und darüber hüftlange Kittel, dem Kulikittel nachgebildet, aus groben, aber kostspieligen Stoffen. Sie liebt Strukturen. In Wolle, in Rohseide. Seit geraumer Zeit bevorzugt sie violette

Töne, vom lichten Heliotrop bis zum tiefen Ultrablau der Parmaveilchen. Langärmlige Kittel, hochgeschlossen, nur die immer noch schönen zierlichen Füße vorweisend und die Hände, denen man den Umgang mit schönen Dingen ansieht. Und dieser Kopf mit dem Gefieder der borstigen aschgrauen Haare, den hochgewölbten Augenbrauen über den runden Augen der niedlichen Sperlingseule. Sie wendet nicht den Blick, sondern dreht den Körper dorthin, wohin der Blick gehen soll, wie es die uhuartigen Vögel mit dem starren Blick tun.

Eine Angewohnheit? Eine Manie? Vielleicht auch eine Versteifung der Nackenwirbel, die niemals erkannt und behandelt wurde.

Sie altert, trocknet aus, schrumpft. Geht dem nicht mit fettenden Cremes und straffendem Placentubex zu Leibe, sondern hält ihr Gesicht in den Regen, geht nachts auf den Dachgarten, streift das Hemd ab, läßt den Regen über sich rinnen, spürt den Durst ihrer alten Haut, hüllt sich dann in ein Laken. Ihr Körper bildet sich zurück. Die Brüste werden kleiner. Die Härchen in den Achselhöhlen, auch die Schamhaare fallen fast unbeachtet aus. Mit Sechzig hat sie den Körper einer Zwölfjährigen, dem man keinerlei Anstrengung, jung zu bleiben, anmerkt. Die Korrekturen, die sie vorgenommen hat, kommen von innen, nicht von außen. Sie war kein hübsches Kind. Die Erstausstattung, die sie mitbekommen hatte, war so glücklich nicht. Um es ganz ehrlich zu sagen: Das

Aussehen des Säuglings war derart, daß es die Hebamme veranlaßte, dem damals nicht mehr jungen Vater zu sagen, das werden später die schönsten Menschen. Sie war kein anmutiges junges Mädchen, keine schöne junge Frau, eher unansehnlich als auffällig. Erst seit sie alt wird, dreht man sich nach ihr um. Man fragt: Wer ist das? Sie hat einen Lippenstift, benutzt sogar ein wenig Lidschatten, wenn sie zu einer Vernissage geht, hat gelernt, sich in Szene zu setzen. Erscheint sie auf den großen Auktionen, gehört sie zu den auffälligsten Erscheinungen. Selbstverständlich zupft sie die Härchen, die an ihrem Kinn unnötigerweise sprießen, gewissenhaft und mit Hilfe ihres Vergrößerungsglases aus. Sie beobachtet alle Veränderungen im Hormonhaushalt ihres Körpers mit Verwunderung.

In den letzten Jahren hat sie ein ganz neues Verhältnis zu Männern gewonnen. Sie empfindet sie nicht mehr als das andere Geschlecht. Eine neue Solidarität zu älteren Männern. Sie erwartet in körperlicher Hinsicht nichts mehr von ihnen. Das spüren Männer gerade in jenen Jahren, in denen sie sich auf ihre Leistungsfähigkeit nicht mehr verlassen können. Eine ungezielte, unverbindliche Koketterie, dem Flirt nicht unähnlich, war heute eher möglich als früher.

Sie ist ohne Alter. Sie ist ohne Geschlecht.

Der Kokon

Ein amtliches Schreiben: Die Beamtengehälter und Pensionen sind um sechs Prozent rückwirkend zum 1. April erhöht. Das gibt Anlaß, Bertrams zu gedenken. Wiepe gehört nicht zu jenen Witwen, die es als selbstverständlich ansehen, jahre- und jahrzehntelang vom toten Gatten versorgt zu werden. Sie hat nie einen wenn auch nur kurzen Gedanken an ihren Ernährer versäumt, wenn man ihr eine neue Aufrechnung der Bezüge zugestellt hat. Der Gute! sagte sie dann, oder Meister Bertram!

Witwe des verst. Professors Dr. jur. Oskar Bertram, steht auf dem Schreiben. Jener Tag, an dem sie den Witwenschleier abgerissen hat. Das liegt annähernd zehn Jahre zurück. Lange hat sie ihn nicht getragen, ein paar Wochen höchstens, es ist eher symbolisch zu verstehen.

Sie hat niemals, nicht einmal am Tag der Beerdigung und in keinem der Antwort- und Dankbriefe auf die zahlreichen Kondolationen, die zu schreiben nötig waren, behauptet: Er war mein Leben. Sie hat ihn nie als ihren alleinigen Besitz betrachtet. Aber warum die Vergangenheitsform? Er bleibt weiterhin ein Stück ihres Lebens, wie sie ein Stück seines Lebens geblieben ist, das er mit in den Tod genommen hat.

Sie befand sich auf dem Heimweg. Sie war einer Bekannten begegnet, die in Begleitung eines Mannes war. Sie wurde als »die Witwe des Professors Bertram, du weißt, der Jurist, Zivilrecht«, vorgestellt. Dieser Satz ging ihr beim Weitergehen durch den Kopf. Witwe des. Man kann es nicht als Nachdenken bezeichnen, die Gedanken ziehen durch sie hin, manchmal hakt einer sich fest, dies war so einer. »Witwe des Professors Bertram, du erinnerst dich, der Jurist.« So war das immer gewesen. Wiepe, die Tochter des Zoologen Kleiner, Sie erinnern sich, der Ornithologe. Dann die Gattin des Professors Bertram. Dann die Mutter der Barbara Bertram, B. B. Sie kennen doch die Journalistin. Die Tochter, die Gattin, die Mutter, die Schwester von und demnächst auch noch die Großmutter des. Immer sie, Wiepe, im Genitiv. Es war die Gewohnheit ihres Mannes, einen Sachverhalt in Begriffen der Grammatik deutlich zu machen. Sie hatte auch das übernommen, sie sagte vor sich hin: des – des – des und des, sie summte es, geriet unwillkürlich in den Rhythmus eines Liedes, in Frankfurt liegt das ja nahe, »des – des – des und des, es ist ein harter Schluß. Weil – weil – weil und weil«, sie wollte fort! Sie wollte ihr Leben fortan im Nominativ leben. Ich, Wiepe Bertram, geborene Kleiner. Das war nicht als Protestaktion gegen ihren Mann zu nehmen. Er pflegte in seinem Einführungskolleg zu sagen: »Meine Herren, meine Damen! In einer Ehe heißt das Possessivpronomen im Nominativ unser, im Genitiv unseres, im Dativ unserem, im Akkusativ unseren. In allen Fällen unser, das ist weniger simpel, als man es dem Ausdruck Ihrer Gesichter nach annehmen sollte.«

Wiepe hatte, so gut es ging, nach diesem Grundsatz gelebt. Sie hat also nicht mein Mann gesagt und nicht meine Kinder, meine Wohnung. Was die Possessiva, die besitzanzeigenden Fürwörter, in einer Ehe angeht, so wußte sie da Bescheid. Einen Tag war sie verheiratet, da machten sie einen Besuch bei dem Bruder ihres Mannes, dessen Frau im Garten tätig war, als sie kamen. Sie rief ins Haus: Da kommen Bertrams. Das Schluß-s war sie, Wiepe, Anhängsel seines Namens. Sie merkte erst, als sie bereits Kaffee getrunken hatte, was das bedeutete. Sie hätte beglückt sein können, andere Frauen sind das. Wiepe war eher verwundert über ihre neue Stellung als Schluß-s.

»Erziehen Sie Ihre Frau zur Witwe!« Auch das einer der Lehrsätze von Bertram. Er hatte das getan. Auf seine Weise. Wiepe war gewohnt, den Lohnsteuerjahresausgleich zu machen, was durch die Nebeneinnahmen aus seinen Buchveröffentlichungen, der juristischen Gutachtertätigkeit so einfach nicht war. Sie wußte, wo Prämien zu welchen Terminen einzuzahlen waren. Bertram war kein Gatte, der quietschende Türen ölte, Stiele in einen Besen schlagen konnte oder einer, der doch wenigstens die Spinne getötet hätte, die überm Bett der Gattin an einem langen Faden baumelte. Das alles war Wiepe gewöhnt, selbst erledigen zu müssen. In diesen Dingen fehlte er ihr nicht. Kein Kurzschluß im Stromnetz, nicht jede Schraube, die sich lockerte, machte ihr schmerzlich bis zur Verzweiflung den erlittenen Verlust deutlich. Da war kein Grund zu sagen: Was soll ich ohne dich tun?

»Es geht vorüber«, damit hatte sie die kleinen Mädchen getröstet, wenn die sich das Knie aufgeschlagen hatten, damit hatte sie Bertram getröstet, wenn er sagte: Das hört nie auf, das geht weiter bis zu einem fürchterlichen Ende! Nichts anderes hatte sie gewußt als: »Es geht vorüber.« Das sagte sie jetzt zu sich, wenn sie nachts wach lag. Bertrams Uhr tickte nicht mehr, sein Atemzug, dem sie sich einmal anzupassen versucht hatte, fehlte, sie streckte die Hand aus, legte sie dorthin, wo seine Schulter gewesen war. Sie brauchte nicht zweimal Meister Bertram zu sagen, dann war er wieder neben ihr, dann schlief sie ein. Sein Platz am Eßtisch, der viel zu groß war, seit die Töchter das Haus verlassen hatten, war leer, sie saß ihm weiterhin gegenüber, stellte keinen Teller hin, das nicht, reichte ihm keine Speisen zu, aber kochte für sich seine Lieblingsgerichte, briet Steaks englisch, obwohl sie selbst sie lieber mochte, wenn sie gut durchgebraten waren. Sie kümmerte sich nicht um Bertrams scheinbare Abwesenheit. Sie setzte sich auf den Stuhl, der seinem Schreibtisch ge-

genüberstand, auf dem sie immer gesessen hatte, wenn sie aus der Stadt zurückgekommen war, um ihm zu berichten, was sie erlebt hatte.

»Das natürliche Ende einer Ehe ist der Tod.« Sie hatte in den ersten Jahren ihrer Ehe seine Kollegs mit der Maschine in Reinschrift geschrieben; er hatte sie ihr diktiert, später hatte das sein Assistent übernommen. Diese Kollegs waren als »Kommentare zum Eherecht« erschienen. Sie erinnerte sich vieler Formulierungen. »Betrachten Sie die Witwe nicht ohne weiteres als zum Nachlaß des Erblassers gehörig.« Sie setzte sich auch diesmal auf ihren Stuhl, gegenüber dem seinen, leeren, und verkündete ihm: Ich gehe, Bertram. Was soll ich hier, wenn ihr alle weg seid.

Sie hatte nicht oft Gelegenheit zu selbständigen Entschlüssen gehabt. Ihre Entschlußkraft war daher noch ungebrochen. Es geschah am Tag, an dem sie fünfzig wurde. Sie nahm ihn als Wendepunkt, sagte ganz klar, ganz deutlich: Ich war die Frau Bertrams, aber von nun an werde ich Wiepe Bertram sein und nicht eine hauptberufliche Witwe. Sie trank den letzten Schluck Wermut, kaufte nie wieder eine Flasche. Wermut ist ein Getränk für Witwen. Sie griff zum Telefonhörer und bestellte einen Auktionator. Sie kündigte zum nächsten Termin die Wohnung, sie packte, was sie aus dem gemeinsamen Leben mit Bertram auch weiterhin noch gebrauchen konnte. Es ging in zwei Koffer. Jede Halskette erweist sich unter solchen Umständen als Erinnerungsträger, löst ihrerseits endlose Erinnerungsketten aus. Sie wollte nicht den Rest ihres Lebens als leibhaftiges Überbleibsel ihres Mannes verbringen. Sie nahm kaum mehr mit als er. Für den Grabstein hatte sie bereits gesorgt. Sein Grab lag im Schatten, auch das hatte sie nicht vergessen. Du weißt, mir bekommt zuviel Sonne nicht, sorg dafür, daß ich in die Nähe eines Baumes zu liegen komme, das hatte er beiläufig, scherzend gesagt, als sie von der Beerdigung eines Kollegen zurückgekehrt waren, an einem Tag im Juli. Er lag im Schatten, sogar in der Nähe einer Blutbuche, und das war sein Lieblingsbaum, das wußte sie sicher. Sie hatte für ihn getan, was sie tun konnte. Sie gab die Grabstätte in Pflege, betrachtete eingehend den Platz, der für sie vorgesehen war. Zu seiner Rechten. So hatten sie immer gelegen, er rechts, sie links, vom Betrachter aus gesehen. Dreißig Jahre lang, mehr als die Hälfte ihres Lebens und vermutlich in alle Ewigkeit an seiner Seite. Ein Grund mehr, für eine Weile wegzugehen.

Sie verkaufte den gesamten Hausrat. Sie konnte ihr künftiges Leben nicht an ein Büfett binden, Eiche furniert, nicht an diesen ausziehbaren Eßtisch, und auch nicht an eine elektrische Waschmaschine. Die Töchter in Rom und in Kalifornien konnten mit Möbelstücken in Deutschland nichts anfangen. Familienfotos, Bücher, kleine tragbare Gegenstände mit Erinnerungswert hatten sie bereits mitgenommen.

Das wichtigste war der Entschluß. Sie brauchte nicht bei jedem Kleidungsstück zu bedenken, ob es für die künftige Wiepe Bertram passend sein würde. Das alles hatte der Gattin des Professors Bertram gehört, sie streifte es ab wie einen Kokon, ebenso wie sie die »arme Wiepe« abstreifte. Die Bertramsche Sippe hatte sich bereits daran gewöhnt, von ihr als »der armen Wiepe« zu sprechen. Es war höchste Zeit.

Sie sagte zu dem Auktionator »alles«, und dabei blieb es, ohne Sentimentalität. Sie war bei der Auktion anwesend, verlor vom Augenblick an, in dem die Entscheidung getroffen war, das Gefühl, daß es ihr Besitz war, der da versteigert wurde, Möbel, die sie unter Mühen erworben und jahrelang gepflegt hatte. Ihre Anteilnahme war auf die Sache beschränkt, die Gegenstände, die an einen neuen Besitzer gebracht werden sollten. Sie war hellwach, zu handeln machte ihr Vergnügen. Als die Standuhr an die Reihe kam, das schönste und älteste Stück des Hausrates, fiel ihr das jüngste der sieben Geißlein ein, die Zeiten im Forsthaus, sie mischte sich ein, sie erzählte dem späteren Käufer von den kleinen Mädchen, dem siebten Geißlein, der holzgetäfelten Diele im Forsthaus. Man hielt sie für die Mitarbeiterin des Auktionators. Sie trieb die Preise in die Höhe. Als sie fertig waren, sagte der Auktionator: »Sie sollten in die Branche einsteigen, Sie verstehen etwas vom Geschäft.«

Bertram pflegte, was zu tun war, auf einen Zettel zu schreiben. Er ordnete die Posten untereinander, sowohl Pflichten als auch Wünsche, aber auch Denkvorhaben. Nach dem Grad der Dringlichkeit, aber auch dem der Möglichkeit, sie zu erledigen. Er brachte sie in ein System, überprüfte sie bei jeder Neuanordnung, fertigte solche Listen nahezu täglich an, strich Erledigtes durch, setzte Neues hinzu. Er behauptete, diese Methode »vom alten Kant« übernommen zu haben. Wiepe übernahm sie von Bertram. Das erste, was sie in ihrer neuerworbenen Selbständigkeit tat, war, daß sie etwas von ihrem toten Mann übernahm. Sie legte gleichfalls eine Liste an. Sie schrieb, alles an jenem Tag, an dem sie fünfzig Jahre alt wurde, als sie beschloß, nicht länger eine Frau im Genitiv zu sein, als sie die Wohnung kündigte, den Auktionator bestellte, ihre persönlichen Sachen zusammensuchte, darunter einen Plüschbär, einen Pepi, das erste Spielzeug Barbaras, von ihr selbst hergestellt: sie schrieb auf eine Liste das, was sie mit dem Rest ihres Lebens tun wollte. Eine Lebenswunschliste. Sie verfügte damals noch nicht über den schönen Vorrat an Kartons, den sie heute hat, sie nahm die Papprückseite eines Max-Krause-Blocks. Bertram pflegte ausschließlich auf Max-Krause-Papier zu schreiben, kleinkariert, glattes, satiniertes Papier, Din A 4, das eine exakte Anordnung eines Schriftsatzes ermöglicht, wenn nicht erzwingt. Sie saß einen Augenblick lang noch zögernd, die

Stimme Barbaras war da, diese piepsige Stimme der Siebenjährigen. »Schreibste mir, schreibste ihr, schreibste auf MK-Papier.« Bertram hatte Mühe gehabt, seinem Liebling glaubhaft zu machen, daß »schreibste« zwar tausendfach als Reklame gedruckt würde, daß es aber trotzdem nicht »finnste« und »siehste« heiße. Von klein an glaubte Barbara allem Gedruckten mehr als dem Gesagten, selbst wenn es aus dem Mund des Vaters kam. Wiepe nahm die Rückseite seines letzten, nur zur Hälfte noch benutzten Max-Krause-Blocks, nahm seinen Füllhalter und schrieb ihren letzten Willen, so muß man es nennen. Nicht ihren Tod, wohl aber ihr Leben betreffend. Sie schrieb zunächst wahllos, größer oder kleiner, in die Ecken, in die Mitte, untereinander, Worte. Je Wort ein Wunsch. An der Größe der Buchstaben, an der Plazierung auf dem Karton hätte ein Graphologe leicht den Grad der Dringlichkeit ihrer Wünsche ablesen können. Sie wandte das System ihres Mannes ganz und gar unsystematisch an. Wüste schrieb sie, und gleich daneben Wasserfälle. Dann: ein Dachgarten. Schneller Sportwagen stand da, und in Klammern dahinter MG oder Alfa Romeo oder Porsche. Zunächst hatte da »fahren« gestanden, das hatte sie durchgestrichen und »haben« geschrieben, jeder Buchstabe für sich, alle groß: HABEN. Sie dachte einen Augenblick lang an ihren Vater, und dabei kamen ihr Kolibris in den Sinn und Flamingos. Sie machte seine Wünsche zu den ihren.

Er hatte die Vögel zu sich holen müssen, weil er nicht dorthin reisen konnte, wo es diese Vögel gab. In jenem Augenblick erkannte sie den Vater, der ein Forscher hatte werden wollen. »Als Junge wollte ich immer Schmetterlinge am Amazonas fangen, jetzt sitz' ihr hier am Vogelherd.« Ihr Vater, in den Käfig einer unglücklichen Ehe gesperrt. Kolibris und Flamingos zu seinem Gedächtnis.

Sie entdeckte an diesem Nachmittag die Möglichkeit, ein Wort seinem Inhalt gemäß zu schreiben. Sie setzte ein großes M hin, das aussah wie eine Klippe am Meer, hängte zwei langgezogene, auslaufende kleine e daran, dann ein r in einem Fadenstrich endend: das Meer. Sie schrieb Chartres so, daß man die gotischen, ungleichen Türme erkennen konnte. Stierkampf schrieb sie nicht, sondern zeichnete einen Stier mit gesenktem Nacken, einen Torero davor auf dem Sprung, dem Stier den Todesstoß zu geben. Alles durcheinander. Mitten darin: kurze Haare.

Die erste Fassung ihrer Lebenswünsche ist noch erhalten. Sie warf sie in einen der beiden Koffer. Das Blatt liegt unter ihren Papieren. Man muß hoffen, daß es einem Kenner, einem Liebhaber solcher Aufzeichnungen in die Hände kommen wird, ihre Töchter werden nichts damit anzufangen wissen.

Etwa neun Jahre ist das her. Neunzehnhundertfünf ist sie geboren. »Derselbe Jahrgang wie Max Schmeling und Greta Garbo!« pflegte Bertram zu sagen. »Robust wie der eine, scheu wie die andere.«

Sie hat keinen der erfüllten Wünsche abgehakt oder durchgestrichen, wie Bertram das zu tun pflegte. Niemand hätte in diesem weißen Blatt mit den ungeordneten Worten ein Kantsches Denkschema vermuten können. Sie hatte nur einfach hingeschrieben, worauf sie in jenem Augenblick Lust verspürte, und dazu gehörten die kurzen Haare und die schnellen Autos. Sie hatte wenig Gelegenheit gehabt, Wünsche zu äußern. Obwohl man einen Menschen an seinen Wünschen soviel besser erkennen kann als an seinen Meinungen und Gedanken, hatte man sie immer nur gefragt: Was meinen Sie dazu? Was denken denn Sie? Keiner hatte gefragt: Was würden Sie sich wünschen? Kaskaden von Wünschen. Wasserfälle und Kolibris.

Sie war für Kaffee-Einladungen im Rahmen der Universität, die doch unumgänglich sind, völlig unergiebig. Es war zwecklos, sie zu fragen: Was halten Sie von der Wiederbewaffnung, Frau Professor? Wie stehen Sie zur Todesstrafe? Zur Atombewaffnung? Sie hatte keine Meinungen und keine Ansichten und glaubte auch nicht, daß ihre Meinungen und Ansichten von irgendwelcher Bedeutung sein könnten, warum sie dann äußern, warum sie dann überhaupt erst haben. Was aber schlimmer war, sie sagte auch nie: Mein Mann meint. Mein Mann findet. Man konnte sie nicht ausschließen. Bei den gesellschaftlichen Veranstaltungen innerhalb der juristischen Fakultät mußte man sie hinnehmen, aber sie war und blieb ein Fremdkörper. Sie wußte das. Sie war daher froh, wenn wenigstens eines der Kinder gerade Masern hatte und sie sagen konnte: Die Kleine hat neunundddreißig vier Fieber. Dann hieß es zwar: Und dann lassen Sie das arme Kind so einfach allein? – Das Kind hat Fieber, ob ich da bin oder nicht. – Natürlich, wenn Sie es so ansehen. Hinter ihrem Rücken dann: Der arme Bertram! Die armen Kinder! – Haben Sie den neuen Wiechert gelesen? Die Magd des Jürgen Wieheißterdochgleich, Sie wissen schon, dieser, war er nicht sogar ein Priester? – Nein? Und dann Kolbenheyer, den Paracelsus? Auch nicht? – Und Böll? Und sagte kein einziges Wort? – Sie lesen wohl überhaupt wenig?

Wiepe hockte auf der Sesselkante, hielt Tasse und Untertasse in der ihr eigentümlichen Weise mit beiden Händen, saß auf dem Sprung, als wäre sie halb schon fort, sie nickte, sie las wenig, wieder ein Mangel, wieder: der arme Bertram, und jetzt, jetzt war er auch noch gestorben. Wenn auch in ihren Armen, aber das wußte ja keiner, man hätte es vermutlich auch falsch verstanden.

Immerhin hatte sie einen Garten. Über Rosen oder Rosenkohl, je nach den Zeiten, war sie bereit mitzureden. Über Ungeziefervertilgung und Leimringe war sie unterrichtet, da machte sie brauchbare Mitteilungen, vielleicht etwas zu ausführlich für die Damen, die sich aus Leimringen weniger machten.

Sie backte kunstvolle Biskuitrollen, so leicht machte ihr die keiner nach. Sie bestrich sie mit Schokoladencreme, riffelte die Oberfläche, bis sie borkig aussah, streute geraspelte Pistazien darüber, hätte sie je Ovid gelesen, hätte sie Pistazien gewiß nicht verwendet, grün bemoost der Stamm, rechts und links einige Zweige, bemoost auch sie und mit Eicheln aus kleinen kandierten Weintrauben besetzt. Eine Bismarckeiche, als solche vollendet. Sie gab sich Mühe. Wenn es um sachliche Dinge ging, gab sie sich immer Mühe. Sie war auch bereit, die Notwendigkeit dieser Damentees und Semestereinladungen im Rahmen der Fakultät anzuerkennen. Man hielt sie für einfältig, und sie wußte das. Hinter ihrem Rükken: Die Mutter soll eine richtiggehende Bauerntochter gewesen sein! Sie ist buchstäblich zwischen Gänsen aufgewachsen! Immerhin handelte es sich um Pfeifgänse, ihr Vater war Ornithologe, aber solche Richtigstellungen machten es auch nicht besser. Es blieben Gänse.

Die Knusperhäuschen, die sie alljährlich zu Weihnachten aus Lebkuchenwänden errichtete, mit Plätzchen und Konfekt beklebt, Baiserrauch aus dem Schornstein, waren wirkliche Kunstwerke und in jedem Jahr ein wenig anders. Leider waren sie bei den Töchtern nicht beliebt. Kannst du uns die Plätzchen nicht so geben wie andere Mütter auch? Abknibbeln ist doch blöde, wir essen sie ja doch!

Hier hatten wieder einmal Kinder eine falsche

Mutter, das passiert ja oft. Gab es Grießpudding aus der Fischform gestülpt, mit zweigeteiltem Schwanz und einem großen Rosinenauge, was an anderen Familientischen Begeisterung und Streit um Kopf und Schwanz auslöst, gab es von Barbaras Seite höchstens ein mokiertes: So ein Kitsch! Bei der Tochter Jenny in Kalifornien ißt man weder Knusperhäuschen aus Lebkuchen noch Pudding aus der Fischform. Es ist zu vermuten, daß sowohl der kleine Mike als auch Pat mit Entzücken die Schokoladenkringel vom Weihnachtsbaum plündern würden, wenn sie so etwas je zu sehen bekämen.

Die kleinen Mädchen galten als gut erzogen. Das schob man allgemein dem Vater zu, diesem klugen, wortgewandten, eleganten, leider nicht ganz gesunden Bertram. Man hörte nie, daß mit der Ehe etwas nicht gestimmt hätte. Aber auch das galt einzig als sein Verdienst. Ein Familienrechtler! Natürlich verstand der es, eine Ehe zu führen. Seine geistreichen Äußerungen waren nicht nur in Universitätskreisen bekannt, jene Witze, mit denen er seine Kollegs würzte, machten die Runde; es wird noch von ihnen die Rede sein müssen.

Vor offiziellen Veranstaltungen pflegte Wiepe ihren Mann zu fragen: Muß ich hingehen, Bertram? Dann sagte er: Es muß sein, mein Herz! Lange Zeit sagte er »mein Herz« zu ihr, ganz unbewußt. Sein eigenes Herz war krank, vielleicht suchte er nach einem neuen? Wiepe war gesund. Mein Herz!

Dreißig Jahre lang gingen sie behutsam und höflich miteinander um. Ist das Fehlen von Glück bereits Unglück? Sie war nicht unglücklich mit Bertram. Sie war ihm treu, aber sie hat ihn nicht geliebt; zumindest nur mit einer unzureichenden Liebe. Für manchen schmälert das den Wert der Treue. Sie hat nicht ein einziges Mal gesagt, ich liebe dich. Aber so vieles hat sie nie gesagt.

Sie konnte nichts mehr für ihn tun. Er war tot. Sein Andenken bewahren –? Man wird sehen, wie das mit Bertrams Andenken steht.

Die Zeit der Leoniden

Wiepe gehört nicht zu denen, die sich schon am Vormittag, spätestens aber ab elf Uhr, so verhalten, daß sie nachts gut schlafen werden, nichts Schwerverdauliches zu sich nehmen, ab vier Uhr keinen schwarzen Tee mehr trinken, ab sechs Uhr keinen Kaffee. Den Tag als Vorbereitung auf die ungestörte Nachtruhe anzusehen war ihre Sache nicht. Sie trank Kaffee, wann sie darauf Lust hatte. Übrigens ohne Milch und ohne Zucker, pur, wie auch Bertram das tat. Eine ihrer Gemeinsamkeiten. Beide hatten eine Abneigung gegen Bowle, gegen Leipziger Allerlei, Tuttifrutti, Mixed pickles, Potpourris, Anthologien.

Wenn es ihr in den Sinn kam, sah sie sich Kriminalfilme in der Nachtvorstellung an, machte nicht einmal bei James Bond eine Ausnahme, sah sich »Goldfinger« dreimal an. Schlief sie dann nicht, lag sie wach, trug die Konsequenz, sagte höchstens laut zu sich selbst: Siehste, und erinnerte sich einen Lidschlag lang an Barbara mit ihrem »siehste« und »willste« und »haste«, sagte ein zweites Mal: Siehste, das haste davon; lag unter ihrer Felldecke und ließ die Gedanken schweifen, fuhr ein ins Bergwerk der Erinnerungen.

Die Felldecke besaß sie erst seit kurzem. Einer ihrer Kinderwünsche, den sie sich endlich erfüllt hatte. Als Kind wünschte sie sich, ein Fell zu haben, und wenn nicht das, dann wollte sie unter einem Fell schlafen dürfen. Der Großvater hatte sie ein paarmal in seinen Fahrpelz gehüllt. Die Felldecke ist fuchsfarben, 180 x 180, es bedeckt sie ganz. Luxus, zu diesem Zeitpunkt aber lebensnotwendig. Manchmal vergräbt sie ihre Nase in dem Fell und schnuppert und meint, Wildgeruch zu atmen, Wald.

Gerät es ihr nicht, Bilder heraufzubeschwören, bleiben Worte, die sich oft als Schlüsselworte bewährt haben, taub, dann steht sie auf, geht in eine der Dachkammern und hantiert dort, pinselt, leimt, sieht den Spinnen zu. Es passiert ihr jetzt oft, daß sie bis an die Schwelle des Schlafs kommt, wahrnimmt, wie Bilder und Gedanken verwischen, wie ihr Körper schwer wird, und dann, wenn es nur noch diesen kleinen Sprung über die Schwelle zu tun gilt, schreckt sie zurück. Plötzlich ist das Angstgefühl da, würgt sie, ihr Herz klopft bis in den Hals, sie setzt sich auf, zittert. Eine untergründige Angst, nicht wieder aufzuwachen? Daß gerade dieses Einschlafen das letzte sein könnte? Bewußt ist sie sich dessen nicht. Sie steht dann auf. Für die nächsten Stunden ist jeder neue Schlafversuch zwecklos.

Ist die Nacht warm, zieht sie sich den Schaukelstuhl auf den Dachgarten, zwischen Lilien, Oleander, Lorbeerstrauch. Jetzt ist August. Zeit der Leoniden. Zeit, sich an Markus zu erinnern. Sie bricht ein Lorbeerblatt vom Strauch, zerreibt es zwischen den Fingern, riecht daran.

Die Leoniden, sagte Markus, das wäre ein Titel! Da ist das Zeitmaß gegeben. Sein Arm war mit ausschweifender Geste dem Sturz eines Sterns gefolgt. Sie stürzen ins Meer, sie sinken ins Meer, weither, weithin, die Leoniden! Er warf seinen Löwenkopf in den Nacken. Sie sah ihm zu, sah ihm gern zu, korrigierte ihn nicht, das tat sie nie, und schon gar nicht, wenn es um Sternschnuppen ging. Da kommt es auf Genauigkeit nicht an. Es stimmt, im August durchquert die Erde einen Meteorgürtel. Nie soviel Sternschnuppen wie im August, aber es handelt sich nun mal um die Perseiden, sagen die Astronomen. Ungefährlicher Meteorstaub. Illumination und Dekoration für den irdischen Sommerhimmel. Aber: Perseiden im August, die Leoniden im November, daß da kein Irrtum entsteht. Nur daß im November keiner auf Sternschnuppen aus ist, auf Wünsche.

August. Sternzeichen des Löwen. Leoniden. Markus, das paßte zueinander. Wiepe sah unaufgefordert ein, daß dieser innere Zusammenhang enger und notwendiger war. Markus war so schlecht nicht orientiert, er war auch bereit, sie an seinem Wissen teilhaben zu lassen, er erklärte gern, wie alle Männer. Er legte ihr dar, wie denn nun die Sternschnuppen entstünden. Kometarische Ströme, rief er aus und füllte mit seiner Geste den Horizont. Sie standen in

Paestum am Strand. Sporadische Meteore, seit Jahrmillionen unterwegs, jetzt hier, über uns ihre Funken schlagend.

Ein Löwe. Einer aus dem Sternbild des Löwen. Ein König, dabei naiv, ehrlich, bereit, um der Ehrlichkeit willen jeden anderen zu kränken. Ein Egoist, dabei gutmütig, gelegentlich bis zum Exzeß. Auch dann noch Mittelpunkt. Es gibt schweigsame, aber auch gesprächige Löwen, er gehörte zu den gesprächigen, deren Schweigen noch ein beeindruckendes Nicht-Sprechen ist. Jede Rede gleicht einer Proklamation. Wenn er zuhört, schließt er die Augen. Seine Sätze fangen mit Ich an und enden frühestens im Weltall, oder aber sie fangen im Weltall an und enden bei seiner Person. Er liebt Lorbeer, braucht sein tägliches Blatt Lorbeer. Kaut es wie Betel. Bewilligt man es ihm nicht, weiß er: es ist aus mit ihm. Vorbei. Finis. Er ist furchtsam. Was wird werden, fragt er, täglich, stündlich. Er leidet unter Lebensangst, braucht einen Schweif von Bewunderern, die ihm versichern, wie großartig, wie ohnegleichen er ist. Und er ist großartig und ohnegleichen, in seiner Art. Ein Emigrant. Ist es noch immer, fünfzehn Jahre nach der Rückkehr. Er hat keinen festen Wohnsitz, lebt in Hotels, in Pensionen. Unter einem Wust von Papieren, Textbüchern, Kritiken, Briefen von Frauen, Korrespondenz, die Bett und Tisch und Sessel bedecken. Halbgeleerte Kaffeetassen, randvolle Aschenbecher, Schlipse, unzählige Arzneifläschchen, Hustentropfen, Mittel gegen Katarrh, Influenza, Rohasalz gegen Sodbrennen, worunter er leidet. Dann alle die Gebrauchsanweisungen, die er aufbewahrt. Kein Aspirin, das er schluckt, ohne die Tablette sorgsam zu betrachten, die Zusammensetzung auf dem Rezept zu lesen, die Dosierung, als studiere er eine Regieanweisung.

Er gehört zu denen, die täglich aufs neue gegen das Chaos anzukämpfen haben. Einer, dem sich die Dinge unter den Händen verwirren. Wer den Zustand seines Hotelzimmers kennt, begreift nicht, wie er in so weltmännischer Eleganz daraus hervorkommen kann.

Ein Tänzer. Ein Jongleur. Ein Schauspieler, der zu fechten versteht, zu boxen, zu reiten: ein Regisseur. Bereit, einer jungen Schauspielerin zu demonstrieren, wie man ein Kind an die Brust legt.

Er inszenierte, schon ist das Jahre her, den »Seidenen Schuh« von Claudel, dieses Monstrum von einem Welttheater. Die Proben hatten eben erst begonnen, noch standen die Streichungen nicht endgültig fest. Erste Stellproben, erste Unterredungen mit dem Bühnenbildner, der Kostümbildnerin. Er war zur Zeit ohne Begleitung. In jüngeren Jahren hatte er die Frauen geheiratet, denen seine Zuneigung galt, das entsprach der Stärke seines Gefühles, seinem Absolutismus, seiner Konsequenz, entsprach auch seinem Wunsch nach Ordnung, der zu den ewig unerfüllbaren seines Lebens gehörte. Die

Schwerfälligkeit der Gesetze widersprach dem, hinkte nach, so daß ein neues Gefühl bereits wieder im Erlöschen war, ohne daß die frühere Ehe rechtskräftig geschieden wäre. Drei Ehen. Er war großzügig. Er liebte zu sagen, daß er aus seinen Ehen jeweils hervorgegangen sei wie Sterntaler. Sein äußerer Besitz war minimal, sein nahes Alter durch keine Versicherungen geschützt. Was er zu vergeben hatte, war seine geistige und physische Vitalität. Für beides fanden sich willige Abnehmerinnen. Bei einer Auktion lernte er Wiepe kennen. Keine Umschweife. Kommen Sie zu meinen Proben, sagte er. Sie verstehen etwas von den Dingen, Farben, Oberflächen. Sie könnten mir helfen, ich bin sicher: Sie werden mir helfen, ich liebe Eigenwilligkeit. Er glaubte, daß er Eigenwilligkeit liebte, es war keine Unwahrheit, wenn er das sagte. Ich schicke Ihnen ein Textbuch, machen Sie mir Vorschläge, wie Sie sich die Szene denken, die Kostüme. Unvoreingenommen.

Wie hätte sie widerstehen können, wenn einer sagt: Sie können mir helfen, Sie werden mir helfen? Am nächsten Tag stand sie beim Pförtner des Theaters, und zehn Minuten später saß sie in dem dunklen Zuschauerraum, in einer der Proszeniumslogen. Und das fortan täglich, sechs Wochen lang. Sie sagte nie etwas, kein Laut kam aus ihrer Loge. Mit ihrem hellen, starren Blick verfolgte sie jede Bewegung auf der Bühne, ihre Augen schienen zu phosphoreszieren, blitzten im Dunkel auf, behauptete Proeza, die

Heldin des Stückes. Sie saß auf der vordersten Sesselkante, die Hände um die Brüstung gekrallt. Sie war keine Theatergängerin. Keine Abonnentin. Alles traf sie neu, jedes Wort. Diese Bretter bedeuteten damals für sie die Welt. Die Schauspieler richteten ihr Spiel auf sie, konzentrierten sich auf diesen einen Zuschauer, spielten nicht mehr für den leeren Zuschauerraum wie sonst bei den Proben, spielten nur noch für sie. Und sie hatte das auszuhalten. Eine Intensität, in die sich später neunhundert Zuschauer zu teilen hatten. Vielleicht erwarteten die Schauspieler einen Lacher, einen Schreckensschrei. Aber es kam nichts, in sechs Wochen nicht ein Laut, nur diese unabgelenkte Aufmerksamkeit. Tag für Tag und jedesmal fünf Stunden hintereinander und länger. Markus mehr als zwanzig Meter von ihr entfernt, am Regiepult oder auf der Bühne, rauchend und Kaffee trinkend ohne Unterbrechung. Er warf die halbgerauchten Zigaretten in einen Blechkübel, goß aus der Kanne Kaffee darüber, die ewige Angst des Theatermannes vor Brandstiftung. Das stank nicht etwa, roch eher angenehm. Wiepe hat das übernommen, drückt niemals mehr eine Zigarette mit der Fingerkuppe aus, sondern löscht sie mit Kaffee, auch mit einem Schluck Sekt.

Sie brachte ihm Vorschläge. Brauchbare Vorschläge, zumindest mögliche. Ihre Anwesenheit war jedoch wichtiger als ihre Stellungnahme. Sie war klug genug, das bald zu merken. Sie schlug vor, als

Plafond eine Weltkarte des ausgehenden sechzehnten Jahrhunderts zu nehmen; sie lernte das Vokabular rasch. Spanien als Mittelpunkt der Welt und jeweils die Kontinente oder Meere, Afrika oder Atlantik, auf denen die Szene sich abspielt, angestrahlt. Ein Einfall, der zwei Tage später dem Bühnenbildner ebenfalls kam; es war seiner, der dann ausgeführt wurde. Auch ihre Vorstellung jener Szene mit dem Schutzengel, auf dem Meer, im unsicheren weißen Mondlicht, ein Segel im Wind, ein Mast, ließ sich in einiger Abwandlung verwenden. Sie kannte das Stück bald so gut wie der Regisseur. Don Rodrigo – Proeza, was für ein Paar! Mehr noch aber liebte Wiepe die junge Doña Siebenschwert, Tochter Proezas und in einem schöneren, höheren Sinne auch Rodrigos. Sie war jung, tapfer, unerschrocken. Diese eine Szene ist es, derentwegen Wiepe sie liebte: »Die anderen Mädchen haben immer dieses endlose sterbenslangweilige Leben vor sich, den Herrn Gemahl, die Kinder, die Suppe jeden einzigen Tag, die Teller in alle Ewigkeit abzuwaschen, man hat nur das im Kopf. Die Leute gehen mühselig einher und merken nicht einmal, daß es so sehr viel leichter ist zu fliegen, man braucht nur nicht mehr an sich selber zu denken . . .«

In Gegenwart der Schauspieler nannte Markus sie Gudula. Er liebte gutturale Wörter. Gudula-Gudula, meist sagte er es zweimal auf einmal. Waren sie allein, nannte er sie Doña Siebenschwert, obwohl sie die Mutter der Doña Siebenschwert hätte sein können, dem Alter nach. Er bestand darauf, daß ihr Name im Programmheft ausgedruckt wurde. Er verstand sich auf Frauen, auf Belohnungen. »Beratend tätig war Gudula Bertram.«

Ihre wahre Aufgabe bestand darin, ihm im Anschluß an die Proben zuzuhören, seinen Ausbrüchen, seinen Einfällen, seinen Klagen. Aus dem ungeordneten heftigen Wortschwall hatte sie herauszuhören, was wesentlich war, was bei der nächsten Probe zu beachten sein würde. Das notierte sie für ihn, das fand sie einer Wünschelrutengängerin gleich heraus, ebenso wie sie fähig war, auf seinem Tisch im Hotelzimmer ein Aspirin zu finden oder jenen Sokken, der verloren war, endgültig, gestohlen vermutlich, eigens um seine Nerven zu strapazieren. Er war ein Dramatiker des Alltags. Alles komplizierte und verwirrte sich ihm. Keine Telefonverbindung ließ sich beim ersten Wählen einer Nummer herstellen. Wiepe brachte ein geringes Maß an Ordnung in sein Leben, gerade so viel, daß er es nicht als Störung empfand. Sie kam nicht auf den Gedanken, der vermutlich anderen Frauen beim Anblick seines Zimmers gekommen wäre, dort aufzuräumen, sein Bett zu machen, die schmutzige Wäsche zu sortieren, in eine Waschanstalt zu bringen. Sie begriff, daß dieses Chaos der Humus war, aus dem er lebte. Sie war ihm beim Suchen behilflich und war darin erfolgreicher als er. Sie war ihm unentbehrlich. »Was tät ich ohne dich!« Er kargte nicht mit Lob. Er liebte das Pathos, verstand sich darauf. In jedem Augenblick, selbst wenn er schlief: mit Pathos. Ein Mann, der müde ist, ein Mann, der schläft. Ein Dynamiker. Das Futter seiner Jacketts war ständig zerrissen, so sehr arbeitete er mit den Schultern.

Er war ein Hüne. Er liebte es, sich auf ihre Schulter zu stützen, die weit unter seiner war. Sie blickte zu ihm auf. Er liebte den Blick, mit dem sie den Kopf zu ihm hob; wie sie von den Fersen auf die Zehenspitzen wippte. Genau das tat sie damals wieder: sie wippte. Ein Wiepstert.

Nie kam er zu ihr, nie in ihre Wohnung. Möbel, Blumen, womöglich Tiere, mit denen sie zusammenlebte, Teile von ihr, die sie zersplitterten, ihre Aufmerksamkeit von ihm ablenkten. Er wollte sie, einzig sie, losgelöst aus ihrer Alltagswelt.

Darum lebt er im Hotel. Er will den Dingen keine Aufmerksamkeit zukommen lassen, die sie beanspruchen, wenn sie eigener Besitz sind. Möbel als Ausstattungsstücke für die Bühne. Das Hotelbett genügt ihm. Ob auch ihr, danach fragt er nicht. Er fragt sie nie etwas.

Noch war nicht Premiere, kaum die Generalprobe anberaumt, da hatte er den nächsten Stoff im Kopf. Nie wird er dazu kommen, Eigenes zu produzieren, was doch seine eigentliche Sache wäre! Sie begreift, daß er es nicht länger erträgt, Ideen aus einem fremden Gehirn zu seinen eigenen zu machen. Ihm wird übel, physisch übel, wenn er weiterhin diese fremden Worte in den Mund nimmt, mit fremden Zungen redet. Dialoge, die sich allesamt gegen seine eigene innere Stimme richten, die nun nicht länger schweigen kann.

Romeo und Julia wünscht er zu inszenieren! Seit er denken kann, und vierzig Jahre steht er bereits auf diesen Brettern, und immer noch ist Romeo zwanzig Jahre alt und Julia fünfzehn Jahre, altern nicht, nur er, einzig er war dem Gesetz des Alterns unterworfen. Wie oft noch? Wie oft noch Romeo und Julia? Vor vierzig Jahren war er selbst ein Romeo, da glaubte er noch an Romeos. Ich bitte dich, Gudula, sagte er, hör dir das einen Augenblick unvoreingenommen an. »O schwöre nicht beim Mond, dem wandelbaren, der immerfort in seiner Scheibe wechselt, damit nicht wandelbar dein Lieben sei . . .«, da irrt doch Shakespeare! Einzig eine wandelbare Liebe kann unwandelbar in ihrer Dauer sein. Wärest du verheiratet, könntest du mir das bestätigen. Er hat sie wahrhaftig nie nach ihrem Familienstand gefragt; ob sie verheiratet ist oder gewesen war, er stellt prinzipiell keine biographischen Fragen, er macht nur Feststellungen: Du bist unabhängig, du bist frei, verfügst über Zeit, über Geld, Gesundheit. Ein alter Romeo! Ein Sechzigjähriger! Was sage ich! Sechzig ist kein Alter. Er selbst ist gerade zweiundsechzig. Sagen wir, ein siebzigjähriger Romeo will anders geliebt sein als ein zwanzigjähriger. Daran, einzig daran krankt doch alle Liebe. Daß einer das Bild des anderen, das er sich einst gemacht hat, das vielleicht auch einmal gestimmt hat, in sich trägt und dem Geliebten verübelt, daß es sein Spiegelbild nicht mehr ist. Wie hätte Romeo sich denn nicht ändern sollen in einer sich ändernden Welt! Stell es dir vor, stell es dir auf der Bühne vor: ein tapriger alter Romeo! Seit fünfzig Jahren unverändert die Lerche und die Nachtigall. Das wäre ein Stoff! Ein Thema!

Kaum war ein Gedanke soweit gediehen – natürlich hatte Wiepe so rasch dazu nichts sagen können –, überfiel ihn Entmutigung. Allenfalls ein Nachspiel. Eine Farce. Ein Einakter.

Als er das Romeo-Thema wieder einmal anging, war es später Nachmittag. Die Sonne stand tief, würde bald im Meer versinken, etwa dort, wo Capri liegt, im Tyrrhenischen Meer. Sie standen unter den Eingangssäulen des Cerestempels in Paestum, die Sonne vergoldete den Kalkstein. Die Dohlen waren unruhig, flogen niedrig, schrien ihr kjak – kjak – kjak, suchten die alten Niststätten im steinernen Gebälk auf. Überm Lukanischen Apennin stand schon die Sichel des Mondes, an die Markus seine Worte richtete: »O schwöre nicht beim Mond, dem wandelbaren . . .«

Vor vier Tagen waren sie nach Paestum gekommen und waren dort geblieben, hielten sich tagsüber am Strand auf und fuhren am Nachmittag zu den

Tempeln. Jeden Nachmittag zwischen fünf und sechs, wenn die Tempel ihre schönste Stunde haben. Die Säulenstämme waren sonnenwarm. Wiepes Hände folgten den Kannelüren, sie begriff Paestum. Was sie wirklich in sich aufnehmen und bewahren wollte, jederzeit reproduzierbar, mußte sie mit allen Sinnen wahrnehmen. Das Geschrei der Dohlen, der Thymianduft, die warmen rauhen Steine unter den Händen, die sinkende Sonne hinter Markus' Haupt, den sie unverwandt ansah, und das Meer mit im Blick. Sie sagte ja und nickte. Sie hörte seit ein paar Tagen nicht mehr genau hin, wenn er sprach. Sie liebte ihn. Sie bebte, wenn er die Hand auf ihre Schulter legte, die doch die Schulter nicht meinte, sondern nur die Stütze für das eigene Gewicht.

Sie verstand ihn! Sie vermochte seinen kühnen Gedankensprüngen zu folgen, er wußte, daß sie kühn waren. Aber in jenem Augenblick folgte sie ihnen nicht, fühlte nur seine Hand auf ihrer Schulter und fühlte unter der eigenen Hand die Säulen des Tempels der Ceres, noch einmal spürte sie, daß der Erdkreis sich schloß. Sekunden währte das.

Am nächsten Tag mußten sie zurück. Die neuen Proben begannen. Eine neue Spielzeit begann. Verträge waren abgeschlossen, mußten eingehalten werden.

Markus war elegisch, mehr denn je sprach er mit Pedal. Am Abend trank er zuviel, der Wein bekam ihm nicht. Wiepe holte ihm sein Rohasalz, nachdem er bereits dreimal »Entschuldige!« gesagt hatte, wenn er aufstoßen mußte. Er fühlte sich abgespannt, er war immer angespannt oder abgespannt, niemals entspannt.

Sie brachte ihm den Schal mit, den er auch im Süden abends trug. Einen lose gewirkten Schal in blaugrüner Musterung, Mohair. Sie legte ihn um seinen Hals. Ihre Hände erinnern sich heute noch an das Gewebe des Schals, auch an seinen Geruch. *Arden for men*. Er war ständig besorgt, sich zu erkälten. Er war mehr als andere auf seine Gesundheit – seine Kondition, sagte er – angewiesen. Alle Regisseure haben diese Vorliebe für Schals, vermutlich weil auf Bühnen und in Studios ständig Zugluft ist. Sie tragen Wildlederschuhe mit dicken Kreppsohlen, um den Schritt zu dämpfen, auch Markus trägt sie. Man erkennt an Schuhen und am Halstuch schon von weitem: ein Regisseur.

Ein Stern zog in sanftem Bogen über den Himmel, sank ins Meer, etwa dort, wo Sorrent liegt, sie folgten ihm mit den Augen, er hatte die Hand auf ihrer Schulter. »Die Tränen, die mein Herz enthält, das Meer wäre nicht groß genug ...«, zitierte er, und es war Elegie in seiner Stimme. Wiepe wollte in Rom bleiben, bei ihrer Tochter Barbara, sie sagte es ihm erst jetzt. Sie würde nicht mit ihm zurückkehren, für ihn wäre es besser zu fliegen, die Reise in ihrem kleinen Wagen sei zu anstrengend für ihn. Und sie selbst bleibe noch eine Woche in Rom bei einer Tochter.

Ah, sagte er, eine Tochter! Das ist etwas sehr Schönes!

Die Küste läuft bei Paestum flach ins Meer, die Wellen brechen sich dreimal, bevor sie im Sand ausrollen. Anschwemmland. Der Wind raschelte im dürren Laub der kleinen Mandelbäume, in den staubigen Tamarisken. Sie gingen am abgeernteten Artischockenfeld vorbei, die Zikaden sangen, der Mond stieg höher.

Die Nacht ihrer letzten Umarmung. Das letzte Mal und dann nie wieder, nie wieder ein anderer Mann.

Fast hätte er gerade an diesem Abend sein Zeremoniell vergessen, sie mußte seine Hand nehmen und auf ihren Arm legen, da erst besann er sich, sein Daumen strich tastend über ihre Schulter, spürte die kleinen runden Impfnarben auf, zählte eins, zwei, drei, zählte bis sieben und sagte erleichtert: »Du bist's, Doña Siebenschwert.« Zum letztenmal. Später hockte sie im Bett, die Beine hochgezogen, den Kopf auf die Knie gelegt, sie sah ihn an, nur der Umriß seines Kopfes, seiner breiten Schultern war zu erkennen, sie faßte mit der Hand ins graurote Haargestrüpp seiner Brust, zauste ihn, was er gern hatte, vergrub ihr Gesicht darin, zitierte dann, traf annähernd den Tonfall jener jungen Schauspielerin aus dem »Seidenen Schuh«: »Was zu tun ist, liegt immer vor uns, und man soll sich nicht ängstigen, ob man's vermag oder nicht; das ist furchtbar einfach. Warum sprecht ihr von einer Schwelle, als gäbe es Trennung, wenn die Dinge verbunden sind wie das Blut mit den Adern.«

Markus schlief bereits.

Am Morgen schwammen sie ein letztes Mal zusammen. Der Wind hatte über Nacht gedreht, zum erstenmal keine Wellen, man konnte weit hinausschwimmen. Sie taten es. Schwammen und schwammen, als wollten sie nie zurück. Noch einmal übernahm sie die Rolle der Doña Siebenschwert. Sie besaß ein ausgeruhtes Gedächtnis, es fiel ihr leicht, Textstellen zu behalten. Sie sagte zu ihm, rief es ihm übers Meer hinweg zu: »Schwimmen wir ganz sanft und bequem. Es ist wunderbar, in diese Art von flüssigem Licht zu tauchen. Es macht uns zu göttlichen und schwebenden Wesen, zu verklärten Leibern. Hände sind nicht mehr nötig zum Fassen und Füße nicht mehr, uns zu tragen. Man treibt voran wie eine Seeanemone und atmet durch das einzige Aufblühen seines Leibes und die Schwellung seines Willens.«

Dies ist der glücklichste Augenblick ihrer Erinnerungen an Markus: wie sie zusammen ins Meer hinausgeschwommen sind. Dort hat sie von ihm Abschied genommen. Es gibt keine Trennung, wenn die Dinge verbunden sind wie das Blut mit den Adern. Was tut es, daß sie sich irrt? Ihr Gedächtnis hat da einige Korrekturen vorgenommen. Mit der Wahrheit läßt sich schwer leben. Markus konnte nicht schwimmen, schwamm niemals, ging am äußersten Saum des Meeres auf und ab, kaum daß die Wellen seine Knöchel umspülten. Das Feuer war sein Element, nicht das Wasser. Wo sah man je einen Löwen im Wasser?

Jene kurze Szene, die sich gleich darauf am Strand abspielte, hat sie vergessen. Sie war aus dem Wasser gekommen, war ermüdet, angestrengt, hatte in der vergangenen Nacht kaum geschlafen, die Liebe zu Markus hatte an ihren Kräften gezehrt. Sie wickelte sich in ihr Badetuch, setzte sich neben Markus in den Sand. Es waren wenig Menschen am Strand, es war noch früh. Er hatte ohne Überleitung, ohne zu fragen, wie war es im Wasser, du warst weit draußen, oder auch nur, ist es dir jetzt nicht kalt, ohne jegliche Überleitung hatte er eines seiner Projekte vor ihr ausgebreitet. Romeo und Julia oder jene beiden jungen Liebenden, die sich emporliebten, wie er das nannte, aus den Niederungen der körperlichen Liebe aufstiegen; eines seiner noch unsicheren Fernsehvorhaben.

Wiepe schrieb derweil mit dem Zeigefinger in den Sand: *I am lonely*. Markus spürte sofort, wenn jemand nicht aufmerksam war, er fragte, was schreibst du da? Sie las es und erschrak, weil es Bertrams Worte waren, sie wischte mit der Hand darüber hin, blies zunächst über den Sand und sagte, ohne zu lügen, was sie immer vermied: Ich werde jetzt dieses Treppenhaus konstruieren, und zeichnete ein stählernes offenes Gerüst in den Sand. Markus legte den Arm um ihre Schultern und sagte, nie wieder werde ich eine Frau finden, die wie du auf meine Ideen einzugehen weiß!

Heute, an diesem Augustabend, versucht sie zum ersten und einzigen Mal, Markus zu erreichen. Sie erfährt über den Fernsprechauftragsdienst den Namen des Hotels, in dem er wohnt. Die Spielzeit hat noch nicht begonnen, aber die Proben. Sie weiß über den Turnus des Theaterlebens Bescheid. Sie kennt die Bewegung, mit der er zum Hörer greift, weiß, mit welcher Stimme er seinen Namen nennt, wie er Frische oder Müdigkeit hineinlegt, beides eine Spur übertreibend. Und wirklich: Sie erreicht ihn. Er reagiert aufs Stichwort, ist an Stichworte gewöhnt. Sie braucht nur Markus zu sagen, und er reagiert in Sekundenschnelle: Doña Siebenschwert! Und dann erfährt sie, daß er »Faust II« inszenieren wird, in einer Funkbearbeitung, noch hat er nicht guten Abend gesagt, da deklamiert er schon, als hätten sie sich vor Stunden und nicht vor Jahren getrennt.

»Wer Gutes will, der sei erst gut,
Wer Freude will, besänftige sein Blut,
Wer Wein verlangt, der keltre reife Trauben,
Wer Wunder hofft, der stärke seinen Glauben.«

Hörst du das? Da ist jedes Wort echt! Durchempfunden! Dieser alte Goethe, das macht ihm keiner nach. Dafür gibt er seinerseits alle diese Ionescos, Becketts, Albees hin. Es ist eine Entdeckung für ihn! Er fühlt sich verjüngt. Wie Faust selber fühlt er sich.

Auf Himmelswiesen! Um ihr auch das einzugestehen: ein Erdgeist ist ihm zur Seite. Jung! Blutjung! Und sie, Doña Siebenschwert? Nein, er hat diesen Namen nicht vergessen! Eine schöne Zeit, die Spielzeit mit ihr. Der seidene Schuh! Alles in allem ein großartiges Stück. Die Aufführung war so schlecht nicht, auch wenn die Presse Einwände hatte. Alles in Ordnung? Das freut mich, das ist gut, das ist mir eine Beruhigung. Ah, deine Stimme in der Nacht zu hören. Die Leoniden! Es ist die Zeit der Leoniden. Gestern sagte ich es erst wieder: Leonidenzeit.

Auch diesmal kein Wort von Perseiden, kein Widerspruch.

Und was, wenn sie jetzt zu ihm sagen würde: Ich sterbe, Markus, hörst du? Ich muß sterben.

Was würde er sagen? Ich bin unzählige Male gestorben! Hast du mich nie sterben sehen? Als Wallenstein? Als ich jung war: Franz Moor! Man mußte mich gewaltsam aus dem Todeskrampf lösen. Und dann als Götz. »Freiheit! Himmlische Freiheit!« – Nein, so nicht: »Freiheit, himmlische Freiheit!« Und dann vor den Vorhang, vor das Publikum, das klatscht, bis man wieder am Leben ist. Heute? Heute setze ich den Tod nur noch in Szene. Ich befehle: Dort wirst du stürzen. Auf diesem Stuhl wirst du sterben!

So etwa würde es sich anhören. Er würde von allein Schluß machen, abrupt. Sich besinnend, mit der Hand die düsteren Bilder von der Stirn streifen, die Augen wieder öffnen, den Kopf auf die Brust sinken lassen, den Schal beiseite schieben. Du siehst, ich kenne den Tod. Wie meinen Bruder.

Dann war es schon besser, man sagte: Ich muß sterben, Bertram, hörst du. Das sagt sie jetzt manchmal. Mit den Toten kann man leichter über den Tod sprechen.

Wiepe wünscht Markus eine gute Nacht. Sie hat nicht zehn Worte gesagt. Sie wird gut daran tun, das Bild, das ihr Gedächtnis bewahrt hat, im Anschluß an dieses Gespräch zu korrigieren. Sie hat sich eingelebt im Leben, erlebt das alles lange genug. Sommer und Winter, Leonidenzeiten. Kommen und Gehen. Ihre These, »es geht vorüber«, hat sich oft genug als richtig erwiesen. Sie wird ihn nicht wiedersehen, auch nicht, wenn er im Winter Regie führen wird, hier in dieser Stadt. Sie hat das alles vor Augen, wie er sich inmitten seiner Schauspieler verbeugt, zu tief verbeugt, damit ihm keiner seine Demutsgebärde glaubt, wie er dann das Haupt in den Nacken werfen wird –. Sie wird es nicht sehen, und das Radio wird sie nicht einschalten, wenn seine Faust-Inszenierung gesendet wird. Er hat recht, es war eine schöne Spielzeit. Perfekt. An den richtigen Gebrauch der Zeiten hat sie sich immer gehalten, das hat sie bei Bertram gelernt. Warum das jetzt noch ändern in könnte und möchte.

Sie zieht sich den Schaukelstuhl auf den Dachgarten, hüllt sich in einen ihrer großmaschigen Schals. Es ist kühl, aber sternenklar, so klar, wie der Himmel nur sein kann überm Dunstkreis einer großen Stadt. Sie hat Schmerzen, preßt die Hände auf den Leib, sagt leise: Bankert.

Ein Meteorstäubchen zieht über den Himmel, winziger Bestandteil eines kometarischen Stromes. Sie blickt ihm nach, wünscht sich nichts. *I am lonely*.

Der Bankert

Etwa vor einem Jahr ist sie zum letztenmal bei einem Arzt gewesen. Nicht aus Besorgnis, sondern um nicht lügen zu müssen, wenn die Töchter fragen: Gehst du auch regelmäßig zum Arzt? Sie kannte zwei, auch drei Ärzte von früher, zu denen ging sie nicht. Sie suchte einen fremden Arzt auf. Der war jung und professionell zuversichtlich. Das Übliche: das machen wir schon und nur keine Sorge, da ist ja alles in bester Ordnung. Er las ihre Karteikarte, orientierte sich über Stand und Alter, immerhin handelte es sich hier um eine Privatpatientin, er war gleich mit dem Lob zur Hand, großartige Kondition, guter Erhaltungszustand, die Couleur aus Kampen, wie? Immerhin nahezu sechzig Jahre!

Großartige Kondition, das schrieb sie den Töchtern, wahrheitsgemäß, laut Aussage des Arztes. Er klapste wahrhaftig auf ihre gerundete Hüfte, ohne Ansehen der Person. Sie hat die Figur Cranachscher Frauen, die abfallenden Schultern, die schwach entwickelte Brust, den vorgewölbten Leib. Kindlich-weiblich in allen Lebensstadien, keineswegs dem Schönheitsideal der letzten dreißig Jahre entsprechend. Gut beieinander, er wiederholte das, horchte ab und durchleuchtete, Blutbild und Blutsenkung, er kniff die Bauchdecke ab, hielt die Feststellung des histologischen Befundes dann doch für nötig, für unerläßlich sogar, und bestellte sie ein weiteres Mal, um das Untersuchungsergebnis mit ihr zu besprechen. Sie merkte sich nicht Tag und Stunde, sie war entschlossen, nicht wieder hinzugehen. Nicht ein zweites Mal diese jungen Männerhände auf ihrem alternden Körper, dieses gewohnheitsmäßige Abtasten.

Drei Wochen später kam ein Schreiben des Arztes. Sie ließ den Brief ungeöffnet liegen, einen Tag, zwei Tage, das war nichts Ungewöhnliches, das tat sie oft. Nach einer Woche vernichtete sie den Brief. Wahrheiten hatten ihr noch nie genutzt. »Die Wahrheit wird nur zu leicht überschätzt«, pflegte Bertram zu sagen, »sie stellt noch keinen Wert als solchen dar.« Er benutzte leider häufig Formulierungen wie »Ehe als solche«, »das Grundgesetz als solches«.

Was würde es nutzen, wenn sie die ärztliche Wahrheit erführe? Sie kennt ihren Körper, weiß, was ihm zuträglich ist. Viel ist das nicht mehr. Eine Handvoll Nüsse, die halbe Flasche Sekt. Sie ekelt sich neuerdings vor den Kochdünsten, die aus den Küchenfenstern aufsteigen, ißt selten noch Gekochtes, Gebratenes, ißt, worauf sie Appetit hat, sobald sie Hunger verspürt; sie legt sich hin, wenn sie sich müde fühlt. Sie verbündet sich mit dem »es« in ihrem Leib, schlägt sich auf seine Seite, kann es spüren, schließlich mit den Händen fassen, verliert die Scheu davor, das anfängliche Grauen vergeht. Eine Frucht ohne

Zeugung, die sie in sich nährt, eine unzüchtige Schwangerschaft. Sie denkt jetzt oft an ihre Schwangerschaften, sie hat sich dann besonders wohl gefühlt. »Der Bankert« sagt sie, das klingt fast schon liebevoll. Dann wieder scheint ihr, als sammele sich in diesem Knoten, der fester wird, nicht mehr wabblig ist wie im ersten Stadium, das Unkonzentrierte, das Böse. Sie hat Krebs, aber noch ist sie nicht krebskrank. Die Ärzte unterscheiden zwischen Krebsträgern und Krebskachexie, der Krebskrankheit, mit dem meist rapiden Kräfteverfall bei bösartigen Tumoren, wenn die Metastasen geschwürig zerfallen und bluten.

Keine Blutungen bisher, keine Anzeichen von Metastasen. Aber andere, geringere, sekundäre Störungen.

Nur Störungen bisher. Beschwerden. Noch in diesem Stadium. Ihre Haut ist schwächer durchblutet, Anzeichen einer beginnenden Anämie, aber die hatte sie auch, als sie die Kinder austrug. Sie magert ab; das kann jedoch auch an ihrer Ernährungsweise liegen. Sie ist ständig hungrig, kaut ständig. Eine Tüte mit Nüssen hat sie immer in der Tasche, pickt und pickt. Genau wie als Kind, wenn sie im Vogelgehege saß und Sonnenblumenkerne und Maiskörner pickte. Ihre Freunde halten das für eine ihrer zahlreichen Marotten, bringen ihr die ausgefallensten Nußsorten mit, nicht nur Paranüsse und frische Walnüsse, auch amerikanische Pecannüsse, mit der blanken dünnen Schale wie feinstes Furnier. Indische Cashews, mit und ohne Schale, geröstet und frisch. Sie benutzt nie einen Nußknacker, knackt die Nüsse zwischen den kräftigen kurzen Zähnen. Die trockenen Kerne machen sie durstig, sie trinkt einen Schluck Sekt, der ihren Kreislauf wieder anregt. Gelegentlich giert sie nach frischem Fleisch, rohem, geschabtem Rindfleisch. Sie gibt ihren Wünschen nach, versagt sich nichts Erfüllbares mehr.

Es handelt sich, medizinisch gesehen, um eine ruhende Geschwulst, vielleicht sogar gutartig? Vielleicht ist ihre Methode, nicht daran zu rühren, weiterzuleben wie bisher, richtig, für sie richtig. Sie lebt allerdings mit erhöhter Aufmerksamkeit sich und dem Bankert gegenüber. Sie vertraut der Natur, mißtraut dem ärztlichen Risiko. Sie weiß, daß es die Ausnahme gibt, daß das Wachstum des Tumors zum Stillstand kommen kann, sie weiß auch, daß jede Behandlungsweise, sei es nun Operation oder Bestrahlung oder seien es Medikamente, gefährlicher sein kann als der ruhende Tumor. Sie hat wie alle Krebsträger Angst vor der Wahrheit, der ausgesprochenen Wahrheit. Sie schiebt die endgültige Erkenntnis noch hinaus, gewöhnt sich aber allmählich an den Gedanken: Es ist Krebs, und daran werde ich sterben. Vielleicht bald. Sie weiß, daß die Gesundheitsstörungen durch den Tumor sich allmählich entwikkeln, schleichend, es können kurzfristige und täuschende Besserungen eintreten, daher der Name.

Krebs. Im Krebsgang. Da sieht sie Zusammenhänge. Sie ist unterm Sternbild des Krebses geboren. Sie liebt Quellen, Wasserfälle, Flüsse, das Meer, schwimmt hinaus bis zur letzten Klippe, klammert sich dort an wie eine Auster, starrt hinter den Horizont, wo doch nichts ist. Sie kann mit der Wünschelrute umgehen. Ein Schalentier, ganz und gar verschlossen, innen weich. Die Astrologen sagen den Krebsgeborenen Gefühlsreichtum, Anhänglichkeit und Gedächtnisstärke nach, vor allem Anpassungsfähigkeit. Der zugehörige Planet ist der Mond. La lune, Schutzherrin der Keuschheit. Wiepe besitzt eine deutsche Ausgabe des Schäferkalenders, 1489 zuerst in Frankreich erschienen, ein Buch, das ihrem Vater gehört hat, bei seinem Tod ist es in ihren Besitz übergegangen. Glaubt sie etwa an Astrologie? Sie hielt Markus für einen typischen Löwen. Im Zeichen der Sonne geboren, daher seine Vitalität, sein starkes Herz. »Von all den Gliedern in des Menschen Leib beherrscht die Sonne das Herz als mächtigster Planet«, sie sah in ihm den Löwenmann, in Bertram immer den Skorpion, sich selbst also wohl auch als einen Krebs. »Männer und Frauen, die unter dem Mond geboren werden, sind bescheiden und diensteifrig und sehr sanftmütig.« Für weite Abschnitte ihres Lebens traf das zu, und sogar ihr Äußeres entsprach der Abbildung. Ihr rundes Gesicht, flach, die breite Nase, kaum gewölbte Lippen, Jochbögen, die wenig hervortreten, die runden Augen: ein Mondgesicht, wie Kinder es malen. Sie wird unruhig, wenn der Mond sich rundet, schlafwandelte als Kind, noch als junge Frau, ein paarmal mußte Bertram sie einfangen. Ein Krebs. Bertram hat ihr zum ersten gemeinsamen Weihnachtsfest eine Krebszange geschenkt. Es gab bei Bertrams kein Krebs-Essen, er hat es wohl eher symbolisch gemeint, benutzt wurde sie nie.

Sie war nicht immer so ruhig wie in diesen Augusttagen. Es hat Wochen der Unruhe gegeben, der Rastlosigkeit, der Panik. Sie hat fortgewollt, weglaufen, als könnte sie den Bankert verlieren, wie eine Frau ihr Kind verliert bei übermäßiger Anstrengung.

Sie hat Stöße von Reiseprospekten nach Hause getragen, hat sich von ihrer Bank eine Aufstellung ihres Vermögens geben lassen, um festzustellen, was sie sich noch leisten kann. Safari. Nepal. Lappland. Nichts schien ihr weit genug, fremd genug. Dann wieder wollte sie dorthin zurück, wo sie schon einmal gewesen war. An den kastalischen Quell, nach Paestum. Zu den Wasserfällen Tennessees. Sie wollte den kleinen Mike noch einmal sehen.

Sie hatte sich in ihr Auto gesetzt und war losgefahren, den Fuß auf dem Gaspedal. Gefahren, was der Motor hergab, und der war neu, vor einem halben Jahr erst ersetzt. Schließlich hat sie auf einem Parkstreifen neben der Autobahn angehalten. Der Motor zitternd, sie zitternd. Sie hat den Kopf auf das Lenkrad gelegt und geschluchzt, bis die Attacke vorbei war, bis die Abspannung und die Müdigkeit kamen. Dann ist sie zur nächsten Tankstelle gefahren, hat gefragt, wo sie wäre. Sie wußte nicht einmal die Richtung, in der sie losgefahren war. Sie hat auch getrunken. Bis zur Übelkeit, in einer Kneipe in der Altstadt. Die Polizei hat sie nach Hause gebracht, und zwei Tage später erschien eine Fürsorgerin. Sie hat sogar versucht, ein paar Briefe zu schreiben, es sich von der Seele zu schreiben, das sollte doch helfen, alle behaupteten das.

Am Ende hat sie dann den Töchtern mitgeteilt, daß der Arzt ihre gute Kondition gelobt habe.

Blieb noch die Mutter. Wer hat das mit Sechzig, eine Mutter, zu der man noch gehen könnte. Fast neunzig Jahre alt, immer noch auf dem Altenteil des Hofes, auf dem sie geboren ist, auf den sie vor dreißig Jahren zurückgekehrt war, den sie im Grunde nie wirklich verlassen hatte. Nach dem Tod des Vogelstellers. Und fünfzig Jahre, alles läßt sich jetzt in Jahrzehnten sagen, fünfzig Jahre, daß der kleine Walter an Diphtherie starb. Vierjährig, in den Armen der Mutter erstickt. Und schuld war der Vogelsteller, der nicht rechtzeitig für einen Arzt sorgen konnte, und der Arzt, der die Tochter am Leben hielt, nur bei ihr im rechten Augenblick den richtigen Schnitt in der kleinen Kehle gemacht hat. Die Mutter hat es dem Arzt nie verziehen, sie hat es dem Vogelsteller nie verziehen und schon gar nicht der Tochter. Sie hat es nicht verziehen und nicht vergessen und hat es oft genug gesagt, der Tochter ins Gesicht, noch als die vierzig war. Warum er? Warum nicht du? Nicht jedesmal so direkt; die Anspielungen waren eher schlimmer. Wenn es darum ging, ob Wiepe zur Tanzstunde gehen sollte, zur Kunstschule, bei jedem Paar Schuhe. So war diese Mutter. Gehadert, ein Leben lang, und dabei neunzig geworden. Sie hatte den Kopf gefragt, nicht das Herz, als sie geheiratet hat, sie hat den Privatdozenten gewollt, einen Mann mit Rang und Titel, und der brauchte eine Frau, die etwas von Tieren verstand, von der Aufzucht und Pflege, die Geld für Tierhaltung mitbrachte. Sie verstand allerdings unter Aufzucht und Pflege von Tieren etwas anderes als er. Beide verstanden unter allem und jedem immer etwas anderes. Das war auch vor dem Tod des kleinen Walter schon schlimm genug. Aber erst danach fing sie an, sich an den Vögeln zu rächen, ihren Mann dort zu strafen, wo er am empfindlichsten war. Der Krieg, der Erste Weltkrieg, gab den Vorwand. Futter für das Vogelvieh, wenn Menschen Hunger litten? Im Steckrübenwinter? Da gehörten die Pfeifgänse in den Topf. Dreißig Jahre ist es her, daß er sich aus dem Staub gemacht hat, der Vogelsteller, seitdem sorgt sie wieder auf ihre Weise für das Federvieh, auf dem Hof des Bruders, jetzt des Großneffen. Hat zwei elektrische Glucken unter ihrer Obhut und eine letzte lebendige, die ihr die Frau des Großneffen zugestanden hat. Sie schlachtet mit ihren alten knöchernen Händen einmal wöchentlich die aussortierten Hühner, die mit den blassen, schlaff herabhängenden Kämmen, die nicht legefreudig sind, ihr Soll nicht erfüllen, rupft sie, nimmt sie aus, steckt sie in Cellophantüten. Sie kontrolliert die automatischen Wasserbehälter, füllt das Mischfutter nach, das übers Futterband läuft. Aufgereiht auf jeder Stange fünfunddreißig, im ganzen fünfhundert Hühner. Sie hält das Fließband, das den Kot befördert, sauber, schaltet für vier Nachtstunden Musik und Licht aus, mehr brauchen die Hühner, mehr braucht sie nicht an Ruhe. Musik und künstliches Licht und gleichmäßige Temperatur erhalten die Tiere legefreudig. Zweihundertfünfzig Eier pro Huhn und Jahr. Direktorin einer Eierfabrik. Isabellfarbene Hühner, Kreuzung aus weißen Leghorn und braunen Rodeländern. Sie glucken nicht, sie fliegen nicht, sie legen nur noch Eier; zweihundertfünfzig pro Jahr, oder in die Cellophantüte, das ist die Alternative. Wiepe ist genau orientiert, einmal jährlich macht sie auf dem Hof einen Besuch. Die Greisin sitzt auf der Diele und rupft Hühner, Bündel von toten, noch warmen Hühnern neben sich, an ihren runzligen Händen klebt Blut. Flaumfedern hängen am verkrusteten Nagelbett – so sieht Wiepe die Mutter vor sich, sobald sie an sie denkt. Was soll sie bei dieser Mutter?

Von der »Trösterin Musica« hat sie nichts zu erwarten. Musik war ihr immer nur ein Geräusch, kein unangenehmes, aber Stille war ihr lieber. Eine Ausnahme machte Hörnerklang. Das Jagdhorn. Aber wann hört man das schon? Weder Mozart noch Beethoven konnten ihr nutzen. Bücher? Nur soweit man darin etwas nachschlagen konnte. Über Käfer, über Bäume, Astrologie, eine Stilkunde für Möbel und Gerät.

Und was glaubt sie? Müssen wir die Gretchenfrage auch noch stellen? Glaubt sie überhaupt etwas? Nie hat sie mit jemandem darüber gesprochen. Sie hält sich für einen Teil der Schöpfung, wie jeden Käfer, wie jedes Blatt am Baum, den gleichen Gesetzen unterworfen. In einem sehr allgemeinen Sinn glaubt sie an eine höhere Ordnung, der sie sich fügt. Sie hat, hilflos genug, mit ihren kleinen Mädchen abends gebetet. Das Tischgebet fiel weg, als aus den kleinen Mädchen BDM-Mädchen wurden. Bleibt noch dieses eine Mal, an das sie sich erinnert, wo ein anderer für sie gebetet hat. Der Soldat, der die Arme um sie legte, die Hände über ihren Händen faltete. Wir haben's beide nötig, hat er gesagt und das Vaterunser gesprochen.

Sie sagt manchmal mein Gott. Mein Gott! Aber wie meint sie das? Sie hat so selten »mein« gesagt, da darf man es nicht außer acht lassen. Sie ist der Ansicht, daß man alles hinnehmen muß. Auflehnung hat keinen Zweck, eher muß man sich ducken, damit man nicht unnötig seine Kräfte verbraucht, wie Bertram das getan hat in fortwährender Auflehnung. Es hat keinen Sinn, nach einem Warum zu fragen. Antworten werden nicht gegeben, Rechtfertigung ist nicht zu erwarten.

Sie hat ihre Anteilnahme den Gegenständen zugewendet, den Dingen. Aus Enttäuschung? Beklagt hat sie sich nie. Schöne Dinge aufzuspüren, sie wieder brauchbar zu machen, pfleglich zu behandeln und an Leute zu bringen, die daran Freude haben, das schien ihr lohnender, entsprach eher ihren Neigungen und Fähigkeiten.

Es war soviel auf sie eingeredet worden! Da sie selbst nur wenig sprach, haben sich vermutlich fremde Gedanken und fremde Vokabeln in ihr angestaut und einen Überdruß an Worten in ihr hervorgerufen.

Jetzt liebt sie nur noch schöne schweigsame Dinge.

Die vollkommene Ehe

Immer noch liegt das Buch, das Barbara aus Wien geschickt hat, ungelesen da. Vermutlich wird sie bei ihrem nächsten Anruf fragen, hast du es gelesen, wie findest du es? Sie ruft immer wenige Tage, nachdem sie ein Geschenk gemacht hat, an. Hast du meine Blumen pünktlich zum Muttertag bekommen? Auch Jenny vergißt das nie. Todestag des Vaters, Hochzeit der Eltern, Geburtstag, Muttertag, Weihnachten. Sogar den Totensonntag respektieren sie, schicken über Fleurop Kränze für das Grab des Vaters. Sie hat pflichtbewußte Töchter, seitdem sie selbst sich vieler Pflichten entledigt hat. Ein Produkt ihrer Erziehung? Eine Reaktion auf Wiepes Mißachtung des Kalenders? Es war vorgekommen, daß sie den Geburtstag Jennys vergessen hatte. Kein Geburtstagslicht auf dem Frühstückstisch! Dafür stellt Jenny nun ganze Lichterkränze um die Teller mit *Corn-flakes*, so gleicht sich das aus. Sie tun all das gern, beide, sie versichern es ihr immer wieder, es ist keine Mühe, es ist eine Selbstverständlichkeit, daß sie sich um die Mutter kümmern.

Wiepe schlägt das Buch auf, damit sie, ohne lügen zu müssen, sagen kann: Ich habe darin geblättert, oder vielleicht sogar: Doch, ich habe darin gelesen, aber gefunden habe ich die Stelle noch nicht. Das ging ihr früher schon so. Sie las einen Satz, und an irgendeinem Wort schaltete sich eigenmächtig ihre Phantasie oder auch ihr Gedächtnis ein und machte sich selbständig. Nur ein Autor, der seinen Leser fest bei der Kandare nimmt, ihm keine Seitensprünge gestattet, hatte Aussicht, Wiepes Interesse über mehrere Seiten zu fesseln. Als würfe man Worte wie Münzen, Fünfzigpfennigstücke, erst recht natürlich Worte wie Markstücke in ihr Gedächtnis, und schon produzierte es. War es ihre Schuld, daß diese Ausflüge in den Untergrund der eigenen Erlebnisse, dieses Einfahren in die innersten Schächte, sie von dem Buch ablenkten?

Sie ließ ihr Vergrößerungsglas über die aufgeschlagene Seite gleiten, als hätte sie eine Weidenrute in der Hand und wäre ausgezogen, eine verborgene Wasserader zu entdecken, wozu sie Geschicklichkeit besaß, vielleicht kommen wir darauf noch zurück. Es kam vor, daß drei Wörter, fast schon Worte, wie in einem Brennglas erschienen, dann ließ sie das Glas darüber liegen. Sie erinnert sich jetzt an das vorige Buch, das Barbara ihr geschickt hatte, wo es sich einfach um eine Kapitelüberschrift gehandelt hatte: Eine vollkommene Ehe. So einfach schien es diesmal nicht zu sein. Schon kam ihr ein Gedanke dazwischen: die vollkommene Ehe. Das genügte.

Sie nimmt das Glas fort, legt es beiseite, sie wird es so bald nicht wieder brauchen. Sie hört bereits, wie Barbara mit ihrer noch immer etwas schrillen Kinderstimme sagen wird: Du solltest dir endlich eine Lesebrille anschaffen! Das ist doch in deinem Alter nichts Ungewöhnliches. Es handelt sich um die übliche Altersweitsicht. Soll ich mich darum etwa auch noch kümmern? Nur weil Wiepe den Einwand gemacht hat, daß das Lesen ihre Augen anstrenge. Irgend etwas muß sie ja schließlich sagen, wenn Barbara fragt. Es ist schwer, den Vorstellungen gerecht zu werden, die erwachsene Töchter vom rechten Verhalten ihrer Mutter haben.

Eine vollkommene Ehe! Wie hätte sie da nicht zurückdenken sollen an diesen Märztag. Natürlich war es ein Märztag, greller Frühlingssonnenschein, der alle Staubfäden in Bewegung setzte, an dem sie sich ein hausfrauliches Ultimatum gestellt hatte. Entweder du gehst zu diesem Damenkaffee oder du machst dich an den Hausputz, von dem du am Telefon geredet hast. Eines von beidem. Man kann eine Lüge nachträglich zur Wahrheit erheben, und wo es sich nur machen ließ, korrigierte sie ihre Lügen. Sie räumte den großen, verglasten Bücherschrank im Studierzimmer ihres Mannes aus. Es muß demnach ein Donnerstagnachmittag gewesen sein. Der Tag, an dem Bertram sein zweistündiges Seminar abhielt und anschließend seine Sprechstunde. Es war genügend Zeit, sie machte sich daran, die Bücher am weitgeöffneten Fenster auszuklopfen und die Schnittflächen mit einem Pinsel abzustauben. Eine Tätigkeit, die bei manchen Frauen Tage beansprucht, weil sie blättern und lesen und sich festlesen, eigene Anstreichungen und Notizen am Rand entdecken. Bei Wiepe bestand da keine Gefahr. Bücher waren für sie Gegenstände, in diesem Fall staubige. Höchstens, daß ihren Händen ein flexibler Ledereinband angenehmer war als diese ungezählten Broschüren. Sie hatte bereits drei Reihen wieder eingeräumt und machte sich an die vorletzte. Es war eine Tätigkeit, zu der sie ihre Putzhilfe nicht anstellen konnte. Sie war verständig genug einzusehen, daß jedes Buch griffbereit an seinen alten Platz mußte. Auf solche Selbstverständlichkeiten mußte Bertram sie nie hinweisen. Hinter der vorderen Bücherreihe lag, rücklings, in einem grauen Schutzumschlag, offensichtlich von Bertram aufs sorgfältigste aus Packpapier hergestellt, auf den ersten Blick also unauffällig, ein umfangreiches Buch. Einer der Zufälle: Wiepe schlug die Titelseite auf, ohne Neugier, nur um den Schutzumschlag wieder ordentlich einzustecken. Sie las dabei den Titel. »Die vollkommene Ehe, eine Studie über die Physiologie und Technik.« Sie stutzte. Technik? Technik der Ehe? Sie war in manchem etwas weltfern, hatte derartige Bücher nie gesehen, sie waren auch noch nicht so häufig wie heute und dieses vergleichsweise eher seriös. Van de Velde, ein Dr. med. Was machte Bertram mit medizinischen Büchern? Einen Augenblick lang dachte sie, er wird doch nicht krank sein? Er verheimlicht mir doch kein Leiden? »Ehe und Hoch-Ehe«? Sie blätterte. Es sah im Innern aus wie andere wissenschaftliche Bücher, die Bertram durchgearbeitet hatte. Bebildert war es nicht, da konnte man froh sein. Rote Unterstreichungen, aber auch grüne, wie immer exakt mit dem Lineal gezogen, dann und wann ein Ausrufungszeichen am Rand, auch einmal ein Fragezeichen. Das Buch war 1923 bereits geschrieben, das ersah sie aus dem Vorwort, aber auf dem Deckblatt stand das Datum der Anschaffung, wie in sämtlichen Büchern Bertrams. Das lag etwa fünf Jahre zurück. Ebensoweit entfernt vom Jahr ihrer Eheschließung. Die beiden Töchter waren damals bereits geboren. Wiepe rekapitulierte beiläufig diese Daten, setzte sich auf Bertrams Stuhl und las. Sie stellte fest, daß sie an denselben Stellen überrascht war wie ihr Mann, eine Übereinstimmung, die sich leicht an seinen Ausrufungszeichen erkennen ließ. Sie hatte an denselben Stellen keine Ahnung, an denen er ein Fragezeichen an den Rand gemacht hatte. Die auch ihr unbekannten Fremdwörter und Fachausdrücke hatte er in der Übersetzung mit einem »d. i. = . . .« an den Rand geschrieben.

Bertram hatte ein solches Buch gelesen! Ihr Mann, der nur in homerischen Worten von der Ehe zu sprechen pflegte, wenn nicht in juristischen. »Von den Freuden der seligen Liebe« redete er, oder, im Anfang ihrer Ehe, das fällt ihr oft wieder ein, als sie beide noch befangen waren, hatte er manchmal auf forsche, auf rührend flotte Weise gesagt: »Dann wollen wir mal wieder etwas für unsere Unsterblichkeit tun.« Gleichzeitig fiel ihr ein, daß Donnerstag war, also sein Tag oder auch ihr Tag, so hatte sich das eingespielt. Sie errötete, eine Fähigkeit, die sie lange behielt. Sie war dann auch an jenem Abend so irritiert, daß Bertram aufmerksam wurde und fragte: Was ist los mit dir? Irgend etwas nicht in der Reihe? Es ist doch noch nicht soweit? Er kannte ihren biologischen Zyklus besser als sie. Er war es, der an solchen Tagen fragte: Alles in Ordnung, und ihr dann mittags Pralinen mitbrachte. Damit reichte sie dann vier Wochen. Jeden Abend legte sie ihm eine Praline auf den Nachttisch. Er kam vermutlich nicht auf den Gedanken, daß es sich um dieselben Pralinen handeln könnte, wußte nicht einmal, daß sie sich nichts aus Süßigkeiten machte. Ihr schamhafter, rücksichtsvoller Gatte! Auch ohne die Ratschläge van de Veldes schon zu kennen, hatte er seine junge Frau in der Hochzeitsnacht nicht beansprucht, keine Rechte geltend gemacht. Ein Kuß und nicht mehr und auch der eher flüchtig. Das, womit Wiepe gerechnet hatte, geschah nicht, wohl aber benutzte er den Nachttopf. Wiepe versuchte so regelmäßige Atemzüge zu machen, wie das nur einer tut, der sich schlafend stellt. Das über Jahre. Nach dem Krieg, als sie wieder neu anfingen, als sie etwas selbständiger geworden war, schaffte sie ein solches Gerät nicht wieder an.

Sie entdeckte in dem Buch ihre kleinen, vergleichsweise harmlosen Erfindungen als »Praktiken«, als »Techniken einer Hoch-Ehe« wieder. Exakt beschriebene Positionen! Günstig oder ungünstig für die Konzeption. Es blieb nicht aus, daß sie sich an eine Zeit erinnerte, in der Bertram die erteilten Lektionen hatte anwenden wollen. Er war mit ihr ausgegangen, in ein elegantes Restaurant, hatte Krebssuppe bestellt. Dagegen war an sich noch nichts zu sagen, erst wenn man die Zielsetzung kennt. Er hatte auf Krebssuppe bestanden, »du bist doch selber ein Krebs«! Ein ganzes Kapitel des Buches handelte von stimulierenden, anreizenden Speisen. Eier, harmlose Eier, die es bei ihr immer gab, wenn ihr zum Abendbrot nichts anderes einfiel. Nie wieder würde sie ihm Spiegeleier vorsetzen können! Selleriesalat, was jedes Kind weiß, nur eben sie wußte es nicht, den sie mit Äpfeln und Nüssen anrichtete, den er gern aß, er sagte das jedesmal, lobte sie sogar. Sie probierte die Wirkung am nächsten Abend an sich selbst aus. Aß eine doppelte Portion, hielt dabei den Blick gesenkt, würgte daran und: spürte nichts! Dieses erotische Gemüse, sagte sie künftig vom Sellerie, nicht laut, nur für sich. Und erst die Kunst! Nicht zu reden von stimulierenden Bildern. Geschlechtsgefühle bei Wagner. Tristan und Isolde wurden namentlich genannt! Und wahrhaftig, im Jahr der Anschaffung des Buches waren sie in Bayreuth gewesen. Was hatten sie gehört? Rheingold? War es Rheingold? War da ein Unterschied, was die »Geschlechtsgefühle« anging? Sie übersah, daß Bertram das Buch Monate nach der Bayreuthreise erworben hatte.

Etwa an derselben Stelle, an der die roten und grünen Unterstreichungen und die Frage- und Ausrufungszeichen aufhörten, hörte auch Wiepes Interesse auf. Das Lehrbuch war auf ihr Verhältnis zu Bertram nicht anzuwenden. Aus ihrer Ehe war keine Hoch-Ehe zu machen, auch Bertram hatte das wohl eingesehen.

Diese eilige, heimliche Lektüre besserte ihre Einstellung zu Büchern natürlich nicht. Sie klopfte auch diesen Band am Fenster aus, etwas heftiger als die übrigen, pinselte die Schnittfläche, es dämmerte bereits, legte es an seinen Platz und räumte eilig die vordere Reihe wieder ein. Es wäre ihr sehr unangenehm gewesen, hätte Bertram sie beim Lesen ertappt, schon die Anwesenheit ihrer kleinen Mädchen im Nebenzimmer irritierte sie. So vertraut waren sie nicht miteinander, daß einer dem andren die Lektüre eines solchen Buches hätte eingestehen können. Wiepe war nur selten zutraulich. Ihre Zärtlichkeit war eher spröde, und leidenschaftlich war sie gewiß nie. Sie hatte beim Lesen immerhin so viel begriffen, daß es ihr auf dem Gebiet an etwas mangelte. Aber sie sah keine Möglichkeit, das zu ändern. Sie wäre gewiß dazu bereit gewesen. Sie war auch im Bett gutwillig. Seit sie wußte, daß Bertram empfindlich auf Kaugeräusche reagierte, aß sie nie mehr Äpfel im Bett. Das war ein wirkliches Opfer, und ob er es je als solches gewürdigt hat, ist mehr als zweifelhaft. Kaum war das Bett neben ihr leer, Bertram noch nicht begraben, stand jeden Abend eine Schale mit Äpfeln darauf. Sie aß im Laufe einer Nacht vier und fünf und mehr, mit Rumpf und Stumpf. Niemals anderes Obst. Morgens war ihr Bettuch übersät mit braunen Apfelkernen. Für einen Psychologen vermutlich aufschlußreich. Schon der Volksmund kennt da Zusammenhänge. »Ein Apfel vor dem Schlafengehen beruhigt und vertreibt sündige Gedanken.« Ähnliches mochte da vorliegen. Eine orale Befriedigung.

Daß es mit gutem Willen allein nicht getan war, hatte sie eingesehen. Sie hielt sich seit der Lektüre dieses Buches für etwas frigide. Immerhin hatte es zur Folge, daß sie nicht mehr lachte, wenn Bertram derartige Wünsche andeutete. Sie nahm sie fortan ernster, sie sagte auch nie wieder: Meister Bertram, du renommierst.

Und dann ihre Tochter Jenny, die von Frau zu Frau mit ihr sprechen wollte. Über den Abgrund von zwei Generationen hinweg. Jenny, die kein Gefühl für Distanz hat. Die kategorisch erklärte: Vater ist doch nicht auf seine Kosten gekommen bei dir, ich meine als Mann, das ist dir doch wohl klar! Welche Ehe hält denn der Kritik der Kinder stand, die ihr entsprungen sind. Bertram benutzte diesen in der Justiz üblichen Ausdruck: die einer Ehe entsprungenen Kinder.

Jenes Buch? Sie hat es nur noch einmal in die Hände bekommen; Bertram wurde als Reserveoffizier zu diesem Generalkommando eingezogen, die Kinder waren in Kinderlandverschickungslagern, sie hatte den Haushalt aufgelöst, hatte Porzellan, Wäsche, Bettzeug gepackt und zum Schluß, genau nach Bertrams Angaben, das Wichtigste aus seiner Bibliothek. »Falls die Zeiten je wieder so werden, daß ich diese Bücher aufschlage.« Wie resigniert er damals war! Natürlich stand dieses Buch nicht auf der Liste. Sie ließ es an seinem Platz, und dort ist es verbrannt wie alles andere.

Der Soldat und das Mädchen

Gisela. Jahrelang genügte der Name, ihr die Stimmung zu verderben, wenn er in ihrer Gegenwart ausgesprochen wurde, wenn sie ihn, und sei es in einer Todesanzeige, in der Zeitung las. Nicht daß sie dann jedesmal die ganze Szene aufs neue vor sich gesehen hätte, das wäre nicht zu ertragen gewesen. Aber doch eine vorübergehende Trübung, ein tiefer Atemzug: Gisela.

Den weiteren Namen hat sie vergessen. Wie wird sie schon geheißen haben. Bertram hatte wenigstens nicht den Versuch gemacht, sie ihr mit Fräulein sowieso vorzustellen. Er hatte gesagt, das ist Gisela Sowieso, als hätte es nur noch des Kennenlernens bedurft, als hätte er Wiepe in vielen Briefen längst unterrichtet.

Bertrams Geburtstag. Ein Bußtag oder ein Totensonntag, einer dieser düsteren Tage war es immer. Ein Skorpion. Man kennt deren Schwierigkeiten. »In allem Unglück erfahren.« Wiepe schob vieles darauf. Man sagt den Skorpiongeborenen nach, daß sie die schwächste Stelle des Gegners sogleich erkennen. Nicht von ungefähr also, daß er Jurist geworden war. Daß sie nur zwei Meinungen gelten lassen, die falsche und die eigene richtige, daß sie sich ständig angegriffen fühlen und immer in Verteidigung sind, daß sie ein nachtragendes Gedächtnis haben, mißtrauisch sogar der Zukunft gegenüber, weil es noch schlimmer kommen wird. Dabei gute Umgangsformen, Eleganz des Auftretens, Brillanz der Rede. Und dann das Selbstmitleid! Das sich bei Bertram in dem ständig wiederholten »ich bin untauglich« manifestiert hatte. Hörst du: untauglich. Als Jurist. Als Lehrer. Als Deutscher. Als Mann. Hier ist das Dokument, hier hast du es schwarz auf weiß! Er sprach von einem Brief seines Dekans, handschriftlich, inoffiziell, aus dem hervorging, daß Bertram mit seinen reaktionären Ansichten nicht länger für die Fakultät tragbar und daß dies ein kollegialer, freundschaftlicher Wink sei. Eine geringfügige Abweichung jenes »untauglich«. Untragbar. Das andere Dokument war der Musterungsbescheid, aus dem hervorging, daß er für den aktiven Kriegsdienst untauglich sei bzw. bedingt tauglich, also g. v. H., garnisonsverwendungsfähig Heimat.

Er verstand den Wink, er nahm die Chance wahr, er meldete sich freiwillig. Oberleutnant der Reserve. Er kam zu einem Generalkommando, nicht zu einem aktiven, nicht ins Feld, dazu war sein Gesundheitszustand denn doch nicht ausreichend, sondern zu einem stellvertretenden Generalkommando im Lande, in der Heimat, wie man das nannte. Er übernahm die Abteilung IIa und bearbeitete Offiziersehrenangelegenheiten. Delikte. Er blieb in seinem Fach. Vorübergehend hatte er mit Beförderungen zu tun, Ordensverleihungen, dem Kriegsverdienstkreuz vor allem, das er zu jenem Zeitpunkt, als das Mädchen Gisela eine Rolle spielte, bereits selber trug, zusammen mit dem EK I des Ersten Weltkrieges; weitere Auszeichnungen hat er nicht bekommen. Aber er war inzwischen Hauptmann d. R. Er pflegte das d. R. in ein i. R. zu ändern. Und tatsächlich war es eine ruhige Stellung, er war nicht mehr gefährdet, er hatte keine Gelegenheit zu provozierenden Äußerungen, es sei denn im Offizierskasino, und dort war das gang und gäbe, gehörte zum guten Ton. Wie er früher berühmt gewesen war für die wirkungsvolle Wiedergabe jiddischer Witze, die er gern weitschweifig erzählte, wurde er jetzt gelobt für die lakonische Wiedergabe politischer Witze. Man reagierte sich ab, hielt sich für couragiert, für einen Gegner des Regimes, weil man hinter der Hand einen Witz weitererzählte, weil man den deutschen Gruß abwandelte und »Heil und Sieg« sagte oder »Heil du ihn«, irgend so etwas.

Er wohnte in einem möblierten Zimmer, ganz komfortabel, es ging ihm nichts ab, gesundheitlich fühlte er sich besser als zuvor, das hatte er wiederholt geschrieben. Seine Frau schickte ihm nahezu wöchentlich ein Paket, ihm und auch den Kindern, die in den Kinderlandverschickungslagern waren; sie selbst arbeitete auf dem Hof des Onkels, der vor Jahresfrist gestorben war, Bruder ihrer Mutter; der einzige Sohn, Hoferbe, war bereits in Rußland gefallen.

Urahne, Großmutter, Mutter und Kind. Nur Frauen und dazu dann noch Wiepe. Ihre Mutter, damals siebzig, keineswegs die Älteste, auch die Großmutter lebte noch, einundneunzigjährig. Wiepe war eine »Evakuierte«, eine »Ausgebombte«. Ihr einziger Vorzug war, daß sie Auto fahren konnte, sie fuhr den Trecker. Es war November, die Zuckerrübenernte war beendet, die Rüben eingemietet oder in die Zukkerfabrik gefahren, der Rest wurde zu Sirup verarbeitet, und das bereits seit mehr als einer Woche. Nichts anderes als Zuckerrüben sortieren, schruppen, waschen, schnitzeln, kochen. Haus und Scheune und Stall und Hof, alles angefüllt mit warmem, süßem Maischegeruch, alles klebte, Türgriffe, Tische, Kleidersäume, vom zähflüssigen braunen Zuckerrübensaft. Die Frauen füllten Dosen und Gläser und Krüge und Eimer, alles, was rund war und eine Öffnung hatte. Wiepe hatte einen Honigkuchen für ihren Mann gebacken, schickte ihm ein Geburtstagspaket, tat ein Stück Schinken dazu, das sie heimlich aus der Räucherkammer holte. Sie wurde von der Schwägerin dabei ertappt, es gab eine der üblichen Szenen, es wurde ihr vorgeworfen, daß sie die ganze Bertramsche Sippe durchzöge, daß man kein Winterhilfswerk hätte, sondern einen Erbhof, der erhalten werden müsse, weil er seit dreihundert Jahren in der Familie und so weiter, das war eingeübt, da saß jedes Wort. Wiepe, die vorgehabt hatte, dem Päckchen einen Geburtstagsbrief folgen zu lassen, entschloß sich über Nacht, zu Bertram zu fahren. Sie hatte ihn noch nie besucht, im Sommer hatte sie nicht fortgekonnt, sie hatten sich monatelang nicht gesehen. Sie packte ihren Koffer, ging noch einmal in die Räucherkammer, wurde diesmal nicht erwischt und hinterließ einen Zettel, daß der Trecker am Bahnhof stünde und daß sie zu Bertram gefahren sei. Vorsichtshalber schrieb sie dazu: »für einige Tage« und auch ihre Adresse, und das mit sämtlichen Titeln. Professor Dr. jur. Oskar Bertram, Hauptmann d. R. Die Frauen sollten nicht denken, daß sie für immer fortginge, aber sie hoffte, daß Bertram sagen würde, bleib den Winter über bei mir.

Sie war lange unterwegs. Fliegeralarm, Verspätungen, verpaßte Anschlüsse. Am Geburtstagsnachmittag traf sie dann aber doch ein. Es wurde schon dunkel, kaum vier Uhr, aber sie fand das Haus, fand die Etagentür, seine Visitenkarte: Hauptmann O. Bertram stand da und zweimal klingeln. Sie tat's, und Bertram erschien. Es muß also ein Sonntag gewesen sein oder der Bußtag, er war auf alle Fälle zu Hause und sagte, was vermutlich jeder andere überraschte Mann auch gesagt hätte: Oh, du bist es! Ich hatte dich nicht erwartet.

In seinem Zimmer saß dann diese Gisela. Wiepe hat sich angewöhnt, Freundinnen generell Gisela zu nennen, »so eine Gisela« sagt sie, oder einfach »seine Gisela«. Bertram machte sie miteinander bekannt, das ist Gisela Sowieso – meine Frau. Setz dich doch und leg ab, du trinkst doch Kaffee, wir sitzen gerade beim Kaffee, aber das siehst du ja. Dein Kuchen ist übrigens ausgezeichnet.

Das Mädchen Gisela bestätigte das, fragte liebenswürdig, ob er mit Sirup gebacken wäre, und forderte Wiepe mehrfach auf, ihr das Rezept zu verraten, der Sirup muß erhitzt werden, so ist es doch? Sie gab sich Mühe, über ein Thema zu sprechen, das Wiepe zukam, Ehefrauen sind für Kuchen zuständig, und so kam es, daß Wiepe, die den Rüben entflohen war, dasaß und über Rübenkraut redete. Rüben. Rüben. Rüben. Gisela blickte zum Fenster und fand, daß man verdunkeln müsse. Oskar! Sie nannte ihn beim Namen, einfach Oskar, der mit Wiepes Bertram nur eine oberflächliche Ähnlichkeit hatte, die durch die Uniform noch verringert wurde. Oskar tat Wasser in den elektrischen Kochtopf und brühte ein zweites Mal Kaffee auf, hantierte an der Verdunklung, goß den Kaffee ein, holte Gisela die Handtasche, als sie darum bat. Als sie gehen wollte, sagte sie, ich habe meinen Kamm hier irgendwo liegen, nicht provozierend, auch das ganz natürlich, sie vermißte ihren Kamm, sie wollte gehen, sie legte Wert auf ihr Äußeres, das sah man ja, mehr nicht. Sie ging auch nicht aus Taktgefühl oder aus Verlegenheit, sondern einfach, weil die Unterhaltung über Honigkuchen sie nicht länger interessierte. Es ist dunkel, sagte sie, und Bertram stand sofort auf. Natürlich, entschuldige! Du kannst nicht im Dunkeln allein zur Straßenbahn gehen. Es dauert nur ein paar Minuten, fünf, höchstens zehn Minuten, das sagte er zu Wiepe, nahm den Mantel, schnallte das Koppel um und machte die Verkleidung mit der Mütze vollständig. Ich stehe dir dann zur Verfügung, sagte er. Als ginge es um eine Satisfaktion, ein Duell.

Wiepe sah sofort ein, daß dieses Mädchen auch im vierten Kriegswinter noch nicht bei Dunkelheit allein zur Straßenbahnhaltestelle gehen konnte. Sie war zwanzig, sicher nicht älter, sehr blond, trug das Haar in einem glatten, tiefen Knoten. Enger Rock, breiter schwarzer Ledergürtel, eng gezogen, eine Bluse aus Fallschirmseide, langärmlig, mit Manschettenknöpfen aus grüner Jade, die Wiepe kannte. Ein vollendetes Produkt der Aktion »Glaube und Schönheit«. Sie hatte Bertrams Größe, das war auffällig. Er reckte sich in den Schultern, eine völlig neue Bewegung an ihm, und wiederholte: Fünf Minuten, allenfalls zehn! Wiepe blieb auf der Sesselkante hocken. Sie hatte den Sommer über einen Trecker gefahren, hatte das primitive Badezimmer mit vier Frauen geteilt, kam nicht mehr zum Friseur, hatte acht Tage lang Sirup gekocht, die Nägel waren abgebrochen, die Hände zeigten schwarze Rillen, sie hatte das Lodenkostüm an, weil es praktisch auf der Bahn war, weil Krieg war.

Sie brauchte nicht zu kontrollieren. Jede andere Frau hätte die Situation ebenso erfaßt: das Mädchen ging hier ein und aus. Pantöffelchen unter dem Sessel, eine Wolljacke am Haken, Puderdose, was man so stehenläßt, wenn man häufig kommt und häufig bleibt. Sie mußte nicht inspizieren, tat es auch nicht. Nicht einmal sie dachte darüber nach, wie weit das nun ging. Es gab hier lediglich vollendete Tatsachen. Sie dachte auch nicht an die hunderttausend Frauen, denen ähnliches passierte, sie dachte nur an sich. Weil sie im Gehen besser nachdenken konnte und weil sie nachdenken mußte, bevor sie mit Bertram redete, der in den fünf Minuten des Rückwegs von der Haltestelle bis zur Wohnung ein Plädoyer für einen ertappten Ehebrecher ausarbeiten würde, deshalb verließ sie das Zimmer. Das Treppenhaus war luftschutzmäßig verdunkelt, also kaum erleuchtet. Bertram kam eiliger zurück, als sie angenommen hatte. Sie trat rasch in die Nische einer Wohnungstür und ließ ihn vorbei. Er stieg beschwingt die Treppe hinauf. Ein Mann Anfang Fünfzig, der eine zwanzigjährige Freundin hat. Noch nicht lange hat, das ändert sich wieder, später macht sie ihn doppelt alt, aber noch war er beschwingt, lief als Oskar die Treppe hoch, trat als Bertram in sein Zimmer. Angefüllt vom »primitivsten aller Lebensrechte eines Mannes«.

Sie hörte ihn noch die Wohnungstür aufschließen und verließ dann das Haus, zögerte einen Moment, hoffte, daß er ihr folgen und versuchen würde, sie zu finden, aber es blieb still. Bertram hatte sich hingesetzt, um ein Plädoyer für einen vierundfünfzigjährigen Ehebrecher abzufassen, das sie vorfand, als sie zu den Zuckerrüben zurückkehrte. Im Vertrauen auf Deine Einsicht, Deine Loyalität, stand darin. Dein Fortgehen, das einer Flucht gleichkommt, setzt mich scheinbar ins Unrecht! Ich höre Dein »es geht vorüber«, das ich nicht ertragen könnte, nicht jetzt. Du bist stark, stärker, als Du es weißt. Hier aber ist ein junger, noch ungefestigter Mensch, den ich beschützen muß, der sich mir in die Hände gegeben hat.

Er kam dann auf »die Ehe als solche« zu sprechen, auf »das primitivste Lebensrecht eines Mannes, der den Zenit überschritten hat«. Er sei auf wunderbare Weise verjüngt, sähe die Welt mit neuen, mit jungen Augen, sähe jetzt Positives, wo er früher nur Gewalt und Untergang gesehen hätte. Was auch unsere gemeinsamen Kinder nicht vermocht haben, hat dieser junge Mensch in wenigen Wochen erreicht: Ich erkenne die Notwendigkeit dieses Krieges, ich begreife endlich, aber, wie ich hoffe, nicht zu spät, daß wir in einem neuen, härteren Zeitalter leben, in einer sich ändernden Welt, in der neue Maßstäbe gelten. Du wirst mir darin nicht folgen können, Du wirst denken, ich sei über Nacht ein Nazi geworden. Ich sehe darin nichts Schimpfliches mehr. Ein wirklicher innerer Wandel meiner Einstellung zu allem und jedem hat sich vollzogen. Auch in meiner Dienststelle herrscht ein zersetzender, reaktionärer Geist. Ich überlege ernstlich, ob hier mein Platz ist oder ob es eine größere Aufgabe für mich gibt. Mehr denn je kommt es auf jeden an! Die Selbstverwirklichung des einzelnen, meine Herren und Damen. Die letzten Worte waren notdürftig gestrichen. Das ging so über Seiten. Drei DIN-A4-Bögen, Max Krause, kariert, beiderseitig beschrieben. Er erkannte den Wert der Ehe als solcher, die sich in den Kindern erfüllt habe, durchaus. Erfüllt, das eben sei es! Das Zusammenleben sei nicht mehr ergiebig, es sei nicht von ungefähr, daß sie die Trennung als unvermeidlich angesehen hätten. Gegen Ende stand dann, nahezu wörtlich zitiert: »Wer leben will, der kämpfe also, und wer nicht streiten will in dieser Welt des ewigen Ringens, verdient das Leben nicht!« Vielleicht erinnerst auch Du Dich daran, daß die Kinder diesen Spruch in ihrem Zimmer hängen hatten. Es ist ein Wort von keinem Geringeren als Nietzsche!

Hier täuschte sich Bertram. Der Satz stammt von keinem Geringeren als Adolf Hitler und steht in »Mein Kampf«. Der Brief endete dann so: Ich werde streiten, und ich hoffe, in Dir einen fairen Gegner zu finden. Dieser Krieg wird ein Ende haben, und dann heißt es für uns alle neu beginnen, auch für dich.

So schlecht war er nie gewesen wie in dieser Selbstverteidigung. Die fahrige Schrift, die Zeilen ansteigend, immerhin also optimistisch, die Wörter nicht zu Ende geschrieben, in breitem Haarstrich endend, das Schriftbild vergrößert, vergröbert, verundeutlicht; für jeden Graphologen höchst aufschlußreich, wie sich sein Zustand, seine Gesamtverfassung, in seiner Schrift spiegelte. Wiepe bewahrte den Brief auf, sie war mehr durch sein Äußeres denn durch seinen Inhalt beunruhigt. Worte konnten ihr soviel nicht anhaben.

Sie hatte damals das Haus, in dem Bertram wohnte, verlassen. Ihr Koffer war dort geblieben, sie hatte zunächst vorgehabt wiederzukommen, um dann mit Bertram zu sprechen. Es war mittlerweile völlig dunkel, eine Nacht ohne Sterne, ohne Mond. Die Straße kaum wahrzunehmen, die Straßenbahnen fuhren mit abgeblendetem Licht. Sie fand sich schwer zurecht, aber sie fand sich natürlich zurecht, nie hat das jemand in Zweifel gezogen, schon gar nicht Bertram, von dem sie bis zu diesem Tage angenommen hatte, daß er kaum in der Lage war, ein Schnapprollo zu bedienen, geschweige denn ein so kompliziertes Verdunklungssystem wie das an seinen Fenstern, der sich nie eine Tasse Kaffee selber eingegossen hatte. Oskar. Dieser Oskar!

Wiepe hatte nur die Handtasche mit, aber sie hatte wenigstens ausreichend Geld. Bertram ließ ihr sein gesamtes Gehalt überweisen, er selbst lebte von seiner Löhnung, seinem Sold oder wie das nun hieß. Sie landete schließlich am Bahnhof. In einer fremden Stadt wendet man sich unwillkürlich zum Bahnhof. Sie stand lange vor der Abfahrtstafel der Züge, nahm nicht auf, was sie sah, man stieß sie beiseite, jemand fragte, wohin sie denn wolle, schließlich stellte sie fest, daß in den nächsten fünf Stunden kein Zug in ihre Richtung fahren würde. Also warten. Sie ging in den überfüllten Speisesaal zweiter Klasse, fand einen Stuhl an der Wand, am Tisch saß ein Soldat und schlief, den Kopf auf der Tischplatte.

Das Bier war kontingentiert, für Frauen gab es nur ein Glas. Der Ober bewilligte ihr einen Schnaps, weil er sah, daß sie fror und müde war. Hungrig war sie auch. Ohne Lebensmittelmarken gab es nichts, ein Stammgericht ohne Marken wurde nur mittags ausgegeben. Mittlerweile war es sieben Uhr. Sie besaß keine Lebensmittelmarken, geschweige denn die notwendigen, überall gültigen Reiselebensmittelmarken, sie galt als Selbstversorger, da sie in der Landwirtschaft tätig war. Im Koffer war Brot, Schmalz, ein Glas Sülzfleisch, das Bertram gern aß, Äpfel, was eine Frau vom Land so mitbringt. Der Koffer stand in Bertrams beziehungsweise in Oskars Zimmer, und sie saß hungrig im überfüllten Speisesaal eines fremden Bahnhofs, der glücklicherweise noch nicht ausgebombt war und leidlich warm. Sie saß und sonst nichts. Sie sagte sich in Abständen: Du mußt jetzt nachdenken, du mußt dich zu irgend etwas entschließen. Ihr Gehirn erteilte noch Befehle, aber es befolgte sie nicht. Das Schlafzimmer, das sie mit der Mutter teilte, tauchte auf, die Kessel mit dem brodelnden Sirup in der Futterküche, das ausgebombte Haus, in dem sie fast zwanzig Jahre gewohnt hatte, wo noch die Badewanne an der Wand hing, im ersten Stock, auch die blauen Kacheln waren an einer Wand unversehrt, eine herrschaftliche Wohnung, das sah man noch immer, dann wieder die Mutter, auf der Scheunendiele sitzend und ein Huhn im Schoß, das sie rupfte. Die Flaumfedern flogen, oder war es die Großmutter, oder war sie es selbst in zwanzig Jahren auf der Diele, Hühner rupfend, und dann der Vater, den ausgestopften Paradiesvogel auf der Hand, mit der anderen das bunte Gefieder streichend. Ein Kaleidoskop von Bildern, das sie mit offenen Augen sah.

Der Soldat war inzwischen wach geworden, nickte ihr zu, fragte, wie spät es mittlerweile sei, fragte mehr sich als sie, aber sie antwortete, wie sie das immer tat, wenn man sie etwas Sachliches fragte. Noch früh, sagte sie und nannte die Stunde. Er sagte: Das kommt drauf an, was man noch vorhat. Schon spät. Nach einer Weile: Was singen Sie denn, das kenne ich doch. Sie wußte es nicht, wußte auch nicht, daß sie sang, sie grenzte nur wieder einmal ihr Geviert ab, wie das ihr Vater genannt hatte. Der Soldat rief nach dem Ober, legte einen Briefumschlag, angefüllt mit Lebensmittelmarken, auf den Tisch und sagte: Dann bringen Sie mal was, und fragte Wiepe: Sind Sie denn nicht hungrig, essen Sie denn nichts? Doch, sagte sie, sie sei hungrig, aber sie besäße keine Marken. Er bestellte für beide, fragte sie gar nicht, verhandelte mit dem Ober, sagte: Das mach' ich schon, und: Sie gefallen mir nämlich. Sie sehen so zuverlässig aus, egal ob Sie es sind, ich will's nicht wissen, aber so aussehen tun Sie.

Sie aßen, bekamen noch einen Schnaps und auch noch ein Bier. Er fragte und drehte sich dabei um, ob hinter ihm an der entfernten Wand vielleicht eine Uhr sei: Wohin gucken Sie bloß immer? Da ist doch nichts, dahinten!

Später gab es Alarm. Sie gingen in den Bahnhofsbunker, kamen spät, fanden keinen Platz. Er ließ sie auf seinem Tornister sitzen, sie schlief eine Weile, den Kopf an sein Knie gelehnt. Sie blieben zusammen, er hatte noch drei Tage Urlaub, zu Hause war er unerwünscht, das Bett ist besetzt, oder wie er das nun nannte, einmal sprach er auch von Nachbarschaftshilfe in diesem Zusammenhang. Er hieß Klaus. Sie machten Spaziergänge, entdeckten in der Nähe der Stadt einen Park mit einem See. Dort gingen sie, immer nur dort, in den helleren Vormittagsstunden und in der Abenddämmerung. Es war ihr Park. Ihr See. Sie sprachen nicht viel. Er zeigte hoch: Sieh mal die Wildenten, und sie sagte: Krickenten, *anas crecca.* Er fragte nicht nach, wieso sie über Enten Bescheid wußte. Wo hätte er mit Fragen anfangen sollen, wo aufhören. Sie machten Feststellungen über das, was war, jetzt war. Die Wolken, die sich gegen Abend grünlich färbten, die dünne Eisdecke, die sich auf den Pfützen bildete. Manchmal sagte er: Sieh mal, manchmal sagte sie es. Er hakte sich unter, das war ungewohnt, mit Bertram ging sie nicht eingehakt, und wenn, legte sie ihre Hand in seinen angewinkelten Arm, eine offizielle, keine zärtliche Geste. Wiepe vergaß, daß es die Stadt war, in der Bertram lebte, dachte keinen Augenblick an die Möglichkeit, ihm zu begegnen. Der Soldat war einige Jahre jünger als sie, er verjüngte sie. Sie hatte nie einen jungen Mann gehabt, kannte das nicht, hatte ja keine Vergleichsmöglichkeiten. Er sagte wahrhaftig, was du alles kannst! Er war Feldwebel oder Unteroffizier, sie kannte sich in Uniformen und Schulterstücken nicht aus. Er besaß einen Laden, Eisenwaren, Haushaltsgeräte und so etwas, irgendwo im Lippischen. Seine Frau führte während seiner Abwesenheit das Geschäft. Er hatte Bilder im Soldbuch, auch von den Kindern. Sie saßen auf dem Bettrand und zeigten sich die Bilder ihrer Kinder und lobten sie gegenseitig. Von dir hätt' ich gern einen Jungen, sagte er, und sie glaubte ihm das. Auch das hat es tausendfach gegeben. Ich schreibe dir mal, zeig mir deine Adresse! Sie reichte ihm ihren Ausweis, die alte Wohnung stand noch darin, die es nicht mehr gab. Gudula heißt du? Jahrgang 1905? Dafür bist du aber gut beieinander! Man kann das so und so sagen. Es tat Wiepe wohl, und das war die Hauptsache. Er schrieb ihr seine Feldpostnummer auf, und sie weiß sie heute noch, benutzt hat sie sie nicht. Falls ich meinen Haufen noch antreffe, man weiß das nie. Abends gingen sie in ein Kino und hielten sich bei der Hand, und als er die Hand auf ihr Bein legte, zuckte ein elektrischer Strom durch sie hindurch und vermutlich auch durch ihn, sie drehten die Köpfe zueinander, standen auf, drängten sich durch die Reihen, verließen das Kino, kehrten in ihr Hotelzimmer zurück. In der ersten Nacht, als er ein Zimmer suchen mußte, in dem sie bleiben konnten, hatte die Frau in der Portiersloge gefragt: Ist das Ihre Frau? – Ich wollte, sie wär's. Kürzer und besser hat das noch keiner gesagt.

Ein anderes Mal sagte er: Du bist wie ein Vogel, bei dir muß man die Fenster gut zumachen, sonst fliegst du einem weg. Er legte die Arme um sie, faltete die Hände über ihren Händen, so nah war sie nie vorher einem Menschen, nie wieder. Nie wieder so geborgen. Sie schlief wie in einem Brunnen.

Zum Essen gingen sie immer in den Speisesaal zweiter Klasse am Bahnhof, manchmal bediente sie der Ober vom ersten Abend. Als sie beim letzten Frühstück saßen, faßte sie ihn beim Arm. Sag's keinem! Er schüttelte den Kopf, wem sollte er das sagen, das glaubte ihm keiner. Bevor sie sich trennten, gab er ihr den Umschlag mit den restlichen Lebensmittelmarken.

War das nun Rache? Wollte sie es ihrem Mann gleichtun? Auge um Auge? Zunächst einmal war es ein Ausweg, der erste beste, sie wollte nicht mit dem nächsten Zug zurück zu den Frauen, was hätte sie denn sagen sollen? Einfach wortlos zurück an den

Futterkessel, wo die Rübenschnitzel noch kochten, die sie selbst hineingeschüttet hatte, und weiter rühren und rühren und das Feuer schüren, noch eine Nachtwache? Es hatte nichts mit Bertram, nichts mit ihrer Ehe zu tun, es war nur ihre Angelegenheit. Sie nannte ihn später einfach »der Soldat«, er bekam keinen Namen in ihrem Gedächtnis. Vielleicht nannte auch er sie einfach »die Frau«. Sie trennten sich, jeder kehrte nach drei Tagen an seinen Platz im Krieg zurück, er an die Front, er kam noch rechtzeitig in den Kessel von Stalingrad. Sie kehrte auf den Hof zurück, zu den Frauen, zu den Zuckerrüben.

Sie hatte ihn an den Fronturlauberzug gebracht. Hast du nichts zur Erinnerung? fragte er, schon vom Zugfenster aus. Sie nahm aus ihrer Handtasche den goldenen Drehbleistift, Verlobungsgeschenk ihres Mannes. *»Bona fide«* eingraviert. Jahre später fragte Bertram danach, hast du den kleinen Stift nicht mehr, den goldenen, du trugst ihn früher immer in der Tasche. Nein, sie hatte ihn nicht mehr, kein Anlaß zu verspäteten Geständnissen.

Der Soldat sagte, so was hab' ich nicht, aber es ist egal, was es ist, holte aus seiner Jackentasche einen Schlüssel. Den hab' ich selbst gemacht, als Geselle. Hier! Er warf ihn ihr zu, und sie fing ihn auf und tat ihn in die Manteltasche. Ein Schlüssel, und sie wußte nicht wozu, trug ihn lange bei sich, hat ihn wahrhaftig heute noch. Nichts wirft man weniger leicht fort als einen Schlüssel, irgendwann könnte er einmal passen. Auch das liegt jetzt lange zurück, daß Barbara sie gefragt hat, was ist das bloß für ein Schlüssel, der gehört nicht zur Haustür und nicht zur Etagentür und nicht zum Garten. Ich weiß es nicht, hatte sie gesagt, und es stimmte ja auch, sie wußte es nicht. Lange Zeit brauchte sie nur den Schlüssel in die Hand zu nehmen, und dann war das Gesicht des Soldaten wieder da, vom Abteilfenster eingerahmt. Jetzt sah sie höchstens noch den Fensterrahmen, das Gesicht kehrt nicht mehr zurück, allenfalls dieser See und die drei Krickenten vorm dämmrigen Himmel.

Im Gegensatz zu ihrem Mann setzte sie sich nicht hin und schrieb das Plädoyer für eine Ehebrecherin. Dazu wäre sie gar nicht imstande gewesen. Sie fühlte keine Schuld, folglich auch nicht das Bedürfnis nach Rechtfertigung. Sie war nicht darauf bedacht, das Verständnis ihres Mannes zu gewinnen. Nur Männer sind der Ansicht, daß eine Beichte mit der Absolution gleichzusetzen sei. Sie verwechseln »ich habe dir doch alles gestanden« mit »ich habe doch nichts getan«. Sie versuchte nicht einmal, sich selbst zu erklären, was geschehen war, es selbst zu verstehen. Es hatte ihr gutgetan, soviel war sicher. Das spürte sie selbst, dabei ließ sie es. Sie bekam nach ihrer Rückkehr eine Influenza, blieb einige Tage im Bett, vornehmlich schlafend, dann und wann träumend, sich erinnernd, »du bist wie ein Vogel, bei dir muß man die Fenster fest zumachen«. Als sie aufstand, war der Sirup in den Töpfen, und der Frost hatte den Geruch aus Haus und Stall vertrieben. Es wurde Winter. Sie lernte zu spinnen. Zunächst nur die Wolle von Schafen, später auch Flachs. Sie schlug zusammen mit ihrer Tante den alten Webstuhl auf, reparierte ihn mit Hilfe des Stellmachers und lernte zu weben. Webte Rockstoffe, Jackenstoffe, färbte die Wolle selbst, gewann wieder Zutrauen zu ihren Händen und zu dem, was sie mit ihren Händen tun konnte. Ihr Bedürfnis, etwas Schönes herzustellen, hatte sich bis dahin in Biskuittorten in der Gestalt einer Bismarckeiche, in schön dekorierten Puddings geäußert, viel Befriedigung und Lob war davon nicht zu erwarten. Jetzt stellte sie Stoffe her, deren Struktur sie selbst bestimmte, da sie die Wolle selber spann, noppig oder glatt, und weil sie das Garn selbst einfärbte, Streifen webte, Karos. Sie stellte keine Wandteppiche her! So waren die Zeiten nicht, und so war ihr Ehrgeiz nicht beschaffen, sie blieb immer beim Nützlichen, das aber versah sie gern mit kleinen unnützen Zutaten, das Praktische verlor sie dabei nie aus den Augen. Die Farben mußten licht- und waschecht sein, die Stoffe durften nicht eingehen, mußten gewalkt werden. Wenn sie wirklich zornig war in diesen ersten Wochen nach ihrer Rückkehr, dann äußerte sich das höchstens darin, daß sie das Garn knotig spann, mit dicken Noppen, daß sie die Garne rot und gelb einfärbte, aggressive Farben, vor allem aber Orange. Entweder legte sich ihre Aggression, oder die Leute verlangten weniger auffallende

Farben. Ab März etwa webte sie vornehmlich blaue und grüne Stoffe. Gelegentlich schoß das Weberschiffchen heftiger durch die Kette, mag sein, daß heftige Gedanken ihr die Hand lenkten, dann riß der Faden. Das mühselige Anknüpfen und Verstechen der Fäden ließ sie bald zur Vernunft kommen. Die therapeutische Wirkung des Webens hatte überraschenden Erfolg.

Sie gewann Ansehen auf dem Hof und im Dorf. Man lieferte die geschorene Schafwolle bei ihr ab, sie verarbeitete sie und bekam als Entgelt Naturalien. Der Handel machte ihr eher Vergnügen als Verlegenheit. Je schwerer eine Bäuerin sich von einer Cervelatwurst trennte, desto mehr bestand sie darauf, daß es Cervelatwurst sein mußte.

Es kamen Briefe von Bertram. Sie las sie, aber sie beantwortete sie nicht. Was sollte sie sich auf Auseinandersetzungen einlassen. Entweder dies ging zu ihren Gunsten aus oder zu ihren Ungunsten. Zwei Möglichkeiten. Wiepe hielt sich nie damit auf, gegen Unabänderliches anzugehen. Sie sparte damit viel Kraft. Vor allem konnte sie fast immer erkennen, was abänderlich war und was nicht. Sie rannte nicht gegen Mauern. In diesem Fall war das Mädchen Gisela die Mauer. Wäre diese Sache passiert, als sie alle noch zusammen waren, dann –. Auch darüber dachte sie nicht nach, was gewesen wäre, wenn. Dort waren Oskar und das Mädchen, die Kinder waren im Lager, und sie war hier, jeder an einem anderen

Ort. Sie stellte zu ihrer Überraschung fest, daß sie allein auskommen konnte, ohne alles das, was so lange ihr Leben ausgemacht hatte: die Wohnung, die Sorge für ihren Mann, die Erziehung der Kinder. Noch dachte sie nicht über die Folgen nach, aber es war sicher, daß sie allein durchkommen konnte, wenn es sein mußte. Sie hatte Geschick, sie war fleißig, sie verstand sich aufs Handeln. Alles in allem eine gute Lebensausstattung.

Nichts war vorerst vonnöten. Ihre These »es geht vorüber« hat sich nie als so richtig erwiesen wie bei dem Kapitel Gisela. Es gibt keine Äußerungen Wiepes zu diesem Thema, keinen Brief, kein Wort. Als Methode so schlecht nicht. Man kann einem verliebten Mann ein Mädchen nicht ausreden, so einfache Tatsachen wußte Wiepe aus Instinkt. Ich mache Dir keine Vorwürfe, schrieb ihr Mann. Dich trifft keine Schuld, es sei denn eine existentielle. Ich weiß erst heute, was ich vermißt habe. Solche Briefe. Die schickte er ihr per Eilboten oder per Einschreiben. Kaum hatte er sie abgesandt, brachte er Geschenke für sie auf den Weg. Einen Pelzmantel. Fohlen, auch der nur durch Beziehungen zu bekommen. Sie trug ihn nie. Sie war kein Fohlen mehr! Später hat Jenny ihn getragen, zu ihr paßte er. Ringe. Ein Ring, um es genau zu sagen, der erste nach dem Ehering, den er ihr schenkte. Um Ringe zu schenken, bedarf es eines Anlasses. Ein Ring mit einem Aquamarin. Als ob sie blaue Steine hätte tragen können. Allenfalls doch Saphire, oder vielleicht einen Mondstein. Oder Bernstein? Ungeschliffen? Das würde zu ihren Eulenaugen passen. Vermutlich hat sie aber recht, wenn sie keinen Schmuck trägt außer dem Indianerring mit dem eingravierten Vogel, dem *roadrunner.* Sie war bescheiden, sie verlangte weder Ringe noch Pelze. Damit war nichts zu erreichen. Sie war anspruchsvoll. Dann schickte er eine Flasche Cognac, große Flakons mit französischem Parfüm, Beuteware aus dem besetzten Frankreich, an die er leicht über seine Dienststelle kommen konnte. Die Einschreibbriefe, die Pakete ihres Mannes taten ein übriges, ihr Ansehen bei den Frauen zu erhöhen. In einem der Briefe stand: Kann es sein, daß Gisela Dich damals gesehen hat? In einem Kino? Mit einem Soldaten? Einem gewöhnlichen Soldaten?

Das Mädchen und der Soldat. Sie gehören zusammen. Wiepes Gedächtnis hat sie aneinandergekettet. Das macht es halb so schlimm. Aber auch halb so schön.

Die kleinen Mädchen

Wiepe vermutete, daß im Antiquitätenhandel mit Bilderrahmen noch etwas zu machen sein würde, eher als mit Uhren, deren Gehäuse sie zwar reparieren und verschönern konnte, nicht aber das Uhrwerk. Sie hat Sinn für Pop-art, diese neue Modeströmung. Neuerdings stöbert sie nach Bilderrahmen. Nicht die pompösen eichegeschnitzten oder blattgoldverzierten Rahmen der Gründerjahre, sondern die schlichten runden oder ovalen Holzrahmen, geeignet für Familienbilder. Sie rechnet nicht mit dem Glücksfall, echte Biedermeierrahmen aufzutreiben, die fanden sich höchstens noch im Privatbesitz, und dann war es schwierig, den Besitzern den vermeintlichen Wert eines harmlosen Scherenschnittes, eines Schattenrisses auszureden. Ein modernes Kinderbild in einem altmodischen Rahmen gab dem Foto allein durch den Kontrast einen rührend anmutigen Reiz.

Am Nachmittag war sie über Land gefahren, in ein Dorf, wo man sie kannte, wo sie bereits Spinnräder, Futtertröge, Holzkisten, zweimal auch einen alten bemalten Bauernschrank auf den Dachböden aufgestöbert hatte. Keiner vermutete, daß sie berufsmäßig unterwegs war, man ließ ihr den Trödelkram für ein paar Mark. Sie richte sich neu ein, ihre Mutter stamme vom Lande, sie fühle sich in modernen Möbeln nicht wohl, das war längst gesagt, sie konnte alle Erklärungen weglassen, sie erkundigte sich nur beiläufig, ob auf dem Dachboden wohl noch ein paar alte Bilderrahmen seien. Ich leime sie mir schon wieder, und streichen kann ich sie auch, und das Glas setzt mir jemand rein, das Bild von Opa ist besser in der Schublade aufgehoben als auf dem Boden; sie traf den Ton.

Sie trank eine Tasse Kaffee mit, hatte immer ein Geschenk für die Kinder oder Enkel in der Tasche, nahm sie auch ein Stück im Auto mit, ein Kabriolett fuhr im Dorf keiner. Wiepes Sportwagen fiel in den Dorfstraßen noch auf. Auch das kalkulierte sie mit ein. Auch dort fand man: Sie spinnt ein bißchen.

Zwei schlichte runde Rahmen waren die Ausbeute des Ausflugs. Frischer Firnis, mehr war nicht nötig, der Anstrich war noch in Ordnung. Sie erneuerte die Haken, ersetzte die Pappe der Rückwand und gedachte, die Wirkung mit irgendeinem Foto auszuprobieren. Sie kramt den Karton mit den Bildern aus fünfzig Lebensjahren hervor, nie geordnet, nie eingeklebt, so etwas lag ihr nicht. Sie hockt in der Bodenkammer, verstreut die Bilder, das dauert Stunden. Manche Gesichter hat sie völlig vergessen, unbekannte Babys, Kinder von vergessenen Freundinnen, Fotos von Schulausflügen, den eigenen, denen der Kinder, Barbara und Jenny als BDM-Mädchen, die Sammelbüchse in der Hand, Bertram als Corpsstudent, Brautbilder und endlich ein Foto, das in der Größe geeignet ist, auf dem die kleinen Mädchen fünf und zwei Jahre alt waren. Das nimmt sie, packt alle anderen Bilder in den Kasten, schiebt ihn mit dem Fuß unter das Gebälk, nimmt Rahmen und Bild und zieht sich in ihren Schaukelstuhl zurück.

Jenny hatte wahrhaftig schon Zöpfchen! Sie standen stramm und steif vom pausbäckigen Gesicht ab. Barbara trug winzige Affenschaukeln aus dünnen seidigen Zöpfchen, die über den Ohren hochgebunden waren. Vier große weiße Schmetterlingsschleifen. Barbara hatte ein Buch auf dem Schoß und den Zeigefinger auf eine Zeile gelegt. Dabei konnte sie damals erst wenige Buchstaben entziffern. Das Kind hatte auf »einem Buch als Attribut« bestanden. Bertram hatte zum Fotografen gesagt, als Barbara nicht still saß und die Prozedur für alle endlos zu dauern drohte: Können Sie dem Kind nicht ein Attribut in die Hand geben? Barbara, wißbegierig wie immer, sah das Buch und fragte: Ist das ein Attribut? Dieses Ja hatte Bertram noch manches Mal gereut. Die Fragerei hörte nicht auf. Ist jedes Buch ein Attribut? Hieß das Buch, das der Fotograf mir gegeben hat, Attribut? Oder hieß der Mann, der das Buch geschrieben hat, Attribut? Wer ... Und wahrhaftig, das Buch wurde Barbaras Attribut! Es gehörte zu den geflügelten Worten in der Familie: Wo ist Barbara?

Barbara hat ein neues Attribut. Das Attribut des Fotografen war ein Karl-May-Band mit Goldschnitt, man erkannte die Prägung des Einbandes deutlich auf dem Bild. Wiepe erinnerte sich an alles. Sie hatten vorgehabt, den Großeltern ein Foto zu Weihnachten zu schenken. Ein Familienbild war bereits gemacht, Bertram hatte Barbara auf dem Schoß und Wiepe die dicke kleine Jenny. Ein allgemein sehr gelobtes Bild, sie besaß es nicht mehr. Sie hatten die Bilder rahmen lassen, aber bevor sie noch abgeschickt waren, war Wiepes Vater schon tot. Sie hatte ihn erst wiedergesehen, als er bereits eingesargt war. Er hatte »sich aus dem Staub gemacht«. Das war Ende März dreiunddreißig, bald nach den Reichstagswahlen, ihr Vater war zu Besuch da. Die Männer hatten lange Unterredungen in Bertrams Studierzimmer, Wiepe war nur selten zugegen. Das Ermächtigungsgesetz war gerade erlassen, Bertram war der Ansicht, daß jeder anständige Jurist aus dem Staatsdienst auszutreten habe. Das Wort »Ermächtigungsgesetz« stand noch deutlich in ihrem Gedächtnis, damals und heute wußte sie nicht genau, um was es dabei ging. Sie interessierte sich nicht für Politik, neigte zum Fatalismus, glaubte nie, daß man etwas dagegen tun könnte. Eines der allzeit geduldigen Schafe. Als wäre es eben gewesen, erinnerte sie sich jetzt, daß der Vater auf dem Bahnhof gesagt hatte: »Ich mache mich am besten bald aus dem Staube.« Er war gerade sechzig, so alt, wie sie jetzt ist.

Die kleinen Mädchen steckten in blauen Kittelchen, die sie ihnen selbst genäht und bestickt hatte. Jenny hatte noch Windelhöschen an. Das Kind konnte häkeln, stricken, Kartoffeln schälen, da war es noch nicht sauber. Eine Blamage für die Mutter. Jenny, von der Bertram behauptete, ihr erstes Wort sei Appetit gewesen. Als Baby fraß sie alles in sich hinein: Knöpfe, Puppenhaare, Waschläppchen. Mit fünf Jahren war sie die unermüdlichste Pilzsucherin. Später suchte sie nicht nur getreulich, sondern auch freudig Bucheckern, mit klammen Händen, die immer rot und aufgesprungen waren. Hagebutten, Schlehen, wo jedes andere Kind gemurrt hätte, pflückte sie mit freudigem Eifer. Das machte nicht halt vor Kartoffelkäfern, selbst Ungeziefer suchte sie mit Begeisterung. Sie hatte, wenn auch in gewandelter Form, das Interesse der Mutter an Käfern geerbt. Ihre Klasse hatte die besten Ergebnisse vorzuweisen, wenn sie auf einem Kartoffelacker eingesetzt wurde. Jenny spornte die anderen Mädchen an. Ihre Augen entdeckten die metallisch-gestreiften, knopfgroßen Schädlinge auch dann noch, wenn sie an der Unterseite des Kartoffelkrauts hingen. Larven und Imagines. Sie war die Beste im Biologieunterricht, in allen naturwissenschaftlichen Fächern. Sie vermochte in der Praxis anzuwenden, was sie in der Theorie gelernt hatte, was so leicht keine Zwölfjährige kann. Sie wußte, daß sich der Blattkäfer, wozu auch der Kartoffelkäfer zählt, vom Kraut der Nachtschattengewächse nährt und sich gelegentlich auf dem Kraut, nicht nur unter der Erde, verpuppt. Daß es galt, Imagines und Larven zu lesen. Sie tötete sie mit Genugtuung, ebenso wie die Maikäfer, durch Verbrennen oder Ertränken. Wenn sie in den Ferien bei der Großmutter auf dem Hof zu Besuch war, sammelte sie Regenwürmer und fütterte die Hühner damit, sah unverwandt und unerschrocken zu, wenn zwei Hühner sich um einen lebenden Wurm balgten, sich ihn gegenseitig aus den Schnäbeln rissen und Stück für Stück verschlangen.

Jenny sammelte die Raupen von den Kohlköpfen und war in Küche und Garten und selbst im Stall gut zu gebrauchen. Wenn sie nichts Besseres fand, pflückte sie Blumen, und wo gar nichts wuchs, fand sie immer noch ein paar Disteln, die sie als Ausbeute mitbrachte und auf gefällige Weise in Gläser zu stellen wußte. Ihr Verhältnis zur Natur war kein ästhetisches und schon gar kein platonisches. Noch bei dem kleinsten Spaziergang sah sie sich nach Eßbarem, Pflückbarem um. Als Baby konnte man sie nicht mit in den Garten nehmen: wie ein Kälbchen fraß sie alles ab, bis zu den Stiefmütterchenpflanzen und den Rosenblättern. Sie behielt diese Vorliebe für alles Rohe und Grüne. Als sie größer war, rupfte sie, was keine Früchte trug und auch nicht blühte, als Unkraut aus. Es gibt bei ihr auch heute noch vornehmlich Obstsäfte und Rohkostsalate. Das hat sich erst geändert, seit die Ernährungswissenschaftler die

Bedeutung der Proteine, der Eiweißstoffe, für die menschliche Ernährung entdeckt haben. Seither gibt es ein paarmal wöchentlich tellergroße *round steaks*, sogar für Baby Gloria. Wiepe hatte sich bei Mike erkundigt, ob die Entdeckung der Proteine vielleicht auch etwas mit den Interessen der Landwirtschaft zu tun haben könnte, mit der Rinderzucht und der Milchwirtschaft. Sie hatte auf ihrer Reise durch die Staaten des öfteren an den Zäunen der *ranches* meterhohe Schilder gesehen: *enjoy beef every day*. Mike hielt das für möglich. Aber er hielt alles, was seine deutsche Schwiegermutter vorbrachte, für möglich, für interessant, schätzte *round steaks* vom Grill mehr als rohen Blumenkohl und war seinerseits froh über die Entdeckung der Proteine. Jenny unternimmt mit den Kindern Ausflüge in die kalifornische Wüste, fährt zu den Orangenplantagen, hält den Wagen an und veranlaßt die Kinder, auszusteigen und soviel Orangen aufzulesen, wie sie nur tragen können, beteiligt sich selbst am Sammeln des Fallobstes. Sie sollen, so gut das in einer durchzivilisierten Welt nur geht, teilhaben am »Segen der Spenderin Natur«, so ähnlich drückt sie sich aus. Die Kinder dürfen diese Orangen dann keineswegs essen, sie werden zu Hause ausgepreßt und als Obstsaft zum Frühstück getrunken. Die Orangenbäume in den Plantagen werden mehrmals in der Zeit zwischen Blüte und Ernte mit Kupfervitriol gespritzt. Zwei von Jennys Prinzipien liegen miteinander im Streit.

Natur und Zivilisation. Direkt vom Strauch oder keimfrei. Ein Dilemma. Mike und Pat hassen es, wenn es in die Plantagen geht. Ist die Ernte schon im Gange, weigern sie sich mit Geschrei, das Auto zu verlassen. Zweimal schon haben mexikanische Erntearbeiter sie aus dem Dickicht der Bäume von ihren Leitern aus mit Apfelsinen bombardiert.

Jenny schätzt, was ihr zuwächst. Auf einer Südseeinsel wäre sie wahrhaft glücklich gewesen. Vielleicht ist es das großmütterliche Erbe, das bei ihr durchschlägt, der westfälische Schlag. Sie sah als Kind der Großmutter ähnlich, ein strammes kleines Mädchen mit strammen blonden Zöpfen, mit dreizehn eine Miniaturausgabe der Reichsfrauenführerin Scholtz-Klink. Sie trug die Zöpfe um den Kopf gelegt. Untersetzt, immer ein wenig zu dick. Sie kratzte ständig die Töpfe aus. Sie naschte. Man muß vermuten, daß das tiefere Ursachen hatte, daß sie Angst hatte, zu kurz zu kommen.

Heute ist von dem pummligen kleinen Mädchen nichts mehr zu sehen. Jenny zeigt gelegentlich Kinderbilder, damit alle feststellen können, wie sich ein deutsches Nachkriegsentlein in einen amerikanischen Schwan verwandelt hat. Heute ist sie schlank, hellblond, tadellos frisiert, nie sieht man sie wie andere Amerikanerinnen mit Lockenwicklern. Sie ist adrett angezogen, proper, nicht elegant, immer ein wenig im *Western-look*, der ihr gut steht; vermutlich wäre sie eine vorzügliche Frau für einen Pionier gewesen. Wiepe hat manchmal gedacht, daß ihre Tochter sich dafür hielte, die Enkelkinder bestätigten sie darin, waren immer bereit zu rufen: *like Mammy*, wenn unerschrockene, junge blonde Frauen in einsamen Präriehütten die Hand an den Colt legen. Sie gibt sich rustikal und burschikos, bespricht alles ohne Prüderie mit Mann und Kindern.

Als Kind spielte sie am liebsten Familie. Heiraten, Kinderkriegen, einschließlich Beerdigungen. Sie steckte ihre Puppen in Steckkissen, windelte sie, gab ihnen Fläschchen, häkelte für sie, spielte allenfalls einmal Kaufmannsladen, aber nur, um für ihre Familie darin einzukaufen. Wöchentlich einmal begrub sie ihre Puppen in Zigarrenkistensärgen im Garten. Kann man das essen? Kann man das waschen? fragte sie bei allem, was ihr neu zu Gesicht kam. Ihr Verstand nahm rasch auf, was er als nützlich zu wissen erkannte, und gab es getreulich an das Gedächtnis weiter. Begreiflich, daß darin mehr Rezepte als Gedichte aufgehoben sind. Sie kann eine Lichtleitung reparieren, weil sie in der Schule Elektrizitätslehre gehabt hat. In Latein kam sie über ein knappes Ausreichend nie hinaus, aber im Englischen war sie gut. Da es für Mikes Stellung wichtig war, lernte sie sehr rasch ein gutes Amerikanisch, eignete sich ungewöhnliche Idiome an. Allenfalls konnte man vermuten, daß sie aus dem Osten, vielleicht aus Boston stammte. Was für eine Energie steckte in dem Mädchen! Genug, um zu erreichen, daß sie ihren Mike kriegte. Sie hatte spät zu sprechen gelernt, war mürrisch, wenn sie antworten sollte. Ein paarmal war sie ins Studierzimmer des Vaters gelaufen, hatte sich neben ihn gestellt, ihn am Ärmel gezogen und gesagt: Ich muß dir ganz schnell mal was sagen. Der Vater schrieb den angefangenen Satz zu Ende, des Satzes wegen, aber auch des Kindes wegen, das lernen mußte, gegen die Ungeduld anzugehen. Bereitwillig legte er dann den Federhalter hin und fragte freundlich: Was denn, mein Kleines, was hast du auf dem Herzen, was mußt du mir ganz schnell sagen? Und dann wußte die Kleine es nicht mehr. Oder hatte von vornherein nichts zu sagen gehabt, wollte vielleicht nur, daß der Vater sich mit ihr beschäftigte. Sie sah ihn dann mürrisch an, schüttelte den Kopf, die Zöpfchen flogen, sie rannte aus dem Zimmer, schlug die Tür zu, wurde zurückgerufen. Nun schließ die Tür noch einmal, wie es sich gehört! Sie kehrte zu ihren Puppen zurück und spielte mit ihnen die ganze Szene getreulich noch einmal: Darfst du die Tür so zuschlagen? Schließ die Tür, wie es sich gehört!

Genug von Jenny! Dagegen Barbara. Ein lebhaftes Kind, immer von Abstürzen bedroht. Mitsamt dem hochrädrigen Kinderwagen stürzte sie um, sogar aus der Wiege fiel sie heraus, weil sie mit einer Heftigkeit schaukelte, die niemand in dem zarten Kind vermutete. Was für eine hübsche Wiege! Seit mehr als hundert Jahren liegen alle Bertram-Babys darin, jetzt steht sie in Kalifornien, viel bestaunt.

Zum erstenmal stürzte das Baby ab, als die Kinderschwester noch im Haus war, die nichts anderes zu tun hatte, als auf das Kleinkind zu achten. Immerhin schnappte sie das Kind noch beim Beinchen, es schlug mit dem Kopf an das Tischbein, auch das hätte genügt, aber sonderbarerweise geschah dem Kind bei diesen Unfällen kein Leid. Es floß kaum ein Blutströpfchen. Die Eltern erwarben beizeiten ein Laufställchen für das Kind. Da kroch es in Wieselschnelle herum, zog sich bald schon an den Stäben hoch und tat die ersten Schritte eigenmächtig. Als die Eltern hinzukamen, konnte sie bereits die zwei Meter von der einen zu der gegenüberliegenden Sprossenwand zurücklegen, eher balancierend als schwankend. Sie ging wie auf einem Seil, eine Eigentümlichkeit, die man heute noch ihrem Gang anmerkt. Keineswegs x-beinig, im Schnee wurde das am deutlichsten, ihre Spur lief fast in einer Geraden. Sie probierte alles für sich allein aus, nicht an der Hand der Eltern, auch das gehörte zu den Eigenheiten, die sie beibehielt. Ihr erster Artikel war bereits gedruckt, ihr erstes Buch bereits erschienen, als die Eltern davon erfuhren. Heimlich lernte sie die ersten Buchstaben zu schreiben, heimlich lernte sie den ersten Vers, überraschte die Erwachsenen immer mit dem fertigen Ergebnis, sagte mit acht Jahren ein eigenes, recht hübsches Weihnachtsgedicht unterm Tannenbaum auf, studierte sich die ersten Tanzschritte selbst ein, war immer den anderen um eine

Nasenlänge voraus. Kein Wunder, daß sie in der Schule nicht beliebt war.

Als sie, immer noch ein wenig balancierend, ihr Ställchen durchqueren konnte, rannte sie so aufgeregt hin und her, daß man wirklich annehmen mußte, die Eltern hielten das Kind gewaltsam eingesperrt. Als der Vater hinzukam, krähte sie laut und unmißverständlich: Raus! Raus! und das wieder und wieder. Sie behielt das lange bei, es war ihr Lieblingswort, wenn nicht gar ihr erstes. Sie war ein heftiges, leidenschaftliches Kind, sie schrie im Zorn »raus!«, ohne daß man gewußt hätte, worauf sich das bezog. Aber auch wenn sie besonders vergnügt war, schrie sie: Raus, raus! Sie war von klein auf temperamentvoll, das behauptete die Hebamme schon nach der Geburt. Die ist ja nicht zu halten, auf die müssen Sie mal aufpassen.

Sie hatte die langbewimperten graublauen Augen des Vaters. Sie kniff sie zusammen, machte sie noch schmaler, noch katzenhafter. Mit drei Jahren kokettierte sie mit dem Milchmann und mit dem Briefträger und erst recht mit den Studenten des Vaters, die gelegentlich ins Haus kamen, um sich Bücher auszuleihen. Eine Überfunktion der Schilddrüse war vermutlich an allem schuld, bestimmte ihr Leben. Sie war so dünnhäutig, daß man den raschen Pulsschlag am Hals wahrnehmen konnte. Manch einer wird mit der Hand oder den Lippen an dieser Stelle unmittelbar über der Kehle ihren Herzschlag aufgespürt haben. Sie bekam Jodpillen, natürlich auch Kalzan, die Mutter versäumte nichts, was für das Gedeihen der Kinder gut sein sollte. Barbara hatte den zarten Knochenbau des Vaters. Sie war eine Bertram, hatte es von klein auf sein wollen. Kind des Vaters, hatte ihn nachgeahmt, zitierte noch heute gern seine Aussprüche, sagte: »Mein Vater, der ein Gegner des damaligen Regimes war.«

Der kräftige, vorgewölbte Hals trug einen kleinen Kopf. Sie wurde mit langem, seidenweichem Haar geboren, verlor die Haare, aber es wuchsen ihr die gleichen seidenweichen schwarzen Haare nach, glatt, ohne das kleinste heitere Nackenlöckchen. Sie war nicht heiter, nichts Sonniges an ihr. Sie trug das Haar später im Pagenschnitt, mit Ponys, die ihr bis zu den graden Augenbrauen hingen. Den breiten, schmallippigen Mund schminkte sie stark, mit einem bläulichroten Stift. Ihre Haut blieb auch im Süden weiß und hatte den etwas kränklich wirkenden Perlmuttschimmer, den auch Bertrams Haut hatte. Als sie zwanzig war, fand sie bereits ihren persönlichen Stil, liebt Farben, wie sie auf persischen Miniaturen zu sehen sind, vor allem ein Pfauenblau, das ihre Augen blauer erscheinen läßt. Sie trägt fast immer Stehbündchen, um die Schwellung des Halses zu verbergen. Von einer Operation raten die Ärzte ab. Sie liebt Rückendekolletés, hat einen schmalen, zerbrechlich wirkenden, sehr reizvollen Rücken; deutlich heben sich die Schulterblätter ab. Sie war ein rachitisches Kind, trotz des Kalzans, trotz all der knochenstärkenden Bäder. Man erkennt jeden Wirbel des Rückgrates. Oft trägt sie Kleider, die vom ersten Halswirbel bis zum vorletzten Lendenwirbel geschlitzt sind, darunter ist sie nackt. Wenn sie sich bewegt, mit ihren immer noch eckigen Bewegungen, sperren die Rückenteile ihres hochgeschlossenen Kleides. Wer hätte da nicht Lust, seine Hand beim Tanzen oder auch im Gespräch diesen nackten weißen Rücken entlangstreichen zu lassen. Sie fordert mit dem ganzen Körper. Ihr Mund hat inzwischen einen Zug von Skepsis und Müdigkeit, als könne nichts sie mehr überraschen. Sie wirkt angestrengt, ist wesentlich älter als die Mutter und behandelt sie entsprechend.

Sie konnte kaum ein paar Sätze sagen, hing noch am Rock der Mutter, lieber aber am Hosenbein des Vaters, da ging das schon los: Sag mal ein Wort mit! Später zog man sie damit auf: Sag mal ein Wort mit. Ein Wort mit grün verlangte sie, und dann zählten Vater und Mutter, entzückt über ihr intelligentes kleines Mädchen, auf: Grünspan. Grünkern. Grünschnabel. Sie dachte sich Sätze aus, in denen Wort für Wort mit dem gleichen Buchstaben anfing. Am Abend aß Agnes abwechselnd amerikanische Ananas, afrikanische Äpfel, argentinische Apfelsinen, und so weiter. Bertram sagte dann wohl mal abends, wenn sie miteinander an Barbaras Bettchen standen und das Kind einschlief, das Fäustchen vorm Mund, als hielte sie ihn zu, damit er nicht unbedacht spräche, so schläft sie heute noch, Bertram sagte dann wohl einmal anerkennend: Das hast du sehr hübsch gemacht. Mein bescheidener Anteil fällt da doch wohl kaum ins Gewicht. Sie blickten sich für einen längeren Augenblick an, wurden beide ein wenig verlegen. Wiepe lehnte sich gegen ihn, nahm sein Ohrläppchen zwischen die Zähne und zwickte ihn, beide waren erregt. Sie hielten das für erotische Gespräche.

Als Barbara endlich schreiben konnte, endlich, was ihre Ungeduld anging, wollte sie sämtliche Buchstaben auf einmal lernen und haßte die Laller und Summer und Brummer, die sie in der Schule lallen und summen und brummen mußte. Als sie dann schreiben konnte, früher als alle anderen, saß sie stundenlang an ihrem kleinen Pult und machte Schreibspiele, ganz für sich allein. Sie löste in sämtlichen Zeitungen die Kreuzworträtsel, Silbenrätsel, Rösselsprünge und kaufte sich Rätselhefte. Der Vater mußte ihr strikt untersagen, alle fünf Minuten unter dem Vorwand, »ein Haustier mit fünf Buchstaben, vorletzter ein e«, in seinem Zimmer zu erscheinen. Zum siebten Geburtstag, wenn andere Kinder noch mit unzerreißbaren Pappbilderbüchern zufrieden sind, bekam sie bereits ein einbändiges Lexikon. Noch war nicht Krieg, von Luftschutz jedoch bereits die Rede, als man Barbaras Mutter in die Schule bestellte. Die Lehrerin hatte im Hausarbeitsheft ihrer

Tochter ein Dokument gefunden. Ein sauber gefalteter Bogen, dessen Inhalt eine Art Testament darstellte. »In diesem Haus haben gewohnt«, stand darüber, und dann folgte eine Aufstellung aller Personen. Es handelte sich um ein vierstöckiges Mietshaus, in dem die Familie Bertram die erste Etage bewohnte. Name, Geschlecht, Alter, Beruf waren aufgeführt und nicht etwa im Präsens, sondern im Perfekt. Jeder mußte erschrecken, der es las. Wiepe versprach, mit ihrem Mann darüber zu reden, eine Erklärung hatte sie nicht, sie konnte die Mutmaßungen der Klassenlehrerin weder entkräften noch bestärken. Eine völlig einseitig geführte Unterredung, die der Lehrerin dennoch manchen Aufschluß über die frühentwickelte Barbara gab. Bertram sah sich das Dokument an, sie sprachen darüber, zu mehr kam es nicht. Kein Zurredestellen der Tochter, die schwerlich eine Erklärung gewußt hätte. Wiepe legte ihr das Blatt auf ihr Pult, damit war die Sache erledigt. Als sie Jahre danach vor den Trümmern des Hauses stand und mit einem Stück Kreide an den stehengebliebenen Haustürpfosten schrieb: Lebe noch, W. Bertram, genau wie es die anderen getan hatten bis auf jene, die das nicht mehr schreiben konnten, erinnerte sie sich an das Verzeichnis ihrer siebenjährigen Tochter.

Barbara besaß ein eigenes Radio, die Großmutter hatte es ihr geschenkt, als sie nach dem Tod des kleinen Opas, wie die Kinder ihn nannten, den Haushalt aufgelöst hatte. Ein altmodisches Kopfhörergerät, vor dem sie stundenlang hockte. Man spürte, daß sie sich mit dem Äther verbunden fühlte. Durch Drähte und durch Worte. Zumeist durch Führerreden, Reden von Joseph Goebbels, Rudolf Heß, Baldur von Schirach. Reden und Reden. Die Eltern wußten das nicht, nahmen an, daß das Kind Musik hörte, Märchen. Man war über Stunden vor ihren schwierigen Fragen sicher. Damals legte sie den Zettelkasten mit Führerworten, Worten von Hermann Göring an. Sprüche, die sie mühelos auswendig lernte, die für alle Zeiten in ihr Gedächtnis eingegraben sind. Spricht jemand in ihrer Gegenwart von »Weg und Ziel«, speit ihr Gedächtnis unweigerlich die letzte Zeile eines Gedichtes aus, das in ihrem Lesebuch stand, ein »Bekenntnis zum Führer«: »Mein Führer, du allein bist Weg und Ziel!« Wiepe hat einmal erlebt, wie ihre Tochter aus einem solchen Anlaß in heftigen Zorn geriet. Weil ihr Gedächtnis sie wieder und wieder an ihre Jugendsünden erinnerte. Vielleicht richtete der Zorn sich auch gegen die Mutter, die nicht dagegen angewirkt hatte. Natürlich wurde außerdem ihr Sprachgefühl von dieser »an die Sterne gestrichenen Seele« verletzt. Wie hatte man es zulassen können, daß sie in ihrem besten Lesealter, als sie alles verschlungen hatte, zwischen zehn und siebzehn, daß sie damals diese Blubo-Literatur gelesen hatte, sie kürzte das noch immer so ab, Blut und Boden war gemeint. Blunck und Grimm und Kolbenheyer und Dwinger, wo sie bereits Thomas Mann hätte verstehen können! Warum hat Vater sich nicht um meine Lektüre gekümmert!

Und Bertram? Einmal war er ins Schlafzimmer gekommen mit einem Band Dwinger und hatte sich bei Wiepe erkundigt, ob Barbara immer derartiges läse. War es richtig, Zwiespalt in einen jungen Geist zu säen? Hatte er dazu das Recht? Mußte man nicht die eigene Erkenntnis abwarten? Er hielt sich für einen Reaktionär, von irgendeinem Zeitpunkt an war er vom »Recht des Stärkeren« überzeugt. Er war ein Versager, er war untauglich. Es war eine schlimme Zeit, als sie sich vor ihren kleinen uniformierten Mädchen zu fürchten begannen. Barbara war ein Phänomen für Wiepe, immer ein Buch in der Hand oder unterm Arm oder unterm Kopfkissen. Sie gab ihr Lebertran, sorgte dafür, daß sie wenigstens in der frischen Luft saß, wenn sie las. Als im Krieg nur noch Bertrams Zimmer und das Wohnzimmer geheizt werden konnten, zog Barbara sich eine Mütze über die Ohren, stemmte auch noch die Fäuste drauf und vertiefte sich in ihr Buch, wortlos gegen die Familiengeräusche protestierend.

Jenny mit ihrer Puppenküche, immer bereit abzutrocknen, Petersilie zu hacken, Speck zu würfeln, einzukaufen, sogar drei Straßen weiter zu laufen, wenn es da etwas »ohne« gab, ohne Bezugscheine, ohne Lebensmittelmarken, gewissenhaft das Geld abrechnend, nie etwas vergessend. Barbara mit ihren Büchern, ihrem Zettelkasten und den Kopfhörern, die keine Schwierigkeiten in der Schule machte, der niemand Vokabeln abzuhören brauchte, die nur dann bereit war, Staub zu wischen, wenn sie dabei ihre Verse und Lieder lernen durfte. »Schlich nicht die Pest und schlich nicht der Tod mit grauem Gesicht durch die Gassen«, deklamierte sie ungerührt und wischte den Staub von der Lampe.

Im ganzen brave kleine Mädchen, gut in der Schule, mäßig im Sport, eifrig im BDM, später beide Scharführerinnen, die Heimabende abhielten, mit Sammelbüchsen durch die Straßen liefen und für das Winterhilfswerk sammelten, von Haus zu Haus trabten, Tüten mit Linsen und Erbsen und Zucker zu den Sammelstellen schleppten, von den Hausfrauen bereitwillig für den guten Zweck am Eintopfsonntag abgespart. Gutwillig und unermüdlich alle beide. Nur daß Bertram und Wiepe sich vor ihnen fürchteten. Nur daß man bei den Mahlzeiten nicht mehr wußte, worüber man reden sollte. Oft aß Bertram nur die Suppe, stand dann auf, sagte, ich lege mich ein wenig hin, und verließ das Zimmer. Eine der beiden stellte dann fest: »Vater schont sich.« Damals kam das auf, einer der Familiensätze: »Vater schont sich.« Am Tag seiner Beerdigung hat Wiepe es zum letztenmal gehört: Er hat sich doch immer geschont.

Später war er oft in seinem Zimmer geblieben, sie hatte ihm das Essen auf einem Tablett gebracht, hatte eine Weile stumm bei ihm gesessen und nachher stumm am Tisch mit den Kindern. Barbara, die aus der Schule kam und Heil Hitler sagte statt Guten Tag.

An einem 1. Mai, der auf einen Sonntag fiel, lud Bertram die Familie zum Essen in ein Restaurant ein. Die kleinen Mädchen in Uniformen, sie kamen von ihrem Aufmarsch. Das Restaurant war überfüllt, sie mußten lange warten, bis der Ober ihre Bestellung annahm. Im Nebenraum lief das Radio, Übertragung einer Maikundgebung, Reden, die man nicht verstehen konnte, Lieder, Marschmusik. Nach einer halbstündigen Wartezeit wurde die Suppe serviert. Sie hatten kaum zwei Löffel gegessen, als jemand das Radio lauter stellte: das Deutschlandlied. An den Nachbartischen standen die ersten auf, die kleinen Mädchen standen auf, hoben den Arm, sangen mit, Wiepe erhob sich erst, als auch Bertram den Löffel auf den Tellerrand legte. Sie taten, was alle taten, standen über ihren Suppentellern mit erhobenem Arm. Es stellte sich heraus, daß Wiepe nicht einmal den ersten Vers des Horst-Wessel-Liedes konnte, Barbara zischte ihr zu, tu wenigstens so, als sängest du mit! Wiepe bewegte die Lippen, kein Mensch konnte begreifen, wie sie das machte: nicht zu hören, was sie nicht hören wollte. Bertram räusperte sich einige Male, eine Erkältung vortäuschend, die ihn am Singen hinderte. Dann setzte man sich wieder, Bertram holte Geld aus der Tasche, gab es

Wiepe, laßt euch nicht stören, eßt in Ruhe, ich habe genug. Natürlich standen sie alle auf, Jenny löffelte noch rasch die Suppe, Bertram bezahlte den Ober. Sie gingen schweigend nach Hause.

Als Barbara, das ist so lange noch nicht her, ihre Mutter wieder einmal bedrängte, warum sie, vor allem Vater, ihr nicht rechtzeitig die Augen geöffnet hätten für das, was wirklich geschah, und Wiepe wieder einmal nicht bereit war, sich zu äußern, und Barbara ausfallend wurde, von »versäumter geistiger Verantwortung« redete, wußte Wiepe nichts anderes zu sagen als: Hast du nie daran gedacht, daß Vater und ich Angst vor euch gehabt haben? Jahrelang.

Wiepe schneidet das Bild der kleinen Mädchen in ein rundes Format, sucht einen Karton für das Passepartout. Als es im Rahmen sitzt, gefällt es ihr gut, sie hängt es auf, wird es eine Zeitlang hängen lassen.

Der Traum vom Karfunkelstein

Wiepe pflegt bei weit geöffneter Tür zu schlafen. »Aerophil«, wie das der Bertramsche Hausarzt nannte, der dreißig Jahre lang Bertrams Herz unter Kontrolle und unter Medikamenten gehalten hatte. Sie nähern sich bedenklich einer Aerophobie, lieber Bertram, hatte er einmal geäußert, als er ins Schlafzimmer gekommen war und die Fenster trotz Sommerwärme geschlossen, die Jalousien heruntergelassen waren. Schwer zu entscheiden, was ihm unangenehmer war, die frische Luft oder das helle Tageslicht. Wiepe nahm auch die geschlossenen Fenster hin. Sie hat vermutlich nicht einmal darunter gelitten, sie hielt es für selbstverständlich, daß sie sich den Schlafgewohnheiten ihres Mannes anpaßte. Schließlich war er der Ältere, war seine Gesundheit wichtiger und immer gefährdet. Er mußte sich schonen. Wenn es ihr nachts zu stickig geworden war, gegen Morgen vor allem, war sie aufgestanden, hatte sich eine Weile an das geöffnete Badezimmerfenster gestellt, tief geatmet und war dann bereitwillig in das Ehebett zurückgekehrt.

Seit sie allein schlief, blieb die Tür zum Dachgarten weit geöffnet, ohne daß nun »Schlafen bei offener Tür« auf ihrem Wunschzettel gestanden hätte. Sie horchte auf die Nachtgeräusche, das Bellen eines

Hundes, in der ersten Dämmerung die Vögel, Drosseln vor allem, von denen sie hoffte, sie würden eines Tages einen weiteren Ton lernen. Männerschritte, tief unten in den Straßen. Sie wohnte im fünften Stock, wie sie es immer gewünscht hatte, ohne ein anderes Gegenüber als den Himmel. Keine Gardinen! Keine Jalousien! Welche Erleichterung, welche Befreiung. Sie hatte aus den Kriegsjahren eine Abneigung gegen Jalousien zurückbehalten. Dieses abendliche Verdunkeln einer ganzen Wohnung, diese ständig reißenden Schnüre, die sich verhedderten, das schwarze Papier, das einriß, und sie selbst zu klein, immer auf Tischen und Leitern und Stühlen turnend, dazu noch die Kontrollgänge im Haus, im Treppenhaus, Bodenfenster, Kellerfenster, wenn auf der Straße gerufen wurde: Licht aus! Sie war Luftschutzwart in einem vierstöckigen Mietshaus gewesen.

Ihr Bedürfnis, Stores abzunehmen und zu waschen, zu spannen, aufzuhängen, in schlechten Zeiten zu stopfen, zu kürzen, nicht immer eigenhändig, aber doch immer in eigener Regie, verblichene Vorhangstoffe durch neue zu ersetzen und das wieder und wieder, war in dreißig Hausfrauenjahren hinreichend befriedigt. Kein Fetzchen Store mehr, keine Scheibengardine vor einem Flurfenster, keine Dekorationen mehr, nur noch den Himmel.

Sie mag nicht in fremde Fenster blicken müssen; Schritte über ihr sind ihr unangenehm. Bertram konnte seines Herzleidens wegen nur im ersten Stock wohnen, jede höhere Etage wäre zudem nicht standesgemäß gewesen. Wiepes Gründe, hoch oben zu wohnen, möglichst unter einer Dachschräge, waren viel zuwenig plausibel, als daß man sie zur Sprache hätte bringen können. Auch das ist heute erreicht: die Dachwohnung ohne Stores, ohne Fensterdekorationen. Türen und Fenster, die sich nur dem Himmel und den Vögeln öffnen. Sie beobachtet das Aufziehen des Morgens. Sie liebt die Dämmerungen, mehr noch die des aufziehenden Tages als die der hereinbrechenden Nacht. Oft schläft sie erst ein, wenn der Tag schon hell ist. Und das ist die Stunde, in der sie träumt. Sie ist keine gute Träumerin. Träumen will gelernt sein, da braucht man einen, dem man den schlafwarmen Traum erzählen kann. Weder Bertram noch Markus haben je danach gefragt. Wo warst du im Traum? Was fällt dir im Traume ein? Markus war ein Träumer. Er wurde von Träumen heimgesucht. Dann packte er Wiepe, die noch schlief, bei den Schultern, den großen Kopf dicht über ihr, daß sie in seine Augen blickte, wenn sie ihre aufschlug: Lemuren! sagte er dann, kennst du Lemuren? Sie sind hinter mir her, was sind das für Wesen?

In der Zoologie wußte sie Bescheid, auch um drei und vier Uhr in der Nacht. Halbaffen sagte sie, Nachttiere. Die Eingeborenen auf Madagaskar verehren in den Lemuren ihre verstorbenen Eltern. Ein heiliges Tier.

Affen! sagte Markus. Affen! Dieses infame Getier! Ich hasse sie, weil sie uns ähnlich sind. Ich hasse Ähnlichkeit, auch zwischen Eltern und Kindern! Er warf sich auf die Seite und schlief auf der Stelle ein und überließ Wiepe seinen Lemuren. Sie wäre ein gutes Medium geworden. Hätte je ein Zauberkünstler sie entdeckt, er hätte sie leicht in der Mitte durchsägen können. Aber niemand hat es versucht.

Sie erinnert sich an Markus' Träume, aber an keinen ihrer eigenen. Sogar die Träume hat sie mit ihren Männern geteilt. Kaum war sie eingeschlafen, weckte Markus sie, er ertrug es nicht, wenn ein anderer schlief und er wachte. War er selbst wach, wachte die Welt, das war ihm viel zu selbstverständlich, als daß ihn ein Vorwurf hätte treffen können. Kein Vorwurf Wiepes hat ihn je getroffen.

Ich habe dem Tod in die Augen gesehen, von Angesicht zu Angesicht! Ein bleicher Kopf, ein Totenschädel, der größer und größer wurde, ich ging darauf zu, die leeren Augenhöhlen weiteten sich, kein Augapfel darin, kein Lid, nur diese Höhlen, die sich zu einem dunklen geheimnisvollen Gang vertieften. Ein Kerzenlicht flackerte auf, ich griff nach der Kerze, um mir zu leuchten, irrte in der Höhle umher, tastete die Wände ab, suchte etwas und wußte nicht was. Der Tod. Doña Siebenschwert, der Tod!

Markus fürchtete den Tod. Jeder Traum wurde ihm zum Todestraum. Diesen wagt man kaum wiederzugeben, jedes Kind weiß heute, daß es ein typisch sexueller Traum ist. Der dunkle Gang, die Höhle, in die er einzudringen sucht, die Kerze in der Hand. Er ist ein Mann über Sechzig, da ist das kein Wunder. Adoniskerzen.

Wenn er seinen Traum erzählt hatte, war er ihn los, tat ein paar heftige Schnaufer, nicht daß er wirklich geschnarcht hätte, er war im Schlaf laut wie im Wachen. Manchmal fiel so ein Traum in Wiepes Halbschlaf, und sie träumte ihn weiter, wie diesen vom Karfunkelstein, sie nannte ihn »den Traum vom Karfunkelstein«, liebte ihn, erinnerte sich oft daran. Sie hatte keine Ahnung von den sexuellen Bedeutungen der Träume, nie hatte sie von Aphrodisiaka gehört, falls etwas darüber in jenem Buch von der vollkommenen Ehe steht, hat sie es vergessen, mag sein, sie hätte darüber gelacht, bei ihrem ungläubigen Verhältnis zu allem, was Sex heißt. Sie träumte, sie befand sich in Markus' Höhle, in der Ferne funkelte etwas, das mußte sein Kerzenlicht sein, sie glaubte ihn dort zu finden, ging darauf zu, traumwandlerisch, ohne sich an den Wänden zu stoßen. Als sie es erreicht hatte, war es kein Kerzenlicht, sondern ein faustgroßer blutroter Granat: ein Karfunkelstein. Das wußte sie, ohne je einen solchen Stein gesehen zu haben. Sie streckte die Hand danach aus, wollte ihn umfassen, und er schmolz wie feuriges Eis, ihre Hand wurde blutig.

Während der »Seidene Schuh« geprobt wurde, begleitete sie Markus abends in sein Hotel. Laß mich jetzt nicht allein! Sie blieb zwei Stunden, sorgte dafür, daß er heiße Milch aufs Zimmer bekam, süßte sie, verhätschelte ihn. Bis er sich in ihren Armen beruhigte. »Du bist's, Doña Siebenschwert!«

Bald darauf schlief er ein. Er nahm sie wie ein Schlafmittel, zusätzlich zur gesüßten Milch. Vor neun Uhr morgens würde er nicht wach werden. Sie hängte sich den Mantel um die Schultern, schlug ihn mit den Armen eng übereinander, als wäre es ein Tarnmantel, verbarg sich, so gut es eben ging, und lief die Treppen hinunter, nahm niemals den Fahrstuhl und ging grußlos am Nachtportier vorbei, der nicht mehr aufsah, wenn sie das Hotel verließ. Sie war an solche Situationen nicht gewöhnt, handhabte sie, so gut es eben ging. Dann ins Auto und noch eine Stunde gefahren, nicht nur die fünf Minuten bis zu ihrer Wohnung. Sie blieb nie über Nacht in seinem Hotel, das ist um so höher zu werten, als sie nur fest und tief an der Seite eines Mannes schlafen konnte. Sie braucht die fremden Atemzüge, Wärme, die von einem anderen Körper ausgeht, sie braucht einen Vorschläfer.

Sie verließ das Hotel, ging weg von dem Mann, den sie liebte, setzte sich in ihr Auto und sagte vor sich hin: Gewöhn dich nicht, und: Es geht vorüber. Sie fuhr viel zu schnell. Dabei ist ihr nie ein Unfall passiert. Einmal hat sie einen Hasen überfahren, das weiß sie aber nicht. Ein anderes Mal, frühmorgens, wenn die Rebhühner und Fasanen unterwegs sind und familienweise die Autostraßen überqueren, hat sie einen Fasan getötet. Erst nach einem Kilometer hat sie angehalten, ist ausgestiegen, hat die blutigen Federn von der Stoßstange gezupft.

Der Traum von den Lemuren. Der Traum vom Karfunkelstein. Allen seinen Träumen hat sie Namen gegeben. Einer heißt: Es ist alles nur halb so schlimm. Markus lag auf dem Rücken, er mußte sie nicht wachrütteln, sie war schon wach. Stell dir das vor: Der Zuschauerraum dunkel, schwarz, rund um mich Publikum, kein gutwilliges, ich dazwischen, ohne dazuzugehören. Das Stück schien bereits zu Ende zu sein. Nur ein Schauspieler noch auf der Bühne, liederlich angezogen, alles liederlich, die Kulissen drohten einzustürzen, das Publikum unruhig, hustete, schneuzte sich. Der Schauspieler kam hemdsärmelig an die Rampe, zog seine Hose hoch, fummelte am Hosenschlitz herum, trat an die Rampe und sagte in den Zuschauerraum: Es ist alles nur halb so schlimm, drehte sich um, als wollte er durch die Kulisse abgehen, blieb noch einmal stehen, kehrte um und sagte: Dann ist alles auch nur halb so schön.

Markus hatte an die Decke gestarrt, Wiepe war bereits angezogen, wollte eben das Zimmer verlassen. Du gehst, sagte er, du gehst! Alle verlassen mich! Geh nur! Alles ist halb so schlimm. Halb so schön.

Verstehst du, Doña Siebenschwert? Nur die Hälfte. Immer nur die Hälfte. Niemals das Ganze! Sie verstand ihn und ging.

Als es vorbei war, die Spielzeit zu Ende, die Leoniden samt und sonders gestürzt, keine Theaterproben mehr, keiner, der sie an den Markierungen ihres Armes erkannte und Doña Siebenschwert nannte, keine gesüßte Milch mehr, da saß sie auf ihrem eigenen Bettrand und sagte: Es ist alles nur halb so schlimm, hörst du, es ist halb so schlimm, es geht vorüber.

Träume mit Markus. Träume mit Bertram. Viele Traumgefährten hat sie nicht gehabt, aber manche Frau hat nicht einmal einen, hat niemals einen Traum erzählt bekommen. Kein schöneres Geschenk als ein Traum.

Man braucht nur den Mondberg ihrer Hand zu betrachten, wie stark der gewölbt ist, besonders der der linken Hand. Weit höher als der Venusberg, in dem der Daumen wurzelt. Einzig der Mondberg kräftig und sichtbar erhöht, wo die Träume sitzen, die Bilder, die Einbildungen, das Unbewußte, das Gedächtnis. Was für eine kräftige, schön gebildete Hand, eher eckig als oval, energisch im Zugriff. Was ließe sich allein aus den Handflächen ablesen! Welches Entzücken müßte Wiepes Hand in der Hand eines Chiromanten hervorrufen. Wie alle Veränderungen darin sichtbar werden. Ganze Kapitel ergäbe das.

Hier geht es jetzt aber um ihre Träume und die, die sie des Morgens eingesammelt hat. Bertrams ehrgeizige Träume, in denen er seine physische und psychische Schwäche ausglich. Bertram als Gladiator, als Redner, mit der Fichte Kranz gekrönt, und jener eine, unvergeßliche Traum, den sie gemeinsam träumten, in ihrem glücklichsten Jahr, als Barbara geboren war und sie anfingen, vertrauter miteinander zu werden. Ein Morgentraum. Bertram sagte in Wiepes Traum hinein, er rüttelte sie nicht wach, wie Markus das tat, er sprach einfach, sie hatte einen leichten Schlaf: Mir träumte. Er fing selten einen Satz mit ich an, das gehörte zu seinen rhetorischen Eigentümlichkeiten. Mir träumte, wir beide gingen Hand in Hand unter Bäumen, eine Allee, und dann hob uns ein Wind, und wir lagen auf den Blättern der Bäume oder auf den Schwingen des Windes und trieben sacht dahin. Und Wiepe, die noch immer weiterflog, im Traum und im Wachen neben ihm, gestand ihm nicht, daß sie dasselbe geträumt hatte. Ein Traum in zwei Köpfen! Sie legte nur ihren Kopf an seine Schulter, an jene Stelle, die Bertram damals »Wiepes Ruh« getauft hat. Später vergaß er es, eine Kuhle, unterhalb seiner rechten Schulter. Wiepe war ja klein, sie reichte ihm nur eben bis zur Schulter. Sie schliefen weiter, flogen weiter auf den Schwingen des Windes.

Alle die Träume, die die kleinen Mädchen bei ihr abgeliefert hatten. Schlaftrunken erschienen sie in ihrem Pölterken auf der Schwelle des elterlichen Schlafzimmers, Barbara hastig atmend, vor Erregung kaum fähig zu sprechen, sie verhaspelte sich. Ich mußte auf einem Balken balancieren! Manchmal war es ein Felsabhang, obwohl dieses Kind nie in den Bergen gewesen war, träumte es von Steilhängen. Woher diese Träume? Ich balancierte! Ich konnte mich nirgends festhalten, und dann bin ich gestürzt! Immer stürzte sie in die Tiefe, das arme kleine Ding, hielt sich das schmerzende Ärmchen, schluchzte, mußte von der Mutter getröstet werden, mußte im Bett des Vaters weiterschlafen; kaum war sie untergekrochen, tapste es wieder, und die kleine dicke Jenny erschien in der Tür. Sie bestand darauf, auch einen schlimmen Traum gehabt zu haben. Bei ihr war es immer das Wasser, in das sie geriet, ständig war sie am Ertrinken, das ganze Zimmer stand unter Wasser, behauptete sie, mein Bett schwamm wie ein Boot! Was war da zu tun? Wiepe trocknete die Füßchen, rieb die Beinchen, holte ein frisches Pölterken, legte das Kind in ihr Bett und ging und hängte das Bettzeug zum Trocknen an den Ofen. Bertram sagte im Halbschlaf, du solltest das Kind einmal kräftig verhauen. Ein Vorschlag, der von Wiepe außer acht gelassen wurde. Sie legte sich an die Kante ihres Bettes und wurde auch dort von Jennys kräftigen Beinchen erreicht und in den Bauch getreten.

In der eben vergangenen Nacht hat sie geträumt. Deutlicher als sonst, der Traum ist noch greifbar da, als sie sich wachgerüttelt in ihrem Bett wiederfindet, ganz und gar verstört. Sie setzt sich auf, greift nach einem Apfel, reibt ihn auf der Felldecke, beißt hinein, rafft die Decke um sich. Was soll das? Was soll der Traum? Ein Traum für Markus, nicht für sie.

Sie befand sich auf einem Friedhof, hatte den Friedhof zunächst von weitem gesehen, ein Viereck, von Zypressen umstanden, es roch nach Zedern, nach Lebensbaum, keine Libanonzedern, mehr eine Hecke, der ganze Traum schwarz-weiß, eher schwarz. Sonst träumt sie farbig, schon das ein Zeichen, daß dieser Traum falsch zugestellt war. Das Tor zum Friedhof stand weit offen, sie hatte gar keine Wahl, sie ging hindurch und gleich auf den ersten Grabstein zu. Ihre Beine waren eigentümlich schwach, sie schwankte, wollte sich an diesem Stein stützen, sich einen Augenblick ausruhen, bevor sie weiterging, und als sie die Hand an den Stein legte, stürzte er um. Sie schleppte sich zu dem nächsten Stein, und kaum faßte sie danach, stürzte auch der; sie lief, lief schneller, fühlte sich leichter werden, fühlte neue Kräfte, stieß den nächsten Stein um, dann ein Kreuz, wieder ein Stein, und die fielen reihenweise, wie Streichhölzer, bis nur einer noch stand, auf den ging sie langsam zu, wollte den Namen lesen, aber der Stein war von Moos überwuchert, eine Flechte, Grind, der Name unleserlich. Sie nahm ihr Taschentuch und rieb die Buchstaben frei, las Bertram. Das Grab Bertrams! Hielt ein mit

Reiben, ruhte sich aus, rieb dann weiter, daß auch der Vorname sichtbar wurde, und es war ihrer. Gudula Bertram, ihr Taufname, nicht Wiepe. Sie zog sich hoch, sie hatte gekniet, sie stellte sich breitbeinig vor den Stein, faßte ihn mit beiden Händen und rüttelte ihn mit aller Kraft. Und da setzte auch dieser Stein sich in Bewegung und schwang hin und her, und sie hing daran, und ihre Füße verloren den Halt. Von diesem Schwingen wurde sie wach. Sie bebte noch, als sie bereits den Apfel aß.

Der Traum hat seine Ursache. Wäre diese ihr nicht sogleich eingefallen, hätte sie sich nach dem Erwachen wohl gefürchtet. So aber lachte sie, lachte, bis ihr die Tränen kamen; sie verschluckte sich an einem Apfelstück und hustete, lachte, ächzte, schnappte nach Luft, drohte zu ersticken, saß in ihrem Bett, die Arme nach oben gereckt, in kaltem Schweiß. Der Atem kam pfeifend, bis sie endlich das Stück Apfel ausgehustet hatte. Sie legte sich erschöpft zurück.

Jener Anfall von Bosheit, in dem sie gelacht hat, war bald vergangen; statt dessen erinnert sie sich an die Verwandtschaft, an die Bertramsche Sippe, mit der dieser Traum zusammenhing. Von der Sippe gab es nur noch die Schwägerin, die Ansprüche an Wiepe stellte, Karten zu Weihnachten, Glückwünsche zum Geburtstag. Mitteilungen und Erklärungen, die Lebensumstände betreffend. Schließlich sind wir verwandt! Immerhin waren unsere Männer Brüder! Was ließ sich allein aus dieser Tatsache an

Ansprüchen geltend machen. Der größte Teil ihrer Sätze fing mit schließlich oder immerhin an. Immerhin waren sie die letzten Bertrams! Das sagte sie, als handelte es sich um die letzten Mohikaner. Sie hatte keine Kinder aus der Ehe mit Ludwig Bertram, der in die Kohlenhandlung eingeheiratet hatte. Du kümmerst dich nicht um die Lebenden, da kann man wohl auch nicht erwarten, daß du dich um die Toten kümmerst!

Die Bertrams hatten alle in derselben Stadt gelebt und lagen nun alle auf demselben Friedhof, wenn auch in angemessener Entfernung zueinander. In anderen Stadtteilen, in anderen Friedhofsbezirken. Immerhin hättest du zu Allerseelen oder zum Totenfest, das feiert ihr schließlich auch, mal einen Kranz auf den Friedhof bringen können! Nicht zum Geburtstag! Nicht zum Todestag! Schließlich mache ich meinem Schwager Oskar regelmäßig einen Besuch, wenn ich auf den Friedhof gehe, und meist lege ich ihm einen Strauß hin. Wiepe erkundigte sich dann, ob das Grab etwa nicht gut in Ordnung sei. In Ordnung! Lieblos instand gesetzt von einer Friedhofsgärtnerei! Wiepe hielt eine sachgemäße Instandhaltung der Gräber für besser als eine liebevolle und unsachgemäße Grabpflege, aber sie sagte nichts, und die Schwägerin fuhr mit ihren Anklagen fort. Du kennst vermutlich nicht einmal das Grab unserer gemeinsamen Schwiegereltern! Von meinem Mann will ich gar nicht reden. Begraben und vergessen, wenn man denkt, wie er euch jahrelang geholfen hat!

Ludwig Bertram, der ältere Bruder, war gelernter Kaufmann und hatte eingeheiratet. In guten wie in schlechten Zeiten pflegte er zu sagen: »Hauptsache, die Kohlen stimmen.« Er verstand unter Kohlen die Penunse, das Geld. Er war gutmütig, versicherte das jedem, sorgte für den Hausbrand des Bruders, nicht eben wortlos, aber er sorgte dafür, daß sie immer ein paar Zentner Kohlen oder wenigstens doch Kohlengrus im Keller hatten. Er ließ Wiepe die Einkaufstasche mit Kleinholz füllen, wenn sie in sein Büro kam, verzweifelt, weil Bertram im Kalten saß, er fror so leicht, sein Kreislauf wurde immer schlechter. Ein Bündelchen Holz, das ließ sich immer machen, nur mußte sie einsehen, daß seine Möglichkeiten beschränkt waren, daß er sich nicht strafbar machen konnte ihretwegen. Sie war bereit, das einzusehen, und auch, daß sie höchstens zwei Bündelchen Holz in ihre Tasche bekommen konnte und in zwei Tagen den weiten Weg wieder mit dem Fahrrad quer durch die Stadt machen mußte. Am besten selbst, nicht die Kinder, das war zu auffällig.

Die Schwägerin war ihr Lebtag von der Kohlenhandlung und deren Gedeih abhängig, jetzt von ihrem Sohn aus erster Ehe, der sie geerbt hatte. Regelmäßig, telefonisch, schriftlich, mündlich, fiel der Satz von der »schönen Pension«, und Wiepe war jederzeit bereit, das zu bestätigen: eine schöne Pension. Vorbei die Zeiten, da jene Schwägerin nach einer Einladung bei Wiepe gesagt hat: Es war eben wie bei Beamten. Ein wenig knapp, mit anderen Worten, und das trotz Bismarckeiche und selbstgeschichteter Torte. Alles hat seine Zeit, die Kohlen und die Witwenpensionen. Wiepe blieb da ungerührt. Wenn die Schwägerin davon anfing, daß man doch einen gemeinsamen Haushalt gründen solle, sie würden beide älter, vielleicht würde man eines Tages pflegebedürftig, sie müßten doch zusammenhalten, sie seien doch nun mal durch ihre Ehen Bertrams geworden, hörte sie nicht zu.

Sie hatte ihr Glücksrad in Schwung gebracht. Aber so groß war das Rad nicht, so groß der Schwung nicht, daß sich ein anderer hätte daranhängen können. Es griff auch sonst manchmal einer in die Speichen. Kunsthändler, Maler. Sogar der schneeweiße Gustav mit seinem Trödelladen. Alle dachten, sie könnten von Wiepes Instinkt profitieren, von ihrem sechsten Sinn für Originelles, für Qualität. Jene »schöne Pension« mochte dann als solide Grundierung gedacht sein.

Man war nicht auf eine Ehe aus, eher auf eine Profitgemeinschaft, andererseits durchaus eheähnlich, gemeinsame Haushaltsführung. Jener schneeweiße Gustav, zu dem sie mindestens einmal im Monat ging, der sich auf alte Uhren spezialisiert hatte, immer noch in einer Ruine hauste, ein Schild am Hoftor »Möbel aller Art«. Studenten suchten sich aus seinem Trödelkram Tisch und Stuhl und Regal. Wiepe hatte einige alte Garderobenständer beim schneeweißen Gustav entdeckt, gekauft, zusammengeleimt, frisch lackiert und mit gutem Profit an Modesalons verkauft. Sie ließen sich so hübsch dekorieren. Ein Schal, ein Hut, eine Tasche, an einen der ausgereckten hölzernen Arme des Ständers gehängt.

Bei ihrem ersten Besuch war sie an eine weibliche Person geraten, nicht schön, wozu auch, sie hätte sich nur unvorteilhaft vom alten Kram abgehoben, dick und resolut statt dessen, unerschrocken im Umgang mit Ratten, die sich im Gerümpel tummelten, nicht die Frau des Trödlers, wozu das, um so mehr auf seiner Seite. Kein Wort gegen ihn, statt dessen jeden Blick abgefangen, der ihn traf. Wiepes Blick war auf einem Streifen nackter Haut zwischen dem hochgerutschten Hosenbein und dem runtergerutschten Socken hängengeblieben. Diesen Blick fing seine Quasifrau auf und sagte zu Wiepe: Sie! Mein Gustav, wenn der am Samstag aus der Badewanne steigt, aber schneeweiß!

Das war der schneeweiße Gustav. Mittlerweile kannte man sich näher, stand in ständiger Geschäftsbeziehung. Sowohl der schneeweiße Gustav wie auch Wiepe hatten Sinn für einen ehrlichen, ausgedehnten Handel, zu rasch durfte man sich nicht einig werden, sonst war der Spaß hin, selbst wenn es um ein Dreimarkobjekt ging.

Sie nahm sich eine der alten Uhren des schneeweißen Gustav mit. Das Gehäuse war ramponiert, aber das Uhrwerk noch leidlich intakt. Die Uhr ging nicht genau, aber das war ihr nur recht, sie hatte aus ihrer Ehe mit Bertram eine Abneigung gegen Pünktlichkeit zurückbehalten. Bertram pflegte unzählige Male am Tag auf die Uhr zu sehen, er hatte diese Uhr mit dem Läutewerk, die aus der Uhrtasche gezogen werden mußte, aufgeklappt, ein umständlicher Vorgang. Er sagte die Zeit an, sobald die Suppe auf den Tisch kam. Eine Angewohnheit. Nicht im vorwurfsvollen Ton, wenn es zwei Minuten früher als gewünscht oder zwei Minuten später war, lediglich feststellend: zwei Minuten vor ein Uhr dreißig.

Wiepe befreite die Uhr von ihrem Holzgehäuse, schlug einen Nagel in die Wand, hängte die Uhr daran und besah sich das. Es gefiel ihr nicht. Die Uhr als solche, das war zuwenig. Sie hatte einen ihrer Einfälle. Sie holte aus der Dachkammer einen großen Bilderrahmen, lackierte ihn weiß und hängte ihn so auf, daß die Uhr in das rechte obere Viertel der gerahmten weißen Wandfläche zu hängen kam, und dann nahm sie ihr Malgerät und malte einen Blumenstrauß dazu und einen Fisch. Ein Stilleben also. Nature morte, mit einer tickenden Uhr. Fische malt sie gern und mit großem Geschick, dieser träumte große helle Luftblasen. Und Lilien, die so schwer nicht sind, das kann jedes Kind, eine Lilie malen. Sie wählte eine Feuerlilie, der Farbe wegen. Der Fisch blau. Nicht eine abgeknabberte Fischgräte, wie sie die Modernen, diese Anhänger einer neuen Sachlichkeit, malen, sondern einen dickbäuchigen blauen Fisch. Die kleine Jenny hätte sofort gefragt, kann man den essen. Schuppig schillerndes Silber auf Flossen und Schwanz. Sie verbrachte einen sehr glücklichen Nachmittag bei ihrem »Stilleben mit tickender Uhr«. Ein besonderer Reiz des Bildes bestand darin, daß der Perpendikel den Fischkopf traf und die Luftblasen hervorrief.

Ein weiterer glücklicher Nachmittag, als ihr Freund, der Kunsthändler, kam und das Bild lobte. Das Bild? Das Machwerk! Sie unterschied zwischen einem Kunstwerk und einem Machwerk. Er war fasziniert. Seine Begeisterung wurde nur dadurch gedämpft, daß Wiepe das Bild unmittelbar auf die Wand gemalt hatte, fresko. Unverkäuflichkeit ist für einen Kunsthändler eine starke Wertminderung.

Er knabberte Nüsse, die sich in seine schadhaften Zähne setzten, trank ein Glas Sekt und schickte am nächsten Tag einen Lilienstengel mit fünf Blüten und fragte auf der beigefügten Karte an, ob sie sich ein Zusammenleben mit ihm denken könne, das gewiß ein fruchtbares Zusammenwirken bedeuten würde, in der gemeinsamen Vorliebe für das Schöne, das Originelle. Ihre Ideen und seine Beziehungen zur Kunstwelt! Kein Wort von der »schönen Pension«. Sie stellte die Lilie in ein Glas und tat das Billett in einen Kasten, in dem sie die ungenutzten Möglichkeiten und die unbeantworteten Fragen aufbewahrte.

Die Schwägerin. Die Gräber der Bertrams. Das wiederholt sich, telefonisch und schriftlich. Einmal war die Schwägerin sogar leibhaftig erschienen, um nach dem Rechten zu sehen. Mir sind die abenteuerlichsten Gerüchte zu Ohren gekommen, schließlich bist du die Witwe eines Universitätsprofessors, eine Frau von Sechzig! – Noch nicht ganz, sagte Wiepe, laß mir die paar Jahre.

Ausgerechnet während dieses kurzen Besuches verirrte sich eine Taube in das Badezimmer, dessen schräges Dachfenster man mit Hilfe eines Scharniers hochstellen konnte. Die Schwägerin kreischte, ein Vogel, ein Vogel, und kam mit gerafften Röcken in derangiertem Zustand aus dem Badezimmer, außer sich, was für Verhältnisse, ein Taubenschlag! Wiepe fing mit geübter Hand die Taube, streckte den Arm aus der Dachluke und ließ die weiße Taube fliegen. Von klein auf hatte sie sich aufs Vogelfangen verstanden. Wenn sie ihren wuschligen weißen Kopf aus der Dachluke streckte, um eine Taube fliegen zu lassen, glich sie einem Noah, der das Ende der Sintflut voraussieht.

Zwei Witwen, in Trauer vereint. Sie sprachen über die Gräber der verstorbenen Gatten. Wiepe erkundigte sich, ob die Schwägerin ein Glas Sekt trinken möchte. Am Vormittag! Sekt! Einen Wermut würde sie nicht abschlagen. Sie war eine Wermuttrinkerin, um es ehrlich zu sagen, eine Flasche am Tag reichte ihr nicht. Das Lieblingsgetränk der Witwen, der alleinstehenden Frauen, man erinnert sich.

Sie sah in alle Räume, was machst du hier, was hast du da, mit dem Anspruch der angeheirateten Verwandten. Was für alter Kram, sagte sie, als sie die Dachkammern sah. Nun muß man da gerecht sein, für jeden, der nicht Wiepes Augen und Hände hatte, war es alter Kram, den sie da zur eventuellen Verschönerung, für einen eventuellen günstigen Verkauf ansammelte.

Das Auto kostet doch auch, sagte die Schwägerin. Wiepe bestätigte das, das Auto kostet auch. Du mußt eine schöne Pension haben. Auch das wurde nicht geleugnet; sie hatte eine schöne Pension. Sie fügte sogar freiwillig hinzu, außerdem verdiene sie ganz gut. Kein Wort der Klage, womit die Schwägerin gerechnet hatte, keine Möglichkeit zu trösten. Sie fragte, womit verdienst du denn was? Wiepe ließ das im Unbestimmten, es war schwierig zu definieren, sie sagte, mal dies, mal das. Dann sprachen sie über die Krankheiten der Schwägerin und schließlich wieder über die Gräber, um die Wiepe sich nicht kümmerte.

Dieser Besuch der Schwägerin hatte zur Folge gehabt, daß Wiepe am letzten Oktobertag zu den toten Bertrams reiste. Immerhin wohnte sie jetzt dreihundert Kilometer entfernt.

Sie parkte am Friedhofstor, es war gegen zwei

Uhr, ein trüber novemberlicher Tag. Sie erstand an einem Blumenstand, der am Eingang aufgeschlagen war, die drei kostspieligsten Kränze aus Isländisch Moos, mit Eukalyptuszweigen, Mohnkapseln, Riedgräsern reichlich dekoriert. Sie hängte sich die Kränze über den Arm, ging durch die Pforte, blieb unschlüssig auf dem Hauptweg stehen. Die Schwägerin hatte recht, sie erinnerte sich nicht, wo die Gräber der Schwiegereltern lagen und wo das von Schwager Ludwig. Sie hatte keinen gut entwickelten Ortssinn. Eine Stadtdurchfahrt dauerte endlos bei ihr. Sie ging zur Friedhofsverwaltung, legte die Kränze ab und wartete, daß einer der fünf gesenkten Köpfe sich höbe. Das dauerte eine Weile. Wiepe äußerte ihre Wünsche, nannte Namen und Vornamen der Toten. Sie wurde dahingehend belehrt, daß es hier nicht nach Namen gehe, sondern allein nach dem Sterbedatum; so würden die Register geführt. Jahr, Monat, Tag. Wiepe war ratlos, vielleicht hätte sie das Sterbejahr durch langes Nachdenken herausbekommen, die Jahreszeit, mehr gewiß nicht. Sie machte Vorschläge, vielleicht achtundvierzig, oder neun, neunundvierzig! Oktober. Oder vielleicht Februar? Sie verwirrte sich völlig. Und dann wissen Sie bis heute nicht, wo das Grab ist! Schon wieder Vorwürfe. Eigentlich hatte sie nur eine Auskunft erwartet. Einmal zu fragen war ihr schon unangenehm, gute Worte gab sie nie, sie nahm ihre Kränze und verließ das Büro, ungeachtet der Nachrufe, so warten Sie doch, man könnte vielleicht. Dabei war sie noch froh gewesen, daß ihr der Vorname der Schwiegermutter eingefallen war. Elise! Und das auch nur, weil sie ihr in jedem Jahr zu Weihnachten Elisenlebkuchen gebacken hatte, einen ganzen Kasten voll. Sie ging den Mittelweg entlang. Schneematsch, welkes Laub, kahles Geäst, die Grabsteine von Nässe geschwärzt. Sie war nie im Winter hier gewesen. Jetzt war sie sicher: alle mußten gestorben sein, als die Bäume grün waren. Hier und da eine gebückte Frau, die ein Grab mit kurzgeschnittenen Tannenzweigen spickte, zum Schutz der Rosen und zur Ausstattung für den Allerseelentag. Die ersten roten Lämpchen brannten, flackerten in der Nässe auf, qualmten. Gärtner waren mit Schubkarren unterwegs, fuhren Laub und dürres Gezweig zu den Abladeplätzen. Wiepe fragte auch die Gärtner nicht, dabei würden sie es wissen. Sie legte ihre drei schweren Prunkkränze auf ein verlassenes Grab und machte sich auf die Suche. Systematisch. Sie zwang sich, nicht einfach drauflos zugehen und sich ihrem Instinkt anzuvertrauen. Sie war an Bertrams Grab nun nicht mehr interessiert. Zunächst hatte auch er einen Kranz haben sollen, ebenso wie die Schwiegereltern Bertram, jetzt ging es ihr nur noch um Schwager Ludwig. Zufällig geriet sie dann doch an Bertrams Grab, hatte nicht hochgesehen, hätte sich sonst leicht an der Blutbuche orientieren können. Sie konzentrierte sich statt dessen auf die Grabinschriften, las die Daten, manchmal die Sprüche. Es dauerte geraume Zeit, bis ihr aufging, daß das Sterbedatum den Platz des Grabes bestimmte. Als sie das herausgefunden hatte, entdeckte sie dann auch das Grab von Schwager Ludwig. Mittlerweile war es dämmrig geworden. Der Grabstein war von einer Moosflechte überzogen, wie Grind saß der auf der geschliffenen Platte, in die golden der Name eingraviert war. Zwei welke Asternsträuße aus dem September, die Hecke nicht zurückgeschnitten, zwei kräftige Löwenzähne, die man vor Wochen hätte ziehen müssen. Wiepe stellte das mit Befriedigung fest. Bertram war, wenn auch professionell, besser versorgt. Sie merkte sich den Weg, ging zurück zu den abgelegten Kränzen, nahm sie auf und hängte sie sich wieder über den Arm. Dabei wurde sie aus einiger Entfernung von einem Mann beobachtet, der laut schrie und herbeilief. Sie, lassen Sie das, das ist Diebstahl! Das sind Kränze von fremden Gräbern! Das ist Leichenfledderei, das wird bestraft! Legen Sie die Kränze da wieder hin! Wiepe sagte mal wieder kein Wort, was war da zu sagen, wenn jemand nicht sehen konnte. Drei teure Kränze auf einem Grab, das seit Jahren nicht gepflegt wurde. Der Mann lief hinter ihr her, und ein Gärtner mischte sich ein und folgte ebenfalls.

Sie hatte nie ein gutes Verhältnis zu Gräbern gehabt. Diese Begebenheit war nicht dazu angetan, es zu bessern.

Sie schleppte die Kränze zu Schwager Ludwig, legte sie samt und sonders auf sein Grab. Bei jedem Kranz sagte sie befriedigt, da, Schwager Ludwig! Da! Und der ist für die Kohlen!

Kein weiterer Besuch bei Bertram. Sie glaubte nicht, daß er anwesend wäre. Sie hatte eigentümliche Vorstellungen von den Toten.

Sie fuhr nach Hause. Das stundenlange Suchen und Umherirren auf den Friedhofswegen hatte sie zwar ermüdet, aber diese Reise reute sie nicht. Der Gedanke an die Beunruhigung der Schwägerin machte ihr großes Vergnügen. Die Schwägerin war eifersüchtig, sie würde eine Liebschaft ihres toten Ludwigs vermuten.

Und wahrhaftig, die Schwägerin rief wenige Tage danach an. Immerhin hatte ich gedacht, daß du nach unserem Gespräch dieses eine Mal zum Totenfest kommen würdest, ich hatte mit deinem Besuch gerechnet! Nachdem wir so ausführlich über unsere Männer geredet hatten. Ich habe einen Strauß auf Bertrams Grab gelegt. Schließlich kennst du meine wirtschaftlichen Verhältnisse, ein kleiner Strauß. Wiepe sagte, das war nett von dir, Bertram freut sich über einen kleinen Strauß genauso. Und dann kam es: Stell dir vor, auf Ludwigs Grab lagen drei Kränze von unbekannter Hand, das Beste vom Besten, mit Eukalyptus und Mohnkapseln. Ich habe mich bei dem Gärtner erkundigt, man will das als Witwe schließlich wissen, ich habe sogar in der Friedhofskanzlei gefragt. Es soll eine Dame dagewesen sein, stundenlang hat sie nach Ludwigs Grab gesucht! Eine elegante jugendliche Frau. Wie findest du das? Wiepe fand das großartig. Elegant und jugendlich. Das tat ihr wohl. Sie sagte daher tröstend zu der Schwägerin, es war sicher jemand, der deinen Mann sehr geliebt hat. Über den Tod hinaus, wie schön, daß es so anhängliche Frauen gibt.

Die Schwägerin fand, daß man mit Wiepe nicht reden könnte.

Ein Kapitel bürgerliches Recht

Bertram war ein Redner von hoher Brillanz, außerdem ein Lehrer mit pädagogischem Geschick. Er machte seinen Studenten die oft trockene Materie des bürgerlichen Rechtes, des Zivilrechtes, attraktiv, indem er Anekdoten einfügte, kleine Szenen spielen ließ. Er benutzte das wirksame Mittel der Wiederholung nicht penetrant, sondern kunstvoll, machte eigens darauf aufmerksam: Ich wiederhole mich hier; oder: Wenn ich mich hier einmal unterbrechen darf. Er legte Pausen ein, damit die Pointen auch wirksam wurden. Exakte Begriffsbestimmungen waren ihm ein Bedürfnis. Er haßte Unklarheiten, gab immer eine Portion Rechtsphilosophie, Rechtsethik hinzu.

»Recht ist immer Rechtsfindung«, pflegte er zu sagen. »Das Rechte tun setzt voraus, es zu kennen.« – »Recht ist eine Idee, ein Ideal, als solches unerreichbar, einzig erstrebenswert.«

Schriebe man Bertrams Lebensgeschichte, würde es eine Geschichte des deutschen Bürgerrechts von 1920 bis 1955, abgelesen am Lebenslauf eines Hochschullehrers der rechtswissenschaftlichen Fakultät.

Ende der zwanziger Jahre, auch noch zu Anfang der dreißiger Jahre, ging man an jener Universität, an der er lehrte, auch wenn man nicht Jurist war, wenigstens einmal während des Semesters in ein Bertramsches Kolleg. Er lieferte seinen Studenten pro Woche einen jiddischen Witz, der kursierte im Laufe weniger Tage durch sämtliche Fakultäten. Nur daß keiner ihn wiedergeben konnte wie er. Seine Nebbich-Witze waren besonders beliebt. Sein Jiddisch war keineswegs sprachlich einwandfrei, es war hausgeschneidert. Er ließ die Prädikate weg, flocht bereits erwähntes nebbich ein, sagte as statt als, eppess statt etwas, kejn statt kein. Natürlich koscher und meschugge, sagte rebbe und nicht Rabbi. Es kamen auch Schicksen in seinen Witzen vor; er konnte das schwierige tajscht = deutsch nahezu phonetisch richtig aussprechen, sagte tate für Vater und zores für Kummer. Nicht irgendwelche jiddischen Witze, sondern immer solche aus seinem Bereich, dem bürgerlichen Recht, das gelegentlich durchaus das Strafrecht berührt.

Er begrüßte seine Studenten mit »Meine Herren!«, sah sich um, ob die eine Studentin, die damals bei ihm hörte, auch anwesend wäre, und fügte nach dieser Pause »meine Dame!« hinzu. Waren es zwei, sagte er »meine Damen!«. Aber er änderte die Reihenfolge nie, nie zuerst die Studentinnen. War er gegen das Frauenstudium? Man könnte es daraus schließen. Als der »deutsche Gruß« auch auf den Hochschulen obligatorisch wurde, fing er seine Vorlesung noch immer mit »meine Herren, meine Dame« an, sah auf seine Notizen, sah dann hoch, hob den rechten Arm, angewinkelt übrigens, nicht ausgestreckt, zum deutschen Gruß und sagte: »Daß wir das nicht vergessen: Heil Hitler!«

Er hörte keineswegs mit dem Tag der Machtübernahme im Januar dreiunddreißig auf, seine jiddischen Witze zu erzählen. Seine Studenten behaupteten, daß er eines Morgens zum Katheder gegangen war und folgendermaßen angefangen habe: »Fragt einer den Itzik: Wie gejt ess dir? – Antwortet Itzik: Eih gut. – Woss hejsst eppess: gut? – Ich bin gut hungerig und mein wajb ist gut krank. – Wie geht es Ihnen, meine Herren, meine Dame – Heil Hitler!«

Andere Witze waren unverfänglicher, konnten vielleicht sogar als antisemitisch ausgelegt werden. »Kommt ein Ehepaar zum rebbe. Beklagt sich der Mann, daß sein wajb hat zerkratzt ihm das Gesicht. Sagt der rebbe: Forwass zerkratzt dajn man? Du wejsst den nischt, a man is der kop von der ganzen mischpoche?! – Rebbe-leben, antwortet das Weib, hält Augen gesenkt: darf man nicht kratzen fun zajt zu zajt sich am kop ...«

Bertram hatte einen jüdischen Schneider, der lieferte ihm die Witze. Je Kleidungsstück ein Witz. Weste, Beinkleid, Jackett. Der Herr Professor war elegant, der Schneider arbeitete preiswert, es gab auch Überzieher zu arbeiten, leichte Sommerjacken, Lüsterjäckchen genannt. Bertram schrieb sich die Witze in eine Kladde. Diese Kladde hat alle Zeiten überdauert, befindet sich heute im Besitz seiner Tochter Barbara, die sie benutzt und gelegentlich einen Witz daraus in ihren Artikeln verwendet. Bertram hat das Datum, an dem er den Witz erzählt hat, jeweils dazugesetzt, um sich nicht unfreiwillig zu wiederholen, er datierte ja alles. Ein Dokument. Als er wußte, daß ein Spitzel in seinem Kolleg saß, benutzte er ein Übermaß an Fremdwörtern, sagte exemplifizieren, sprach von Motivanalyse, prononcierte die Fremdwörter, wiederholte sie, buchstabierte sie sogar, einzig seiner Stimme war die Erregung anzumerken, sagte dann auch noch, falls einer unter Ihnen ist, dem dieses Wort nicht geläufig ist: mit y, das h erst nach dem zweiten t. Ein anderes Mal erzählte er, diesmal am Schluß der Vorlesung, er hatte seine Notizen bereits eingepackt, die Studenten hatten schon abgeklopft, folgende Geschichte: Im ersten Weltkrieg frägt amol an österreichischer ofizir an eltern jiddischen Landsturmmann, wo kommt von a klejn galizisch Dorf. – Wos sent ir fun fach? – A jidd. – Doss is doch kejn fach nischt! – Nebbich baj uns in Galizje . . . Es klopfte keiner, keiner trampelte. Bertram verließ den Hörsaal.

Er erhielt eine Verwarnung von seiten des Dekans. Am Schluß der Vorlesung – es war die letzte vor den Semesterferien – holte er wieder einen Zettel aus seinem Notizbuch, umständlich und auffällig, las diesmal in stockendem Jiddisch vor: Jiddische chochmess warfn dem kisse-hamalchuss nit um. Woss hot ir far sej asoj mojre, rabojssaij?

Er legte den Zettel auf das Katheder und ging. Der Zettel nahm den Weg, den Bertram vorgesehen hatte. Irgendwer würde ihn übersetzen. »Jüdische Witze werfen die Regierung nicht um. Was habt Ihr solche Angst vor ihnen, meine Herren?«

Danach erzählte er nie wieder einen jiddischen Witz. Ein einziges Mal noch sagte er, allerdings nicht auf jiddisch, sondern auf gut deutsch und ganz beiläufig zur Charakterisierung eines betrügerischen Mannes: »Hab ich keine Ehre, will ich wenigstens Geld haben«, sagen die Juden. Man konnte auch das für eine antisemitische Äußerung halten, wie ja überhaupt keineswegs sicher ist, ob er zunächst nicht genau das war: ein Antisemit in deutschnationalem Sinn.

Er verzettelte seine Kräfte in kleinen Protestaktionen, die ihm frühzeitig den Ruf einbrachten, politisch unzuverlässig zu sein, ein erklärter Gegner des Regimes; allgemein hielt man ihn für unerschrokken, was er nicht war, der Schein trog.

Seine gelegentliche Teilnahme an Schulungslehrgängen für Dozenten änderte nichts an der einmal gefaßten Meinung über ihn; er trat dem NS-Dozentenbund bei, als auch das unerläßlich wurde.

Von da an pflegte er seine Vorlesungen für das Anfangssemester folgendermaßen zu beginnen: »Ein Jurist muß drei Seelen in seiner Brust tragen. Die des Angeklagten, des Täters, des Schurken, in dessen Lage, dessen Charakter er sich zu versetzen hat. Dann die des Anklägers und die des Verteidigers. Eine vierte Seele, die die des Richters sein müßte, können wir zunächst weglassen, sie würde selbst die weite Brust eines Juristen sprengen.« Hier legte er eine Pause für den zu erwartenden Beifall ein. Man sprach dann auch sehr bald von den drei Seelen in der Brust des Juristen Bertram. Auch das trug nicht zu seinem Ruhme bei, man hatte nur eine Seele, und das war eine patriotische. Im Anschluß an diese Äußerung pflegte er die Definitionen wiederzugeben, die er dem Brockhaus entnommen hatte. Meine Herren, meine Dame, ich habe es mir notiert, um wirklich exakt zu sein, ich zitiere das Brockhaussche Konversationslexikon, das Sie nicht verachten sollten: »Richter, lat. *iudex*, Organ der Rechtspflege, durch das der Staat seine Gerichtsbarkeit ausübt. Die Stärke des Richteramtes, wonach der Richter nur dem Gesetz unterworfen ist. Daher richterliche Unabhängigkeit.« Den letzten Satz wiederholte er, in leierndem Tonfall, machte gegen Ende eine Pause, holte seine Lesebrille aus dem Futteral, putzte sie zunächst mit dem gelben Läppchen, las dann, als handele es sich um ein auch ihm ungeläufiges Wort, ein drittes Mal »richterliche Unabhängigkeit«, das war mir im Moment entfallen, entschuldigen Sie, meine Herren, aber vergessen Sie es nicht, darauf gründet sich die Justiz eines Landes, im allgemeinen, immer dann, wenn man von einem Rechtsstaat spricht. Er ging weit. Er ging sogar über seine Kräfte. Nach einer solchen Vorlesung kam er erschöpft nach Hause. Er litt unter nervösen Schweißausbrüchen, legte sich hin; schonte sich.

Das Ermächtigungsgesetz, das alle Macht in die Hand des Staates gab, war bereits erlassen. Er probierte aus, was nun noch möglich war. Über die Grenze des Ebennochmöglichen ging er nicht.

Nach der Definition des Richters folgte die des Verteidigers. Er zitierte wieder aus dem Brockhaus: »Verteidigung. Defension, im Strafprozeß die Entkräftung von Anschuldigungen durch den Angeklagten selber oder durch seinen Verteidiger. Zur Verteidigung kann gewählt werden jeder bei einem deutschen Gericht zugelassene Rechtsanwalt und jeder Rechtslehrer einer deutschen Hochschule.« Ich wiederhole, kann gewählt werden oder kann befohlen werden. Das richtet sich nach der Verfassung, in der sich ein Land, ein Volk, ein Staat befindet beziehungsweise die es hat.

Er wurde mehrfach im Laufe seiner Lehrtätigkeit zum Dekan zitiert, sogar zum Rektor der Universität, er wurde ausdrücklich darauf hingewiesen, daß er die künftigen Staatsanwälte des nationalsozialistischen Reiches, des Großdeutschen Reiches auszubilden hätte. Es wurde ihm nahegelegt, dann befohlen, ein Seminar über die »Nürnberger Gesetze zum Schutz des deutschen Blutes und der deutschen Ehre« abzuhalten. Sein Einwand, daß ihm die Materie selbst noch fremd sei, wurde mit »um so dringender, daß Sie sich damit befassen, Kollege Bertram« beantwortet. Er hielt dieses Seminar ab. Seine Stimme schwankte, wenn er sagte: »Es gibt deutsches Blut, und es gibt anderes, minderwertiges Blut. Es gibt deutsche Ehre und andere, minderwertige Ehre.« Er galt weiterhin als unzuverlässig und behielt dieses Etikett auch bei, als er es gern losgeworden wäre, als Hauptmann d. R., Sachbearbeiter für Offiziersehrenangelegenheiten bei einem stellvertretenden Generalkommando. Als er seinen moralischen Tiefpunkt erreicht hatte, als auch er mitmachen wollte.

Von einem dreitägigen Aufenthalt in Berlin, wohin er zur Teilnahme an einer Verhandlung vor dem Volksgerichtshof befohlen war, kam er krank zurück. Ein akuter Anfall von Herzmuskelschwäche, der ihm vermutlich in mehrfacher Hinsicht das Leben gerettet hat.

Er mußte im Krieg nicht an die Front. Er hatte kaum noch Gelegenheit, sich so oder so falsch zu benehmen. Er wurde für mehrere Semester suspendiert, las später nur noch ein zweistündiges Kolleg für Anfänger, bekam keine Doktoranden mehr, keine Examenssemester. Seine Vorlesungen über bürgerliches Familienrecht waren schwach besucht, Strafrecht war interessanter. Man ging nicht mehr zu Bertram.

Er war gewohnt, daß seine Hörsäle voll und übervoll waren, er war an Beifall, an Verwöhnung, an

Fackelzüge zu seinen Ehren gewöhnt. Er brauchte Erfolg. Er versuchte, seine Kollegs attraktiv zu machen, ließ sich noch einmal etwas einfallen. Seine Tochter Barbara besuchte damals gerade die Quarta und unternahm die ersten Ausflüge in die Bereiche der Geometrie. Der Lehrsatz des Pythagoras. Sie hatte ihn etwas gefragt, er hatte es ihr sagen können. Als er die Zeichnungen und Berechnungen über das rechtwinklige Dreieck in ihrem Heft sah, kam ihm der Einfall. Eine hübsche Idee, aber eher literarisch als juristisch und für eine humorlose Zeit ungeeignet.

Er hatte, im Vorgefühl des Erfolges, den er sogleich haben würde, mit »meine Herren, meine Damen« angefangen und dann rasch »ah, Heil Hitler!« gesagt und war an die Tafel gegangen, hatte die Kreide genommen und wortlos gezeichnet. Zuerst ein rechtwinkliges Dreieck, dann das kleinere Quadrat über die kurze Seite a, dann das etwas größere über die Seite b und zuletzt das größte Quadrat unter die Seite c, die Hypotenuse. Immer noch wortlos. Die Pausen waren in seinen Vorlesungen, die immer Vorträge waren, er sprach frei, oft überdehnte Pausen, aber immer beabsichtigt, um die Unaufmerksamen wieder in die Hand beziehungsweise ans Ohr zu bekommen.

Er staubte sich umständlich die Kreide von den Fingern, das winzige Stäubchen vom Jackett, er trug in jenen Jahren immer dunkle Anzüge im Kolleg, auch dadurch schon sich absondernd, betrachtete dann nachdenklich seine Studenten, dann nachdenklich seine Konstruktion an der Tafel und schrieb mit seiner runden, eleganten Schrift a und b und c an die Dreieckseiten und a = Mann und b = Frau und c = Familie. Er sagte: Sie haben sich nicht im Hörsaal geirrt, meine Herren, wir betreiben Familienrecht im Sinne des Herrn Pythagoras. Die Bereiche des einzelnen sind die kleinen Quadrate über den Katheten, aber das große Quadrat über der Hypotenuse, das ist die Familie. Wie sehr der Lehrsatz des Pythagoras auch außerhalb der Mathematik anwendbar ist, werden Sie noch des öfteren erkennen, hoffe ich. Ich deute hier nur an: das kleine Dreieck im Inneren der Figur könnte sinnbildhaft für die Ehe als solche stehen. Ob Bertram in diesem Zusammenhang den Ausdruck Intimsphäre gebraucht hat, ist zweifelhaft. Damals sprach man eher von einem inneren Reich, gemeint war die engste eheliche Gemeinschaft. Nehmen wir das einmal als Schema für unser Familienrecht. a + b, wobei das eine Mal a der größere, das andere Mal b der größere Faktor sein kann. Er machte eine Pause, er hatte mit Gelächter gerechnet, es blieb aus. Er sagte, korrigieren Sie mich, wenn es nicht »Faktor« heißen darf. Es korrigierte keiner. In jedem Fall aber muß die Summe c sein. Die Ehe ist die Klammer, die a und b umschließt und zur Potenz erhebt, ich bitte Sie, das Wort »Potenz« hier lediglich als einen Begriff der Mathematik anzusehen. Keiner sah es anders an.

Das fiel unter Kinkerlitzchen. Der wörtliche Ausdruck seines Dekans. So etwas entsprach nicht der Größe der Zeit. Bei dieser Unterredung, die im ganzen eher freundschaftlich-nachsichtig, immer noch wohlwollend geführt wurde, gab ihm sein Dekan den unmißverständlichen Rat, seine Kommentare zum Ehegesetz neu herauszugeben, entsprechend den vielfachen Änderungen, die die Nürnberger Gesetze verlangten. Bertram verstand es als Strafarbeit und erkannte nicht, daß sein Dekan ihm helfen wollte. Dreimal hat er diese Kommentare zu einem neuen Ehegesetz herausgegeben; sie machten seinen Namen bekannt, mehr als seine anderen Publikationen.

Die kleinen lebensnahen Szenen, die er im Anfang seiner Laufbahn, als sie noch glanzvoll zu werden versprach, inszeniert hatte, die sich so großer Beliebtheit erfreuten, fielen weg. Vorüber die Zeiten, daß er sagte: »Die Szene wird zum Tribunal! Der Gerichtssaal ist die Bühne des Lebens. Man spielt bürgerliches Trauerspiel, Schauerstück und Posse. Ich habe hier einen Fall ...«

Er besaß auch dafür eine Kladde, in die er geeignete »Fälle«, die er aus der Lokalpresse bezog, eintrug. Auch Wiepe gehörte zu seinen Lieferanten. Er benutzte sie für die häusliche Generalprobe, sagte im Scherz, »du bist für mich die Stimme des Volkes«, behauptete, sie besäße ein gesundes Rechtsempfinden. Einmal hat er sogar gesagt, »du bist so was wie der Volksgerichtshof«. Aber das war im Anfang, als er noch dachte, es ließe sich darüber scherzen. Sehr bald war selbst ein gesundes Rechtsempfinden nicht mehr im Scherz zu gebrauchen.

Er stand im kleinen Hörsaal des Seminargebäudes vor seinen Studenten, setzte sich gelegentlich auch in ihre Reihen, betrieb damals schon einen aufgelokkerten Unterrichtsstil und sagte: Wir brauchen in unserem Fall den betrogenen Ehemann, die ungetreue Gattin, dann den Störer der ehelichen Lebensgemeinschaft, als Zeugen genügen zwei Nachbarn, einen Ankläger, einen Verteidiger, den Richter. So etwas ließ sich mit verteilten Rollen spielen, aus dem Stegreif, dem heute beliebten »Fernsehgericht« durchaus vergleichbar. Sogar das Publikum war vorhanden und griff mit Beifall und Murren in das Geschehen ein. Diese Stücke aus dem Gerichtssaal schulten das Auftreten und das psychologische Einfühlungsvermögen im Sinne der drei Seelen in der Brust des Juristen. Seine Studenten mußten Kläger, Angeklagte und Verteidiger spielen, er selbst übernahm zumeist den Part des »Störers der ehelichen Lebensgemeinschaft«. Kinkerlitzchen.

In den ersten Jahren nach der Machtübernahme kasteite er sich und hörte sich Führerreden und Goebbelsreden an. Später erkundigte er sich bei seinen kleinen BDM-Mädchen, fragte auch, was sie in den Heimabenden trieben. Sie berichteten widerwillig.

Sammelten um so freudiger Stanniol, schleppten Eimer mit Küchenabfällen zu irgendwelchen Sammelstellen, wo man Schweine damit fütterte, und übten abends auf der Blockflöte »Auf hebt unsere Fahne in den frischen Morgenwind«. Was verstand dieser Vater von ihrem frischen Morgenwind! Er erhob keine Einwände gegen das Spielen der Blockflöte, musikalisch waren die kleinen Mädchen nicht. Es gab ein höheres Muß, über alle elterliche Autorität hinaus, das den kleinen Mädchen befahl, die Blockflöte zu spielen, und den Eltern, sich das anzuhören.

Diese kleinen Mädchen in ihren weißen Blusen, die sie in dunkelblaue Röcke knöpften, ein schwarzes Dreiecktuch, wie man es zum Hochbinden gebrochener Arme benutzt, um den Hals, durch einen Lederknoten gezogen, die nazibraune Jacke darüber, den »Affen« auf dem Rücken, Kochgeschirr und Wimpel, so zogen sie auf Fahrt. Sie waren es, die dafür sorgten, daß eine Hakenkreuzfahne aus dem Bertramschen Fenster in den frischen Morgenwind wehte, kauften sie stillschweigend von ihrem Taschengeld. Was für ein Stillschweigen! Jedes Aufziehen der Fahne, jedes Einholen der Fahne eine häusliche Proklamation. Sie kauften ein Führerbild und nagelten es im Eßzimmer an die Wand, auch das ohne zu fragen. Ohne auf ein Wort des Widerstandes zu stoßen. Es mußte alles vermieden werden. Darin waren die Parteien einverständig.

Immerhin legten sie dem Vater ihre Poesiealben auf den Schreibtisch, damit er zu den Sprüchen Görings und Hitlers und Nietzsches, von Lehrern und Freundinnen hineingesetzt, auch ein väterliches Leitwort schriebe. Er tat es, schrieb in Barbaras Buch, »das Tun am Denken, das Denken am Tun prüfen«. Sowohl an das Kind als auch an sich selbst dabei denkend. Er las damals viel im Westöstlichen Diwan, hatte viel Zeit. Keine Seminararbeiten mehr auf dem Schreibtisch, keine Dissertation. Seine Kollegs schrieb er flüchtig, mit Bleistift auf lose Zettel, so unleserlich, als wünschte er, sie wären für keinen anderen lesbar. Er vernichtete alle diese Zettel. Seine zierliche Schrift, mit den eleganten Arkadenschwüngen, der man seine Verbindlichkeit ansah, seine Eleganz, seinen Witz, hatte sich verändert. Wie der ganze Mensch.

Barbara las den Spruch laut vor, mit diesem verächtlichen Unterton, über den sie schon mit fünf Jahren verfügt hatte. Du hättest wenigstens etwas von Hölderlin nehmen können, wie die anderen, die die wahrhaft Großen unserer Zeit nicht erkennen können!

Er verfaßte, das muß in den ersten Kriegsjahren gewesen sein, eine Anklageschrift gegen den NS-Staat, den er damals schon einen Unrechtsstaat nannte. Mit den Worten »Ich, der ich Rechtsprechung lehre in einem Unrechtsstaat« fing jedes neue Kapitel der Denkschrift an. Er trug das handschriftliche Manuskript ständig in der innersten Rocktasche bei sich. Nach dem Zusammenbruch war es kaum noch leserlich. In seiner ersten Vorlesung nach der Wiedereröffnung der Universität las er diese Denkschrift wortwörtlich vor, ohne ein einziges Wort darin zu ändern, ohne Zusatz. »Den Versuch einer Rechtfertigung« nannte er sie und setzte hinzu, »wo es nichts zu rechtfertigen gibt.« Die Rede wurde später gegen seinen Willen veröffentlicht, wurde zu einem Dokument der inneren Emigration.

Das Kernstück der Rechtsprechung im NS-Staat, »Recht ist, was dem Volke nutzt, Unrecht, was dem Volke schadet«, nahm er im Winter 1946 als Motto für eine Vorlesung in Rechtsgeschichte. Wie schauerlich hatte sich die Richtigkeit erwiesen: Unrecht, im Namen des Volkes getan, schadet dem Volk.

Bertram war ein gebrochener Mann, außer Wiepe wußte das keiner. Barbara hat sich die Urschrift dieser Rede ausgebeten und sie auch erhalten. Auf ihren Wunsch hin schrieb er »meiner jungen Tochter Barbara gewidmet« darüber, die sich bald dazu entschloß, die Tochter des naziverfolgten Juristen Bertram zu werden. Sie fiel unter Amnestie, Jenny fiel unter die Amnestie, sie waren Kinder, harmlos, in die Irre geleitet. Sie gingen weiter zur Schule, zu derselben Schule, zu denselben Lehrern.

Bertram hatte sich später wegen seiner Zugehörigkeit zum NS-Dozentenbund vor einer Spruchkammer zu verantworten. Er hatte Fürsprecher, sich selbst hätte er nicht zu verteidigen gewußt. »Die Seele des Verteidigers« war in seiner Brust erstickt. Er fertigte ungezählte Gutachten und Rechtfertigungen für Kollegen, für Studenten, für Freunde, für Nachbarn an, »Persilscheine«, wohl wissend, daß auch das nicht recht war.

Er wurde nach Kriegsende zum ersten Dekan der juristischen Fakultät seiner Universität gewählt, auch das gegen seinen Wunsch, ein anderer, der weniger belastet gewesen wäre, war nicht da.

Nachdem er, Jahre nach dem Zusammenbruch, in einem öffentlichen Vortrag im Rahmen des »Studium generale« gesagt hatte, »wir, die das nationalsozialistische Reich überlebt haben«, im Ton der Anklage und der Selbstanklage, als sei das Überleben als solches schon Schuld genug, mußte er wieder einmal bei seinem Dekan antreten. Er ließ sich unterrichten, daß solche Bekenntnisse einer Kollektivschuld unter den normalisierten restaurierten Verhältnissen in der Bundesrepublik unpassend, um nicht zu sagen, untragbar seien. Bertram gab mit jenem Freimut, zu dem er sich ständig zwang, zu, daß er zutiefst von seiner Kollektivschuld überzeugt sei; daraufhin fiel das Wort untragbar ein weiteres Mal. Aus einem untauglichen Juristen war ein untragbarer Jurist geworden, eine kaum wahrnehmbare Differenzierung.

In seinen letzten Lebensjahren las er seine Vorlesungen ab, benutzte das übliche Juristendeutsch, eher ein Undeutsch. Er sprach vom »Unterhaltsanspruch gegen den Erzeuger bei mutmaßlichem Tatbestand der Erzeugung«, sprach von »sexueller Betätigung«, vom »Nachweis der geschlechtlichen Beiwohnung des Ehemannes«, sagte von der schuldlos geschiedenen Frau, »wenn ihr Erwerbstätigkeit billigerweise zugemutet werden kann, entfällt laut G. G. die Unterhaltspflicht des ehemaligen Gatten«. Er sagte G. G. für Grundgesetz. Sagte i. S. des Paragraphen, im Sinne, benutzte Abkürzungen, das war alles, was von seiner rednerischen Brillanz übriggeblieben war.

Lag es nur an ihm, daß weder gelacht noch gescharrt wurde, wenn er sagte, »jeder zweite Heiratsantrag wird zu Weihnachten verübt«, wenn es um Heiratsschwindel, um gebrochene Eheversprechen ging? Lag es nicht auch an den Studenten? Wenn er früher gesagt hatte, »Zänkerei, Verbrechen, Gewalttaten sind das tägliche Brot des Juristen, wer das nicht mag, sollte sich rechtzeitig ein anderes tägliches Brot suchen«, wurde früher gelacht. Das mag am provozierenden Ton gelegen haben, später klang es resigniert, rief nur noch Befremden bei den Studenten hervor. Ein letztes Mal zitierte man ihn vor den Dekan, der gleichaltrig war, alle meinten es ja immer gut mit ihm, versicherten ihm das wiederholt; dieser erinnerte ihn und sich an Vornazizeiten. Sie hatten doch früher so famose jiddische Witze, Kollege Bertram! Und wahrhaftig, der suchte die Kladde hervor, neue Witze hatte er nicht, sein Lieferant, jener Schneider, war tot, irgendwo vergast oder verhungert oder zu Tode geprügelt. Bertram konnte kein Jiddisch mehr. Er stockte, stotterte. »Fragt amol einer einen Judenitzik, wie gejt ess dir? – Antwortet der Itzik: Eih gut. Woss heisst eppess: gut? – Ich bin gut hungerig und mejn wajb gut krank.«

Vielleicht lag es daran, daß er nicht im Anschluß an den Witz sagte: »Wie geht es Ihnen, meine Herren und Damen.« Der Witz hatte seine Zündkraft verloren. Keiner seiner Studenten begriff, was das sollte.

Und wieder zog er sich zurück. Wenn Wiepe unvermutet in sein Zimmer kam, griff er rasch nach einem Buch, legte die Hand über die Augen, als seien sie angestrengt vom Lesen. Sie ging zu ihm, nahm die Hand weg und sagte, laß doch, Bertram. Mehr war zwischen ihnen nicht nötig. Aber mehr war auch nicht möglich. Niemals Aussprachen, niemals eine Frage: Was ist denn? Es ist doch was? Eine andere Frau hätte getröstet. Sie nicht. Was war denn zu sagen? Es waren die Zeiten. Einmal machte sie ihm den Vorschlag, daß sie reisen könnten wie andere, während der Semesterferien, sie könnten die Kinder besuchen, Barbara war damals Korrespondentin einer Zeitung in Istanbul, und Jenny war schon in Kalifornien, hatte diesen Mike geheiratet. Sie hätten ihren ersten Enkel besichtigen können. Aber Bertram war der Ansicht, »wir können uns nirgends mehr sehen lassen, nirgends, glaub mir das«. Sie glaubte ihm das. Kein Wort des Widerspruchs. Für ihn stimmte es, und für sie stimmte, was für ihn stimmte. Er hatte kein Rechtsempfinden mehr, empfand nur noch Unrecht.

Allenfalls Wien, hatte er damals gesagt, um Wiepe eine Freude zu machen, Wien wäre immerhin möglich, da war man unter seinesgleichen. Dort hätte man es achtunddreißig immerhin schon besser wissen können, dort hatte man noch eine Wahl. Vielleicht. Er weiß es nicht sicher, er weiß nichts mehr sicher.

Sie fuhren nach Wien. Ihre erste und einzige gemeinsame Reise.

Er saß und grübelte, was er hätte tun können und tun müssen. Er versuchte, sich Rechenschaft über das abzugeben, was er gewußt hatte und nicht hatte wissen wollen.

Für Wiepe war es vorbei. Für ihn nicht. Sie hatte das Ganze nicht ernst genommen, nicht so wichtig. Typisch war dafür, daß sie im siebten Jahr des Tausendjährigen Reiches behauptete, ihre Töchter seien im BGM. Sie lernte nicht einmal die Abkürzungen der wichtigsten Parteiorganisationen, war tatsächlich der Ansicht, es hieße BGM, Bund großdeutscher Mädchen. Sie verteidigte ihre Annahme auch noch, alles hieße doch jetzt großdeutsch! Das machte es nicht besser, hatte zur Folge, daß man sie für beschränkt hielt. Darauf mochte sie es abgesehen haben.

Später fragte sie nicht mehr: Muß es sein, Bertram, sie ging zu den Damentees und hatte dort von den Töchtern zu berichten. B. B., ja, das sei die Älteste, unter diesen Buchstaben schriebe Barbara. Der Schwiegersohn flöge, sie korrigierte sich gleich, sagte, daß er etwas mit der Raumfahrt zu tun habe. Man erkundigte sich, ob es sich tatsächlich um jenen Amerikaner der Besatzungsmacht handele, der seinerzeit bei der Air Force war. Ja, sagte Wiepe, derselbe, eine Kinderfreundschaft, Jenny hat ihn später zufällig wiedergetroffen, als sie Austauschschülerin in den Staaten war.

Wenn sie zurückkam, setzte sie sich auf den Stuhl neben seinem Schreibtisch, und er fragte, wie war's, mein Herz.

Die Nibelungensage am Pacific Beach

Jenny hob und schob die Kinder hinten ins Auto, einschließlich Baby Gloria im Tragtäschchen, erklärte der Mutter jeden Tag, auf welchem der *highways* sie an den Strand zu fahren hätte, und jedesmal: *Drive carefully!* Wirst du mit dem großen Wagen auch fertig, *dear*? Mit einem Anflug von Ungeduld, Wiederholungen waren ihr von jeher lästig, sagte Wiepe dieses eine Mal: Der Wagen ist größer, die Straßen sind größer, ich weiß, Jenny, bei euch ist alles größer. Sogar die Schmetterlinge. Sie gab Gas, etwas reichlich für die kurze Ausfahrt durch den Garten.

»Sogar die Schmetterlinge« wurde bei allen Parties zum besten gegeben und für originell befunden, wie Jennys Mutter überhaupt als *original*, trotzdem aber *»as a typical German«* galt. Dabei handelte es sich nur um eine von Wiepes durchaus richtigen Beobachtungen: Die Schmetterlinge sind in Nordamerika größer als bei uns.

Und dann die tägliche Ermahnung: Erzähl ihnen etwas! Du hast uns doch immer Märchen erzählt. Erzähl ihnen lieber Heldensagen. Sie erfahren so wenig vom deutschen Geistesgut. *You know?* Siegfried und Kriemhild, rief sie dem Wagen nach. Sie sagte Kreimhilt und Siggfred.

Wiepe brachte den beiden Ältesten, Mike und Pat, bei, »Jung Siegfried war ein stolzer Knab'« zu singen, auf gut deutsch. So annähernd wußten sie auch, was in dem Lied passiert. Sie sangen es jeden Tag auf dem Weg zum Pacific Beach, Baby Gloria krähte mit.

Jeder, der einmal versucht hat, Kindern die Nibelungensage zu erzählen, weiß, wie schwierig das ist. Jetzt aber kleinen Amerikanern! Wiepe malte den Lauf des Rheins in den kalifornischen Sand, malte rechts und links Burgen, erklärte, was eine Burg ist. Das allein ist schwierig genug, wenigstens kannte Mike das Kastell des Zeitungskönigs Hearst. Ernst wurde es erst, als der Drache auftauchte. Ein Lindwurm! Solche Wörter lernt man ja nicht in der Schule. Es blieb ihr nichts anderes übrig, als sich in einen Lindwurm zu verwandeln, was ihr mit Hilfe einer Orangenschale gelang, in die sie ein Gebiß einschnitt und sich, das Weiße nach außen, zwischen die Lippen klemmte. Dann robbte sie auf den Ellenbogen durch den Sand und stieß drohende Laute aus. Mike bekam es heraus. *A dragon*, rief er, *a dragon!* Es wird wohl stimmen. Siegfried erschlug den *dragon.* Es gab große Begeisterung. Mit einem Schwert. Und dann badete er sich im Blut des Drachen. Die Kinder waren beeindruckt. Mike sagte in immer kürzeren Abständen, *o boy!* Jetzt noch das Lindenblatt, mit dem die Geschichte steht und fällt. Wiepe entschloß sich, dieses Lindenblatt in ein

Ahornblatt umzuwandeln. *Maple leaf,* das wußte sie, eher schöner und geeigneter für den Zweck als ein Lindenblatt. Ein Ahornblatt weht in das Blutbad und kommt zwischen die Schulterblätter Siegfrieds zu liegen. Überall ist er von nun an unverwundbar, nur dort nicht, wo das Ahornblatt gelegen hat. Sein Körper ist vom Drachenblut getränkt und gestärkt. *You understand? Mike? Pat? – No!* Noch einmal. Demonstration war schon immer ihre Stärke. Sie nahm aus der Strandtasche eine Schere, nahm die große Rolle Heftpflaster, die Jenny ihr immer mitgab, und schnitt ein Ahornblatt von mittlerer Größe aus und klebte es Mike zwischen die Schulterblätter. Auch ein Blatt für Pat! Sie klebte es ihr aufs rechte Knie, eine Stelle, die bei kleinen Mädchen immer besonders gefährdet ist. Das begriff das Kind sofort, sie wünschte auf dem linken Knie auch ein Blatt zu haben. Man versteht nicht, warum Mütter Heftpflaster immer in Streifen schneiden, warum nicht Sterne? Das Baby bekam zwei Herzen. Da es in der Regel auf dem Bauch lag, wurden die Herzchen auf den Popo geklebt.

Es war ein bedeckter, weißlichtiger Tag, wie er an der Pazifikküste im Hochsommer nicht selten ist. Das Wasser verdunstet über der wüstenheißen Erde. Man spürt die Stärke der Sonnenstrahlen nicht, da der Dunst sie filtert. Morgens hatte Wiepe alle Kinder und sich selbst gewissenhaft mit *Sun Lotion* eingesalbt, Lilienduft zog über den Strand. Keine Ermahnung der Tochter schlug sie in de Wind, ihr guter Wille war nahezu unbegrenzt, nur ihre Anpassungsfähigkeit hatte nachgelassen, seit sie nicht mehr stündlich gebraucht wurde. Sie wollte es recht machen, keiner sollte einen Sonnenbrand bekommen.

Sich selbst hatte sie übrigens eine langstielige Lilie mit zwei Blüten auf den Oberschenkel geklebt, angeregt vermutlich durch den Lilienduft dieser *Sun Lotion.* Sie hatte schon immer große Geschicklichkeit im Ausschneiden von Transparenten und Spekulatius gehabt, man erinnere sich an die weihnachtlichen Knusperhäuschen. Frühmorgens war das geschehen. Sie waren bis dahin noch kaum gebräunt. Mittags hatten sie ihre Sandwichs mit den frischen Salatblättern gegessen, hatten Cola getrunken und hatten sich diesmal nicht mit den angeschwemmten Algen behängt, weil es die Mutter abends wieder riechen und beanstanden würde. Sie hatten im Sand gespielt und weitere Geschichten von Jung Siegfried gehört. *Is he like Kennedy?* fragte Mike. Wiepe zögerte, sie hatte bis dahin keine Ähnlichkeit gesehen, aber so ganz unähnlich schien er ihr auch wieder nicht, vielleicht erwies es sich zum Verständnis als hilfreich, sie gab also zu: *like Kennedy.* Ein Held. Sie erzählte, was ihm passiert war, nachdem er die schöne Kriemhild geheiratet hatte, und wie sie verraten hat, wo das Lindenblatt beziehungsweise das Ahornblatt gelegen habe. Die Stelle, an der ihr Mann verwundbar war. Pat ist empört. Warum hat sie das getan? Sie wollte ihn schützen! Aber er war doch ein Held! Er hatte ein Schwert! Er konnte sich unsichtbar machen! Pat macht sich erst mal eine Weile mit Hilfe des Badetuchs unsichtbar. *But why?* Es ist sehr schwer zu erklären, warum Kriemhild die verwundbare Stelle am Körper ihres Mannes verraten hat, jeder weiß das, kann es ausprobieren. Hagen, ein anderer Held, hat ihn dann bei der Jagd getötet, als er an einer Quelle trinken wollte. Von hinten mit einem Speer. *Killed? Really killed? Are you sure? From behind? Grandmother!* Die Kinder sind entrüstet! Wiepe weiß nichts zur Entschuldigung vorzubringen. Vermutlich war Kriemhild zwar sehr schön, aber ein wenig dumm. Pat glaubt das auch. *Sure! Stupid!* Trauer um Siegfried. Rückfragen von Mike. Warum mußten die Helden denn immerfort kämpfen, *grandma*, war denn ein Krieg? Nein, sie kämpften, um zu wissen, wer der Stärkere war. *Like Kennedy and Khrushchev?* Wiepe zögerte, aber sie konnte es nicht vermeiden, daß Siegfried und Kennedy sich immer ähnlicher wurden.

Sie liebte Mike mehr als die beiden kleinen Enkelinnen. Sie war zärtlicher zu ihm, als sie es je zu ihren eigenen Töchtern gewesen war. Er erwiderte ihre Zuneigung rückhaltlos, holte ihr Cola, rückte ihr den Liegestuhl zurecht, war immer in ihrer Nähe. Abends, wenn sie den Kindern gute Nacht sagte, flüsterte er ihr ins Ohr: *Tell me about!* Er, dieser *little Mike*, Sohn eines Amerikaners, der mit der Raumfahrt zu tun hatte, und ihrer Tochter Jenny, die mit vierzehn Jahren . . . Aber lassen wir das doch, sie will es vergessen. Mike flüsterte, *tell me about the little goat and the wolf!* Da war es wieder, das siebte Geißlein. Morgen, flüsterte sie dann in sein heißes kleines Ohr. Sie hatten Geheimnisse miteinander. Wiepe und ihr Enkel Mike. Die Mutter sah das nicht gern. Was flüstert ihr beiden denn schon wieder? Im ganzen aber bemühte Jenny sich um Toleranz, man spürte dauernd, wie tolerant sie doch war. Keine Rede mehr von Billroth zwo, von Zwirn und Flickläppchen zur Demonstration einer Bauchoperation am Wolf. Hier wurde erzählt und geglaubt, eher den Märchen als den Sagen. In einem Uhrenkasten, Großmutter? Hast du es gesehen? Natürlich habe ich es gesehen! Und dann beschrieb sie genau, wo die Standuhr gestanden hatte, beschrieb das Forsthaus der Großeltern, hatte vergessen, daß dieselbe Uhr so lange in ihrer eigenen Wohnung gestanden hat. *Little Mike* erklärte, daß er mit *grandmother* nach Deutschland reisen werde, er kann dort zur Schule gehen. Später, *dear*, später! Wenn du groß bist, studierst du in Deutschland, dann wohnst du bei der Großmutter! Einen Augenblick lang glaubte sie selbst daran. Darf ich Wiepe sagen, wie *daddy*? Natürlich darfst du!

Du verwöhnst ihn, Mutter, wirklich, entschuldige, wenn ich dir das sage. Sie entschuldigte sich permanent. Nie brachte sie einen Tadel vor, ohne sich zu entschuldigen, nie äußerte sie eine Ansicht ohne ein einschränkendes *isn't it?* Selbst bei so einfachen Feststellungen wie *it is beautiful* vom Wetter, was in Kalifornien ja immer zutrifft, folgte unweigerlich: *isn't it?* Sie versah jeden Gegenstand, von einem Reißverschluß bis zu einer neuen Raumkapsel, mit einem Prädikat. Sie äußerte in jedem Fall ihre Meinung dazu und ließ alle wissen, wie sie etwas fand. Dabei war die Auswahl ihrer Adjektive nicht groß. Dieses *isn't it?* benutzte sie wie ein dem Adjektiv oder Adverb zustehendes, ausführliches Fragezeichen. Sie war eine gelernte Amerikanerin, mit einer geborenen also nicht zu vergleichen.

Und Wiepe sagte, als es um die Verwöhnung ihres Lieblings Mike ging: *Why not?* Was konnte Verwöhnung denn schaden? Ein paar Wochen lang. Sie ging doch wieder fort. Es ging doch vorüber. Wem hat denn zuviel Liebe je geschadet, fragte sie. Wie du das sagst! Wem hat denn Liebe je geschadet! Sie wiederholte häufig die Sätze, die sie zu kommentieren gedachte. Zu Barbara und mir warst du ganz anders! Wiepe gab das freimütig zu, ohne zu erwähnen, daß ihre Töchter ebenfalls ganz anders gewesen waren als der kleine Mike. Sie war sich darüber im klaren, daß sie eine geeignetere Mutter für Söhne gewesen wäre. Sie konnte besser mit Männern umgehen, ob die nun fünf Jahre oder fünfzig Jahre alt waren. Sie sagte zu Jenny, daß es ihr leid tue und daß sie sicher vieles falsch gemacht habe. Aber sie hätte sich eigentlich immer Mühe gegeben, es richtig zu machen. Und dann weinte Jenny, und am Ende weinten sie beide. Es war kein gutes Verhältnis zwischen ihnen. Ein paar Tränen spülten da nichts weg. Es hätten Sintfluten von Tränen sein müssen, um wegzuschwemmen, was sich angesammelt hatte. Solche nachträglichen Aufräumungsarbeiten waren Wiepes Sache nicht. Sie sah nach Möglichkeit drüber hinweg, und dabei geriet ihr natürlich vieles aus dem Blickfeld.

An jenem Tag, an dem Wiepe den Kindern die sagenhafte Geschichte von Siegfried und Kriemhild erzählt hatte, dem Tag, von dem noch immer die Rede ist, kämmte sie den Kindern den Sand aus den Haaren, rieb den Sand zwischen den Zehen mit einem Tuch fort und versetzte die drei Enkel in einen leidlich properen Zustand, ließ ihnen aber die Heftpflaster und fuhr mit ihnen nach Hause. Es wurde dämmrig, und man sah, wie die unsichtbare Sonne sie gebräunt hatte. Nach dem Essen badete Jenny die Kinder. Es gab Geschrei, als sie das Ahornblatt entfernen wollte. Mike brüllte wahrhaftig: *She wants to kill me, daddy! Grandmother! From behind!* Aufruhr im Badezimmer! Auch Baby Gloria beteiligte sich am Geschrei, wünschte ebenfalls die Herzchen auf dem Popo zu behalten. Die schöngeformten Heftpflaster wurden erst nach Tagen, als sie schmuddelig und fransig geworden waren, entfernt. Tage, die sie wieder am *Pacific Beach* verbracht hatten.

Mike trug das weiße Siegfriedmal zwischen den Schulterblättern, Pat hatte auf jedem braunen Knie ein weißes Blättchen, am reizendsten aber waren die Herzchen auf dem Babypopo. Hingegen die langstielige weiße Lilie, der bourbonischen ähnlich, auf Wiepes rechtem Oberschenkel, der ja nicht mehr jung war, wenn auch von Krampfadern und geplatzten roten Äderchen bisher verschont, wirkte provozierend und auch ein wenig peinlich. Wiepe erregte Aufsehen am Strand. Ein Fotograf war in der Nähe, er fotografierte den Babypopo, fotografierte aber auch die weiße Lilie, während Wiepe bereitwillig sämtliche Wünsche der umliegenden Amerikanerinnen für sich und die Kinder aus Heftpflaster zuschnitt. Jemand mußte eine neue Rolle, eine breitere, holen. Sie schnitt Rosen und Herzen und Sterne und Initialen. Erst die Erfindung der Initialen, die nicht von ihr kam, als Negativ auf Rücken, Arm, Bein oder auf dem Bauch zwischen den Bikiniteilen machte daraus eine Mode, die in wenigen Tagen die südliche kalifornische Küste eroberte.

Wieder einmal erschien Wiepes Bild in einem Magazin. »Eine romantische und phantastische Idee.« Wieder stand dabei *»mother of Mrs. Mike Dean«*. Eine schmerzlose Tätowierung, die außerdem den Vorteil hatte, daß sie in wenigen Sonnentagen zu beseitigen war; nicht lebenslänglich, man konnte neue Buchstaben wählen, für den neuen *beach boy*, für eine neue Saison. Sonnenölfirmen traten an Wiepe heran, machten ihr Angebote. Voraussetzung für diese schmerzlose Tätowierung war natürlich, daß die Haut rund um die Pflasterung gleichmäßig bräunte. Die weißen Initialen waren nur abends in der Bar tragbar, mußten tagsüber wieder beklebt werden, der Umsatz an Heftpflaster stieg enorm. Glorias Popo war in jenem Juni der bekannteste in den Vereinigten Staaten. Wiepe war ein *success*, das ist sicher.

Es braucht nur im Treppenhaus nach Eierkuchen zu riechen oder draußen auf dem Dachgarten, alle Gerüche ziehen ja bei ihr vorbei, im Sommer stehen die fremden Küchenfenster weit auf. Sie kann die Sonntage von den Freitagen spätestens um halb zwölf am Braten- oder Fischgeruch unterscheiden. Sie sieht selten auf den Kalender. Jeder, der mit ihr verabredet ist, ruft eine halbe Stunde vor dem Zeitpunkt des Treffens bei ihr an und erinnert sie.

Der Dienstag ist ein Eierkuchentag. Bei irgendwem im Haus, sie kennt die Nachbarn nur vom Nikken, gibt es regelmäßig Eierkuchen am Dienstag. Sie bekommt dann gleichfalls Lust auf Eierkuchen, aber nur auf solche, wie man sie in den *Pancake Houses* in Amerika bekommt. Sie hat ein paarmal schon versucht, sie selbst zu backen, aber selbst ihr gerät es nicht. Dabei haben Zunge und Nase ein geübtes, empfindliches Gedächtnis. Sie spürt jeden Hauch Knoblauch auf, der einem Gericht anhaftet; wenn nur die Schüssel mit einer Knoblauchzehe ausgestrichen ist, schnuppert sie schon. Sie vermutet, daß es am Mehl liegt, am weißeren, feineren Mehl, an der echten Vanille, aber vor allem am Sirup, am *maple syrup*, dem dickflüssigen Saft des Zuckerahorns.

Zweimal war sie mit *little Mike* in einem *Pancake House*, jeder hat fünf Pfannkuchen gegessen, bis sie sich beide wie dicke runde Pfannkuchen gefühlt hatten. *I am a pancake, you are a pancake, we are two pancakes. Little Mike* gab ihr Unterricht im Englischen, sie war noch ungeübt, es war lange her, daß sie in der Mädchenschule ein wenig Englisch gelernt hatte. Sie träufelten Honig und Sirup aus allen Flaschen und Flakons und Dosen, probierten alles aus, was auf dem Tisch stand, spritzten die schönsten Muster aus den Flaschen auf ihren Pfannkuchen, streuten dick Puderzucker darüber, bliesen in den Zucker, beschmierten sich die Backen. Die Luft war heiß und süß und dick vom Duft der tausend Pfannkuchen, die gebacken und gegessen wurden, nichts anderes gab es als Pfannkuchen, mit Milch und mit Wasser und mit Buttermilch gebacken, große und kleine und süße und salzige, zu Spiegeleiern und zu Speck und zu gebratenem Schinken. Man konnte dem Koch zusehen, wie er ein breites Messer unter die Pfannkuchen schob, zwei auf einmal in die Luft warf, wo sie sich drehten und zurück auf die heiße Ofenplatte fielen, und das mit beiden Händen gleichzeitig. Wie ein Jongleur. Das Publikum sah ihm durch eine Glaswand zu.

Immer wenn Wiepe satt war, sagte sie: *I am feeling like a pancake!* Dann mußten Mike und sie lachen, und das schönste daran war, daß die anderen am Tisch nicht wußten, warum.

Am Abend, wenn die Kinder im Bett waren, half sie Mike dem Älteren den Garten zu wässern. Er hatte fünf Schläuche liegen, an verschiedenen Wasserhähnen mit raffiniertem Verteilersystem angeschraubt, mit Sprühdüsen versehen, die man in den Bäumen aufhängen oder in den Rasen stecken konnte. Er hatte es sich in den Kopf gesetzt, nur solche Blumen in seinem Garten zu ziehen, für die das kalifornische Klima besonders ungünstig war. Er zog Fuchsien, Begonien, Hortensien, die es gern kühl und schattig haben und viel Feuchtigkeit brauchen, unempfindlich sind gegen leichten Frost, aber um so empfindlicher gegen Sonnenbestrahlung. Er wässerte morgens und abends; in Wiepes Erinnerung hat er immer einen Gartenschlauch in der Hand, hantiert gleichzeitig mit mehreren Schläuchen wie ein Schlangenbeschwörer und sorgt mit Hilfe von Stroh- und Binsenmatten für künstlichen Schatten. Die beiden Palmen vorm Haus sind viel zu hoch, die Sonne scheint hindurch wie durch einen groben Filter. Geranien und Rosen wucherten gegen seinen

Willen, man mußte sie gewaltsam am ständigen Blühen hindern, sie waren im Hochsommer völlig überanstrengt, immer mehr Blüten, immer kleinere Blüten, es war beängstigend.

Wiepe war eines Tages in den Garten gekommen, um eine Zitrone vom Baum zu pflücken, als sie den ersten Kolibri ihres Lebens sah. Und dann gleich einen blauen! Er hing am Honigtopf im Zitronenbaum, der blühte und Früchte trug, alles auf einmal. Mike kam dazu, erklärte, *a hummingbird.* Wiepe sagte, ein Kolibri, ein blauer Kolibri, und dachte an ihren Vater, während Mike ihr alles über Kolibris sagte, was er nur wußte. Sechzig Flügelschläge in einer Sekunde! Daß es viele hundert Arten gäbe, daß die kleinsten drei Zentimeter groß sind und gerade zwei Gramm wiegen, braune und grüne und graue und blaue, sie kämen wegen des Honigtopfes, er hatte ihn selbst konstruiert. Er war ein Bastler, hatte eine Werkstatt in einer Garage, da verbrachte er seine freie Zeit mit Erfindungen. Er war ein verhinderter Konstrukteur, saß im Büro einer Firma, die Zubehörteile herstellte, von Kap Kennedy weit entfernt.

Wiepe fragte ihn bei dieser Gelegenheit, warum sie – sie meinte mit diesem »sie« sämtliche Konstrukteure und Ingenieure der Welt –, warum sie nicht endlich so einen kleinen Apparat zum Fliegen erfänden. Sie machte dazu eine Handbewegung, die an das Drehen einer altmodischen Kaffeemühle erinnerte. Man könnte ihn, den Flugapparat, auf dem Rücken tragen wie einen Rucksack! Sie sprach jetzt schon besser Englisch, zumindest nickte Mike und tat so, als ob ihr Wort für Rucksack richtig wäre. Nicht schnell, sagte sie, nicht hundert MPH, auch nicht hoch, keine tausend Fuß hoch, man könnte um die Hochhäuser in der *down town* herumfliegen, auch keine weiten Entfernungen, nur ein oder zwei Liter Benzin oder Öl, ein winziger Tank oder vielleicht eine kleine Atomtablette, nicht über weite Entfernungen, Kontinente und Meere, da sei ja alles da, da sei alles wunderbar weit gediehen. Sie brachte ihre Ansichten vor, als machte sie ihrem Schwiegersohn ein persönliches Kompliment, und so nahm er es auf. Sie wußte mit Männern umzugehen, auch mit Schwiegersöhnen. Sie dachte an eine Flugmaschine, mit der man eben einmal das Tal überspringen konnte. Ein begreiflicher Wunsch in einem Staat der *canyons*, einer Stadt, deren Verkehr durch diese tiefen, selten nur überbrückten Täler so behindert war. Welches Entzücken, den *Grand Canyon* im Alleinflug zu überfliegen! Gerade daran konnte man das so leicht verständlich machen, am *Grand Canyon.* Oder wenn man den raschen Wunsch nach einem Bad im Meer verspürte, der doch einer eineinhalbstündigen Fahrt über *highways* nicht standhielt, sagte sie, und er nickte, er war in diesem Sommer nicht ein einziges Mal an den Strand gekommen.

Wie eine Hornisse. Was heißt Hornisse? Sie weiß es nicht, brummt in der richtigen Lautstärke, er errät es gleich: *a hornet!* Nicht lauter, sagte sie, nur nicht lauter! Mike waren solche Gespräche unbehaglich, er war ein nüchtern denkender Mann, aber sie schmeichelten ihm doch auch. Er machte ein freundliches gequältes Gesicht. Ikarus, sagte er. *The dream of Ikarus*. Ikarustraum! Er kann noch ein paar Worte Deutsch, er ist höflich genug, ihr manchmal ein paar anzubieten, wie einen *drink* reichte er sie ihr zu, und sie dankte ihm mit einem Lächeln. Ikarustraum! Er stellte es sich vor, eine ganze Stadt, ihre gesamten Einwohner, sie brauchte gar nicht mal größer als San Diego zu sein, nur diese eine Million, die sonnabends den raschen Wunsch nach einem abkühlenden Bad im Pazifik verspürte und sich in die Lüfte erhob. Diese Termitenschwärme! Wo die Technik längst erkannt hatte, daß alles auf Zentralisierung ankam, daß man Menschen in großen Mengen von einem Platz an einen anderen befördern mußte, bloß keine individuellen Wünsche, wenn es um Dinge der Verkehrstechnik ging.

Wiepe wiederholte ihm, wie sie sich die Maschine dachte. Nur ein paar winzige Flügel und so ein Ding, das sich dreht und die Flügel antreibt. Jeder Kolibri ist uns überlegen, er kann sogar in den Lüften stehenbleiben, rückwärts fliegen. Nur laufen kann er nicht, kaum daß er auf seinen Stummelbeinen sitzen kann. Mein Vater nannte ihn »eine der wenigen

Fehlkonstruktionen der Natur«, er kann sich kaum im Gleichgewicht halten. Der Schnabel ist viel zu lang!

Der Schnabel ist gerade lang genug, daß er den Nektar erreichen kann, dort, wo die Vögel mit den kurzen Schnäbeln nicht hingelangen, sagte Mike. Sie sahen einverständig dem Kolibri-*hummingbird* zu und bedachten das: den Nektar bekommt nur, wer den längsten Schnabel hat. Jenny rief ungeduldig nach der Zitrone.

Wiepe pflückte die reifste Zitrone, ging damit ins Haus, und Jenny fragte, ob sie das Hümmelchen mit in den Garten genommen hätte. Jenny sagte Hümmelchen zum Küchenmesser, wie es die Großmutter getan hatte. Sie steckte die Kinder abends in ein Pölterken, in Nachtkittelchen. Kleine Amerikaner in westfälischen Pölterkens. Auch die kleine fünfjährige Pat konnte schon Pölterken sagen. Wenn die Kinder den Schluckauf hatten, nannte Jenny das ein Himmselhickchen, ein Wort, das Wiepe längst vergessen hatte, nie selbst gesagt hatte. Da war es wieder: Himmselhickchen hatte ihr kleiner Bruder Walter gehabt, und die Mutter hatte ihn auf dem Schoß gehalten und ihm einen Löffel Zucker ins Mäulchen geschoben.

Als sie abends allein waren, sagte Mike zu Jenny: *Your mother is a spinner!* Aber Wiepe hatte erreicht, was sie erreichen wollte, sie hatte sein Gehirn mit ihrem Wunsch infiziert. Wenn er in eine Autoschlange geriet, für zehn Minuten fest eingekeilt war, ohne Fluchtmöglichkeit, was jeden Tag unweigerlich gegen halb fünf passierte, dachte er regelmäßig über jenes Kleinstflugzeug nach, dieses Einmannflugzeug, einem Hubschrauber nicht zu vergleichen, das aus dem Stand starten konnte, brummte wie eine Hornisse. Der Name war gegeben, einen besseren konnte man sich nicht ausdenken. Ikarus. Sobald der Verkehr wieder in Gang kam, die Autoschlange sich streckte, er Gas geben konnte, sagte er: *I am spinning like my mother-in-law*. Ein Ausspruch, den er noch heute anwendet.

Gingo biloba

Sie liebt ihren Dachgarten hoch über der Stadt, zwischen den Dächern. Rundum die Gabeln der Fernsehantennen, auf denen Spatzen und Amseln sitzen, nicht die Tauben, die brauchen größere Sitzflächen, die hocken auf den Giebeln, auf den Dachkandeln. Ihr grünes Zimmer. Wald und Vogelgehege und Garten zugleich. Das ist übriggeblieben. Der Großvater in den Wäldern, die Mutter auf dem Bauernhof. Keine Blumenrabatten mehr, keine Beete mit Mohrrüben und Grünkohl. Jenes Stück Land am Rand der Stadt, das sie vorm Krieg gepachtet hatte und dann über Jahre bestellt, um die Familie mit Gemüse und Obst zu versorgen, täglich mit dem Fahrrad quer durch die Stadt und mit Körben beladen zurück. Das ist vorbei. Sie trauert keinem Johannisbeerbusch nach. Diese sechzehn Quadratmeter, mit roten Ziegelsteinen gepflastert, wo niemals Unkraut wächst, genügen ihr. Der Blick geht nach Westen, die Seitenwände sind hoch genug, die Winde abzuschirmen, die Südsonne kann keinen Schaden anrichten, kommt aber früh genug, daß sie um zwei Uhr das grüne Zimmer erreicht. Dann legt Wiepe sich für gute zwei Stunden auf einer Strohmatte in die Sonne. Dort bezieht sie ihre gleichmäßige Bräune. Kein Fleckchen ihres Körpers, das die Sonne nicht ungeniert hier erreichen könnte. Ein lehmiges stumpfes Braun, das jenen jungen Arzt anerkennend von einer »guten Kondition« sprechen und auf einen mehrwöchigen Aufenthalt in Kampen schließen ließ.

Sie hat ihr grünes Zimmer einem römischen Dachgarten getreulich nachgebildet, an der unteren Schmalseite der Piazza Navona gelegen, sie hat ihn später sogar gesehen, allerdings nur von unten, und da schien ihr der eigene, nördlichere besser geraten. Ein nun schon ein Meter fünfzig hoher Oleander, fast schon Wiepes Lebensgröße, in einem Majolikakübel, ein Lorbeerstrauch, der noch nie geblüht hat, wuchernde Geranien und ihre sieben verschiedenen Liliengewächse. Amaryllis, Iris, Tigerlilie, Feuerlilie, was es so gibt. Im Herbst schleppt sie das alles in eine Dachkammer, davon gibt es fünf, rund um das eine große Zimmer, das sie bewohnt. Eine winzige Küche, ein schräges kleines Badezimmer, jener Wintergarten für ihre Blumen, ein Arbeitsraum und ein Lagerraum mit »Möbeln aller Art«, ähnlich denen des schneeweißen Gustav. Geht sie auf Reisen, vertraut sie ihre Blumen dem Himmel an. Lilien auf dem Felde. Sie bekommen Regen, oder sie vertrocknen, eines von beidem, und sie rechnet mit beidem. Sie macht sich nicht abhängig von ihren Blumentöpfen, schleppt sie nicht jedesmal in die Badewanne zwecks kunstvoller Bewässerung mit Hilfe von tropfenden Baumwollfäden, an Wasserhähne gebunden, die sachte und stetig die Pflanzen beträufeln, wie das im Juni in jeder Frauenzeitschrift unter den Reisetips ausführlich, aber unzureichend beschrieben und illustriert wird. Sie gießt noch einmal und überläßt das Weitere dem Himmel, und der hat sie nur bei einem Lavendelstöckchen im Stich gelassen, das sie in der Nähe von Vence, als sie bei den Flamingos in der Camargue gewesen war, ausgegraben und mitgenommen hatte. Sie tat die trockenen Blätter und Stengel und Blüten in ein Säckchen und legte es in ihren Wäscheschrank. Früher oder später landet Lavendel in Säckchen und in Wäscheschränken.

Auf ihrem Dachgarten empfängt sie ihre Besucher, hier schenkt sie ihnen Hagebuttenwein ein, Schlehenlikör, selbst destilliert. Im Herbst fährt sie mit ihrem nun schon alten Sportwagen über Land. Ein Karmann Ghia, der innen keineswegs so gebrechlich ist, wie er von außen erscheint, sie hat ihm erst kürzlich einen neuen Motor spendiert, warum nicht. Weil sie krank ist, ihre Lebenszeit begrenzt, weil es sich vielleicht nicht mehr lohnt? So denkt sie nicht. Eine Formulierung, in der das Wort sich lohnen auftaucht, kommt ihr nicht in den Sinn. Sie führt arglose und ratlose Autogespräche mit fremden Männern, nur der Monteur ihrer Werkstatt weiß über den Zustand des Autos und seiner Fahrerin Bescheid.

Sie sammelt Schlehen und Hagebutten, weil sie die späten Herbsttage besonders liebt, weil sie eine

Eichhörnchennatur ist, Vorräte hortet, weil sie Duft und Farbe des Hagebuttenweins liebt. Sie füllt die Hagebutten in bauchige grüne Flaschen, zuckert sie, und dann liegen sie über viele Wochen wie runzlige rötlichbraune Steine auf dem Grund der Flasche. Sie liebt den gärigen Duft ebenso wie die Lichtreflexe der Lampe im grünen Glas, das auf den Holzdielen steht. Bei anderen Leuten trinkt man Whisky, bei ihr Hagebuttenwein. Er schmeckt wie Tokayer, hat dessen Farbe, nur daß er noch rotgoldner ist, noch öliger. Eine ihrer Marotten. Sie trinkt ihn niemals selbst, liebt nur die Zubereitung, er ist ihr zu schwer und zu süß. Ihre Besucher trinken ein Gläschen und nicht mehr. Sie sind mit der Bewunderung der Aussicht lange beschäftigt. Allein die Vögel! Sie nennen ihren Dachgarten »eine Oase inmitten der Großstadt«, bestreiten die Unterhaltung allein, werden von Wiepe niemals unterbrochen. Von ihren Schätzen, die sie bei solchen Besuchen verkaufen möchte, zeigt sie nie mehr als drei oder vier Stück auf einmal, sorgt aber dafür, daß dem Interessenten die Möglichkeit der Wahl bleibt.

Mitten im Juni erinnerte sie sich plötzlich an Holundersekt. Von ihrem Dach aus sieht sie nicht nur Straßenzüge, Häuser und in der Ferne einen Sportplatz, sie sieht auch Natur, durch dreizehn Exemplare vertreten. Zwei Birnbäume, eine Linde, spätblühend, oft erst im Juli, eine Winterlinde demnach, jetzt im August hat sie die Blüten abgeworfen, wird bereits bräunlich; einen Holunderstrauch, eine Akazie; zwei kümmerliche Fliederbüsche, die es alljährlich zu einigen Blütendolden bringen würden, risse nicht irgendwer sie in der ersten Knospe ab. Die übrigen Bäume stehen in zu weiter Entfernung, man sieht nicht mehr als: ein Baum. Die Rotbuche ist im vorigen Jahr gefällt worden, seitdem ist es ratsam, daß man an jedem Morgen den Bestand an Natur zählt. Sie tut es. Tief befriedigt, dreizehn Exemplare. Sie sieht den Wolken nach, von ihnen ist nichts zu erwarten, also holt sie die Gießkanne und gießt als erstes ihre Blumentöpfe mit vollem, kräftigem Strahl, bis sie triefen. Dann erst setzt sie das Kaffeewasser auf. Im Juni, als ihr Holunderbusch blühte, weit weg auf einem Hof, vom Duft nichts wahrzunehmen, aber die weißen Blütenscheiben leuchteten in der Morgenfrühe, da erinnerte sie sich an den Holundersekt, den es bei den Großeltern im Forsthaus am Silvesterabend gab. Sie verspürte Lust auf Holundersekt. Fünf Minuten später saß sie bereits in ihrem Auto. Solche Wünsche dulden keinen Aufschub. Sie fuhr ziellos über Land, bis sie einen Holunderstrauch fand, pflückte einen Korb voll Blüten, füllte, wieder zu Hause, Eimer mit Wasser, legte die Blüten stieloben hinein, schnitt Zitronen in Scheiben, warf sie dazu. Holunderduft füllte ihr Zimmer und sämtliche Kammern, tagelanger Silvester der Erinnerungen, Glockengeläut, Heringssalat, wie nur die Großmutter ihn bereiten konnte, Rote Bete, Gürkchen, Äpfel, mit hartem Eidotter verziert, Nümmerchenspiel mit den Großeltern, mit Onkeln und Tanten, der kleine Walter in seinem Ställchen.

Sie beschloß, ein Nümmerchenspiel für die Enkel in Kalifornien herzustellen. Mit ihren eigenen kleinen Mädchen hat sie das nie gespielt, die waren dafür ungeeignet. Sie schnitt zwei Quadratzentimeter große Kartons zurecht und schrieb Zahlen darauf, eins bis sechzehn, für fünf Mitspieler, sie erinnert sich genau, näht sogar ein grünes Leinensäckchen, jenem ähnlich, aus dem die Großmutter die Kärtchen einzeln herausfischte und die Zahlen aufrief, damit die anderen Spieler ... Wiepe machte sich an die Niederschrift der Spielanweisung. Daran scheiterte sie dann. An dem System, das hätte erklärt werden müssen. Sie warf alles in einen ihrer vielen Kästen und vergaß es.

Der Holundersekt, vorläufig nur Saft und nicht moussierend, stand noch in den Eimern, sie seihte ihn durch ein Leinentuch in Weinflaschen, die sie verkorkte, mit Wachs versiegelte. Sie lud die Flaschen in ihr Auto, nahm eine Schaufel mit und grub sie am Rand einer Landstraße niedrigster Ordnung ein. Ob sie dort Wochen oder Monate lagern mußten, bis die Gärung erfolgte, daran erinnert sie sich nicht, vergißt übrigens die Flaschen völlig. Vielleicht erfaßt sie ein Bagger bei der Verbreiterung der Straße, dann werden sie explodieren. Ein paar

Scherben im Acker. Sie fängt so vieles an, läßt es dann liegen, kümmert sich nicht mehr darum.

Fahrige Wolken am Himmel, die Sonne verschleiert, das Wetter schlägt um. Wiepe hat bereits die Blumen gegossen und trinkt ihren Kaffee, schwarz, ungesüßt, knabbert an einem Stück Brot, mag es nicht, läßt es liegen, hat keinen Appetit, krümelt es den Tauben hin. Da weht ein Blatt vorbei, der Wind hat es hoch hinaufgetragen, das geschieht nicht oft. Es ist schon gelb. Ein Birkenblatt? Sie hat es nicht erkannt. Sie blickt ihm nach. Wo steht eine Birke? Für ein Lindenblatt war es zu golden. Ein Ginkgoblatt? Vielleicht ein Ginkgoblatt.

Beim Frühstück, der ersten Tasse Kaffee, kaum einen Bissen im Magen, nach einer schlaflos verbrachten Nacht, ist plötzlich Gingo da. Jener Mann, den sie Gingo nennt; nicht von Anfang an, nicht zu seiner Zeit, vor ihrer Ehe mit Bertram, damals noch nicht, erst später, ein Schutz- und Tarnname, den sie im Traum hätte sagen können, und niemand hätte ihn erkannt. Sie machte ihn unkenntlich für andere, als Gingo gehörte er ihr. Sie fürchtete, seinen Namen zu sagen, sobald sie den Mund auftat, im Wachen, im Träumen, immer Gingo, dem ihre erste Liebe gehört hat.

Sein Bild in ihrem Inneren hatte längst jede Ähnlichkeit mit seinem Gegenstand, dem Lehrer der graphischen Abteilung jener Kunstschule, die sie zwei Jahre lang besucht hat, verloren, der ihr graphische

Techniken beibringen sollte, dessentwegen sie Bertrams Antrag angenommen hat. Fünfmal war sie in seinem Atelier allein mit ihm. Er hat sie gezeichnet, er war es, der jene Grübchen rechts und links ihrer unteren Lendenwirbel entdeckt und gelobt hat. Er hat sie geküßt, und es muß damals doch wohl so viel geschehen sein, daß die unzulänglich aufgeklärte, wenn auch schon über zwanzigjährige Wiepe annehmen mußte, sie bekäme ein Kind. So aufgewühlt war ihr Inneres durch diesen Mann. Der natürlich verheiratet war, Kinder hatte, nicht einmal wenig, mindestens sieben. Angeregt durch seine hübschen jungen Schülerinnen war das kein Wunder. Vermutlich war, in einem metaphorischen Sinne, Wiepe die Mutter eines achten Kindes.

Neben seiner rechtmäßigen Gattin hatte er ein ständiges Modell und in jedem Semester eine Schülerin, die ihn einige Male in seinem Atelier aufsuchen durfte, was für ihr Weiterkommen an der Schule von großer Wichtigkeit war.

In einem Semester bevorzugte er Wiepe. Im biologischen oder auch medizinischen Sinn ging Wiepe unberührt in die Ehe. Aber was besagt das schon! Sie fühlte sich nicht mehr unschuldig, sie fühlte sich nicht unberührt. Sie meinte von nun an und in Ewigkeit diesem Mann zu gehören, diesem Gingo. Noch vor zwei Jahrzehnten zitterten ihr die Hände, die eine Zeitung hielten, nur weil da sein Name stand. In den dreißiger Jahren hatte er große Erfolge. Immer schon hatte er einen kräftigen realistischen Strich, der durch seinen Ehrgeiz noch gekräftigt wurde: im rechten Augenblick war er bereit, einen pflügenden Bauern, eine Krähenschar am Himmel und dampfende Ackerschollen zu malen. Eine halbnackte blonde Frau im Ährenfeld, den völlig nackten Knaben im Arm. Das lag ihm, das konnte er, kam seinem eigenen Vollblut entgegen. Wiepe brachte solche Bilder nicht mit ihrem Gingo in Zusammenhang. Sie las einzig den Namen. Keiner sagte je, den kennst du doch. Den mußt du doch kennen, hat der früher auch so gemalt? Bertram hat nie nach den Namen ihrer Lehrer gefragt. Eine Kunstschule! Passend für eine höhere Tochter, eine hübsche Vorbereitung für die Ehe, ein junges Mädchen lernt dort, ihr Heim zu verschönern. So faßte er das auf, und so bewies sie es ihm, mit Bismarckeichen und mit Knusperhäuschen.

Ein einziges Mal sagte er zu einem dieser Dampfende-Scholle-Bilder: schauerlich, ganz schauerlich, das stinkt förmlich nach Mist. Wiepe war verwundert, mehr nicht. Natürlich war sie unfähig, das Bild zu verteidigen.

In den ersten Jahren ihrer Ehe, als Bertram ihr seine Kollegs in die Maschine diktierte, errötete sie, fühlte sich persönlich betroffen, wenn er ihr Worte wie »vermeintliche Vaterschaft« diktierte, von »vorehelicher Beiwohnung« sprach. Welche Erleichterung, als Barbara schon am zweiten Tag ihrem Vater ähnlich sah! Die gleiche dunkle weiche Behaarung.

Wie dankbar war sie ihm! Bertram nahm ihr Erröten nicht wahr. Während des Diktats schritt er im Zimmer auf und ab, folgte dem Muster des Teppichs.

Gingo war schuld daran, sein Verdienst war es, daß Wiepe eine so gute, so willige Ehefrau wurde. Sie war bis zur Unterwürfigkeit bereit, ihrem Mann alles recht zu machen. Sie war ihm treu. Vermutlich aus diesem Schuldgefühl heraus, weil sie ihn nicht ausschließlich liebte und so oft an einen anderen dachte. Sie war nicht durch ihre Gefühle an ihn gebunden, sondern durch ihren guten Willen.

Nach einigen Jahren geriet Gingo in den Hintergrund, dicht ans Vergessen. Die kleinen Mädchen waren da, es mußte wirklich ein Ginkgobaum, ein ausgewachsener Baum an ihrem Weg stehen, um sie an den Mann zu erinnern, den sie so sehr liebte. Das passierte nicht oft: ein Ginkgo am Weg. Birken, Tannen, selbst eine Blutbuche hätten sich viel störender auf ihren Seelenfrieden ausgewirkt.

Die Schülerinnen des vierten Semesters waren mit dem Lehrer der graphischen Abteilung in den Botanischen Garten gegangen, um zu zeichnen. Bäume, Äste, Blätter. Naturstudien. Jeden Dienstag von vierzehn bis siebzehn Uhr. Es muß Oktober gewesen sein. Wiepe war bereits viermal in seinem Atelier gewesen.

Zu zwei und zwei saßen sie unter den herbstlichen Bäumen auf ihren Klappstühlchen. Die Bäume waren fast, aber nicht ganz kahl, zu Studienzwecken in diesem Übergangsstadium besonders geeignet. Man erkannte bereits wieder die Struktur des Geästs, sah aber noch die Verkleidung durchs Laubwerk. Wiepe blieb mit dem geliebten Lehrer unter einem Baum stehen. Er zeigte nach oben, umriß mit der Hand den halben Horizont und sagte: Ginkgo. Er sprach mit Vorliebe in Substantiven, hatte einen dynamischen Stil. Damals noch ein Expressionist. Ein Ginkgo also, Wiepe wußte das, sie war in Bäumen bewandert, ganz buchstäblich: mit dem Großvater und dem Vater. Trotzdem sah sie bewundernd zu ihm auf, zu ihm, dem Mann, zu ihm, dem Baum, durchs Geäst in den azurblauen Himmel, nie wieder war ein Himmel so blau. Sie beobachteten dasselbe Blatt. In diesem Augenblick, der Sekunden währte, waren sie wirklich eins. Zwei Augenpaare auf einen Gegenstand gerichtet: ein goldenes Ginkgoblatt.

Nicht der Wind riß es von seinem Zweig, der Tag war windstill, es schien selbst daran zu reißen, fortzuwollen, es zerrte und zerrte, die Luft ganz blau, und dann schwebte es davon, tanzte in der Luft, von einem Hauch getragen und dem Wunsch nach Freiheit, flog es davon. Ein Stückchen Freiheit zwischen Himmel und Erde, weit kam es nicht. Das sind Sekunden, in glücklichen Fällen Minuten. Und selbst in diesen Sekunden des Schwebens und Tanzens noch dem Gesetz der Schwerkraft unterworfen. Der Lehrer an ihrer Seite meditierte laut über die begrenzten Möglichkeiten der Freiheit in der Natur, nahm dieses Ginkgoblatt als ein Symbolon. Es fiel wenige Schritte neben ihnen zur Erde. Wiepe hob es auf. Es war hart wie trockenes Waschleder. Ein winziger Fächer an einem langen Stiel.

Der Lehrer war zur nächsten Gruppe seiner Schüler geschritten, und Wiepe hatte ihr Klappstühlchen unterm Ginkgobaum aufgestellt. Sie zeichnete auf einen Bogen ihres Zeichenblocks ein einziges großes Blatt, den ausgebogenen Außenrand ein wenig stilisiert.

Am selben Abend noch schrieb sie auf einen ginkgogelben Karton, den sie von ihrem sparsam bemessenen Taschengeld eigens zu diesem Zweck erwarb, heimlich, des Nachts, ein Gedicht. Schrieb es ab aus dem Westöstlichen Diwan. Ich gebe es hier wieder, wenn Sie selbst es jetzt nachschlagen würden, wäre damit zu rechnen, daß Sie bei Goethe weiterlesen möchten. Wer könnte da aufhören! Nur zwei Seiten später: »Lieb um Liebe, Stund um Stunde, Wort um Wort und Blick um Blick; Kuß um Kuß, vom treuesten Munde, Hauch um Hauch und Glück um Glück. So am Abend, so am Morgen.«

Das las sie nicht. Sie war nicht auf Gedichte aus, sie dachte einzig an ihr Ginkgoblatt und schrieb:

Gingo biloba

Dieses Baums Blatt, der von Osten
Meinem Garten anvertraut,
Gibt geheimen Sinn zu kosten,
Wie's den Wissenden erbaut.

Ist es ein *lebendig Wesen,*
Das sich in sich selbst getrennt?
Sind es zwei, die sich erlesen,
Daß man sie als eines *kennt?*

Solche Frage zu erwidern
Fand ich wohl den rechten Sinn;
Fühlst du nicht an meinen Liedern,
Daß ich eins und doppelt bin?

Sie legte ihre ganze Liebe hinein. Vielleicht geriet es deshalb nicht. Gefühle erweisen sich als ungeeignete Werkzeuge, beim Malen wie beim Schreiben. Sie zeichnete ein fallendes Ginkgoblatt in die untere rechte Ecke des Bogens, ihr Blatt, ihres Baums Blatt. Schließlich war sie erst zwanzig. Sie wählte den dünnsten ihrer Haarpinsel, schrieb mit grauer Tusche, Antiqua-Druckschrift, genauer eine Walbaum-Antiqua. Zur nächsten Stunde – da es regnete, ging man nicht in den Botanischen Garten, der nach drei Sturmtagen völlig kahl war, ging statt dessen ins Naturkundemuseum und zeichnete Muscheln – nahm sie das Blatt mit und hielt es ihrem Lehrer zur Beurteilung und als Geschenk hin. Er kritisierte es flüchtig, brachte ein paar leichte Bleistiftkorrekturen an, mit denen er die Anordnung der Strophen änderte. Das Ginkgoblatt, das Symbolon, strich er weg, erkannte es nicht einmal und wandte sich zum nächsten Schüler.

Auf diese Weise blieb ihr das Blatt erhalten. Sie bewahrt es noch heute. Nicht jenes Urblatt, das wäre zerbröselt. Ein Herbarium besitzt sie nicht. Kein Kräutlein Heide von damals, nicht den verwelkten Brautstrauß. Daß es weiße Nelken waren, vom Bräutigam Bertram geschickt, hat sie längst vergessen, kein Zweiglein Myrte von Irgendwo. Aber auch ihr Ginkgoblatt ist mittlerweile vergilbt, sogar ein wenig zerknittert, die Bleistiftstriche kaum noch kenntlich, obwohl sie es nicht oft zur Hand genommen hat. Ihr Gedächtnis bedarf nicht so handfester Anstöße, würde darauf nicht einmal reagieren.

Sie war noch ein letztes Mal in seinem Atelier gewesen, kannte Bertram schon. Sie hatte gesagt: Ich werde heiraten. Und er: Das ist recht, das wird das beste sein, für uns beide. So war das mit Gingo. In Markus fand sie ihn wieder, verändert natürlich, aber doch vom gleichen Stamme. In ihren Erinnerungen taucht er in letzter Zeit häufiger auf. »Daß ich eins und doppelt bin.«

Lebt er? Ist er tot? Wo wäre da für Wiepe ein Unterschied? In ihrer Erinnerung bleibt er ewig jung, nicht Romeo-jung, aber doch jung, sie hat ihn längst überholt.

Sie behandelte ihre Freunde im Diesseits und im Jenseits gleichwertig. Die Erreichbaren wären bis zur Unkenntlichkeit verändert. Wozu das ausprobieren. Im Künstlerlexikon nachschlagen, ob sein Name darin steht?

Sie glaubt vermutlich nicht an eine Auferstehung, aber der Gedanke an die vielen, die im unbekannten Drüben bereits angelangt sind, erleichtert ihr den Gedanken an den Tod.

Am Alter stirbt keiner, sagte Bertram oft, die Ärzte bestehen nun mal darauf, eine Krankheit als Todesursache zu finden, sie wollen die Ursache wissen, sie urkundlich festlegen, und wenn es der lakonische letzte Herzschlag ist. Und was ist die Lebensursache, pflegte Bertram dann zu fragen, was war die Ursache der Zeugung? War das Bier zu stark? Der Mond voll, die Nacht lau, ein Blusenausschnitt zu tief, eine Nachtigall zu laut? Er liebte solche Gespräche, am Rand des Schicklichen balancierend, die Frivolität durch Witz gemildert. Was also war Barbaras Lebensursache? Er ist ihr nicht nachgegangen, hat seine Theorie nicht im eigenen Bett angewandt. Er schied sorgfältig zwischen Theorie und Praxis, war überhaupt gespalten. War ein Ginkgoblatt Barbaras Lebensursache? Ein Grund, Wiepe in Bertrams Arme zu teiben? Bei Jenny lag es anders. Das war ein

Wunschkind. Ein geplantes Kind, wenn man so will, keines der passierten Kinder, wie Jenny das heute ausdrückt. Jenny war vorsätzlich gezeugt. Bertram hatte den biologischen Fahrplan seiner Frau immer im Kopf, notierte ihn in seinem Notizbuch, monierte gelegentliche Unregelmäßigkeiten mit einem: Schon, ist das nicht zu früh? Oder auch: Es ist doch alles in Ordnung, bist du ganz sicher? Wiepe, im Zeichen des Krebses geboren, die Keuschheit also schon im Sternbild, litt unter solchen Feststellungen, wehrte sich aber nie dagegen. »Dann wollen wir mal wieder etwas für unsere Unsterblichkeit tun«, im Falle von Jenny wörtlich genommen und offensichtlich mit Erfolg. Vielleicht aus dieser rationalen Lebensursache heraus ein so praktisch veranlagtes Kind. Daher ihr: was kostet das, ist das umsonst. Ihr Haushaltsbuch. Vielleicht hätte man ihr frühzeitig ein kleines Taschengeld bewilligen müssen. Bertram hatte andere Prinzipien, er war mehr Pädagoge als Psychologe. Die Kinder haben doch alles, pflegte er zu sagen, sie brauchen doch nur darum zu bitten. Dasselbe Prinzip wandte er auch bei Wiepe an: sie brauchte doch nur darum zu bitten. Jede Bluse, jeden Hut hätte sie von ihm haben können, nur ein wenig hätte sie schmeicheln müssen, betteln. Aber sie bat nicht gern um etwas, das hat er nie gemerkt.

Ein Blatt wehte vorbei. Ein gelbes Blatt. Mehr war nicht nötig für solche Erinnerungsschübe.

Die Wasserfälle von Tennessee

Als Wiepe ihr Leben im Genitiv aufgab, als sie sich von einer Minute zur anderen entschloß, nicht eine hauptberufliche Witwe und schon gar nicht die arme Wiepe zu werden, hatte das die Konsequenz, daß sie lange Zeit überhaupt niemand war. Kein »Guten Morgen, Frau Professor« von seiten des Bäckers, keine grüßenden Kollegen, Assistenten, Studenten mehr, keine Drucksachen von Weinhändlern und Süddeutschen Klassenlotterien im Briefkasten. Da hörte vieles auf, woran sie gewöhnt war.

Es war auch nicht gleich eine Wohnung gefunden, nicht einmal eine geeignete Stadt. Nichts war ja im voraus bedacht. Das Auto mußte verkauft werden, es paßte zu Bertram, nicht zu ihr. Sie kaufte einen Karmann Ghia aus zweiter Hand. Nach langem Bedenken, nach mehreren Probefahrten und Rücksprachen mit Autohändlern. Sie hat ihn heute noch, ein veraltetes Modell, aber es paßt zu ihr, tut seine Dienste.

Was sie vor allem brauchte, war eine Tätigkeit. Sie wurde durch Zufall gefunden, durch einen Bluff, eine Unkorrektheit. Wie man das nun nennen will. Sie schrieb auf das Anmeldeformular eines niederbayrischen Hotels in die Rubrik Beruf: Kunsthändlerin. Sie füllte übrigens keine Rubrik korrekt aus, sie hatte in den ersten Monaten nach Bertrams Tod ein fast krankhaftes Bedürfnis nach Unkorrektheiten. Auch beim Autofahren. Bertram, der selbst nicht fuhr, aber jeden Paragraphen der Straßenverkehrsordnung kannte, korrigierte Wiepe ständig: Hier kannst du nicht halten, es ist zwei Minuten nach sieben, das Parkverbot beginnt um neunzehn Uhr. Du fährst jetzt mindestens sechzig! Das Überholverbot ist erst jetzt zu Ende! Er gab ständig Kommentare. Nur wer je ein Auto steuern mußte, mit einem kritisierenden Ehemann zur Seite, weiß, was das für Fahrten gewesen sein müssen. Als Reaktion verständlich, wenn auch nicht zu billigen, wenn sie – plötzlich selbständig – aussteigt, ein Schild mit einem Halteverbot zwei Meter weiter schleppt, um noch einen Parkplatz herauszuschinden. Der Steinfuß war schwer, sie mußte sich plagen. Und das in München! Es half nichts, da mußte bezahlt werden, da wurde gebührenpflichtig verwarnt, da wurde mit ihr geschimpft. Hier stehe ich! sagte der Polizist, weil sie wieder mal wer weiß wohin sah, nur nicht zu ihm auf, wie sich das für einen straffälligen Verkehrsteilnehmer ziemt. Sie war nicht einmal zerknirscht, es war ihre erste Verwarnung, sie genoß es. Zu schweren Delikten kam es überraschenderweise nicht. Sie fährt jetzt oft achtlos. Falls ihr etwas zustößt, wird es fahrlässig sein, gewiß nicht vorsätzlich, eher aus Müdigkeit: es kommt ihr nicht mehr darauf an.

Sie hatte in jener Rubrik des Hotelformulars, wo nach dem Beruf gefragt wurde, wo sie allenfalls Hausfrau, Witwe oder »ohne« hätte schreiben müssen, wenn nicht einen Strich machen, Kunsthändlerin geschrieben. Das lag an der Äußerung des Auktionators, der ihr für eine solche Tätigkeit Talent zugesprochen hatte. Als sie beim Abendessen im Hotelrestaurant saß, fragte der Wirt, ob er einen Moment an ihrem Tisch Platz nehmen dürfe. Er rückte damit heraus, daß er auf dem Boden einen Haufen Gerümpel habe, alten Kram, der Holzwurm sitze drin, Mäuse seien da auch. Er habe vor, den Boden zu Fremdenzimmern auszubauen, habe zu wenig Zimmer, das sei nicht rentabel, und jetzt suchten die Leute ja wieder alten Kram. Ob sie sich das am nächsten Morgen mal unverbindlich ansehen wolle.

Sie bestand die Probe so schlecht nicht. Das Stöbern machte ihr Vergnügen. Keine Scheu vor Spinnen, Staub und Mäusen, das imponierte dem Wirt. Keine unnötigen Worte, das gefiel ihm auch. Sie erwarb für wenig Geld einige Gegenstände. Keine Betstühle, keine Beichtschemel, keine Madonnen. Profane Sachen, eine einzige gemalte Gipsmadonna war darunter, die so häßlich war, daß sie Wiepe vor Schrecken aus der Hand fiel und zerschlug. So spontan reagierte sie oft, wenn sie Häßliches sah. Alles ramponiert, aber vieles reparierbar. Sie rief ein Antiquariat in München an, vermittelte ein paar größere Stücke, führte sich dort gut ein und hier gut aus und bezog ihre erste Provision.

Das war der Anfang. Im Kunsthandel landen mehr Witwen, als man ahnt, besonders Arztwitwen, die statt der schönen Pension ein mehr oder weniger großes Anfangskapital haben. Der nächste Schritt war, daß sie einige Monate bei einem Restaurator arbeitete; unentgeltlich. Gegen Bezahlung hätte er einen so alten Lehrling nicht genommen. Sie erwarb sogar einige Bücher und studierte Möbel und Gerätschaften in den Stilkunden.

Der Blick für Qualität, der ihr angeboren war. Sie sah, ob ein Stück gut gearbeitet war, handwerklich sauber, gute Proportionen und dem Zweck entsprechend, für den es hergestellt war. Sie lernte zu drechseln, zu leimen, zu lackieren. Alles, was im Antiquitätengeschäft anfällt. An wertvolle Stücke ließ man sie nicht heran, kam sie auch später nicht heran.

Den gleichen sicheren Blick, den sie für das Handwerk hatte, besaß sie für die darstellende Kunst. Markus hat sie einmal mit den Worten vorgestellt: Dies ist Gudula Bertram, eine Künstlerin, was sage ich: ein künstlerischer Mensch! Das war richtig, wenn auch zu pathetisch ausgedrückt. Sie hatte kein Talent und kein Bedürfnis, etwas ganz und gar Neues herzustellen, aus dem Nichts etwas zu schaffen. Dafür um so mehr Talent, etwas Vorhandenes zu verbessern und zu verschönern. Eine durchaus sekundäre Begabung also, die soviel weniger Anstoß erregt, die ihrer Bescheidenheit entsprach, die ihr Freundschaft und Wohlwollen von Malern, Bildhauern und Galeriebesitzern sicherte.

Sie verjüngte sich bei diesem Neubeginn. Was für ein Klimakterium für eine Frau! Eher noch eine Metamorphose. Sie entpuppte sich. Neue Gedanken, eine neue Umwelt. Kein Wunder, daß das sichtbar wurde. Ihre Haut straffte sich, die Falten an Mund- und Augenwinkeln, die bereits Resignation, Müdigkeit und strapazierte Geduld verrieten, hoben sich wieder. Jetzt wurde nicht Geduld mehr verlangt, keine Anpassungsfähigkeit mehr, jetzt brauchte sie Kräfte, die bis dahin brachgelegen hatten: Energie und Charme.

Kurze Haare. Das allein schon ändert die Haltung des Kopfes, er sitzt beweglicher, wenn man das Haar nur zu schütteln braucht, mit fünf Fingern hindurchzufahren. Sie überläßt da nicht alles der Natur, ein kunstvoller Haarschnitt kommt hinzu. Sie trägt Hosen, ein ganz und gar neuer Gang. Auf den Treppen legt sie wieder einen Hupfer ein, unnötig und unwissentlich. Wiepe, das paßt wieder. Der Wiepstert wird noch einmal sichtbar.

In ihrem früheren Leben war sie durchaus imstande, eine Steuererklärung in einwandfreiem Zustand abzugeben. In ihrem neuen Leben läßt sie sich ein einfaches Überweisungsformular ausfüllen. Sie steht ratlos mit dem Stift in der Hand vor dem Bankschalter, holt ihr Vergrößerungsglas aus der Tasche und studiert das Formular so lange, bis ein Angestellter es ihr abnimmt und ausfüllt. Früher hat sie ohne zu zögern Steckdosen repariert, Lampen installiert, jetzt ist sie außerstande, bei einem Kurzschluß den Hebel an der Schalttafel wieder anzuheben. Sie bittet den Nachbarn. Sie hat die Hilflosigkeit für sich entdeckt. Sie hat früher Reifen eigenhändig ausgewechselt; Bertram hatte ihr die Anweisungen vorgelesen und seine Kommentare dazu gegeben, vor allem, wie sie diesen Nagel hätte umfahren müssen, damit der Reifenschaden nicht erst eingetreten wäre. Hand anlegen konnte er nicht, seines Herzens wegen. Sie war sogar in der Lage, Zündkerzen auszuwechseln, ohne Anweisung, wenn Bertram nicht zugegen war. Heute steht sie bewundernd neben dem Mechaniker ihrer Werkstatt, sieht aus ihren runden Eulenaugen zu ihm auf und fragt, was könnte das wohl sein, und hört scheinbar andächtig zu, wenn er ihr den Öldruckmesser zum fünftenmal erklärt. Kein Trinkgeld, das würde ihn kränken, sie zahlt mit Bewunderung und Lob.

Nach Meinung ihrer Freunde, wirklich nah steht ihr keiner, ist sie arm, wohlhabend, hilflos, geizig, gerissen, anspruchslos und extravagant. Die Ansichten variieren. Sie besucht unregelmäßig, sie tut nichts mehr regelmäßig, Auktionen, sogar die jährlichen Versteigerungen des Fundbüros, sie mag diese Atmosphäre, liebt ja auch Häfen, Bazare. Sie geht zu den Trödlern. Seltener in die Antiquariate. Die Antiquare kommen zu ihr.

Wie ein Spürhund, ein Wünschelrutengänger geht sie zu Werke, mit Nase und Händen mehr bei der Sache als mit den Augen. Zwischen vergammeltem Trödelkram findet sie alte Spiegel, Thonetsche Stühle, aus schönen, über Wasserdampf gerundeten Hölzern. Eine Kostbarkeit für den Kenner. Sie erneuert das Flechtwerk, streicht und lackiert die Holzrahmen. Der Thonetsche Schaukelstuhl, der in ihrem Zimmer steht, stammt vom schneeweißen Gustav.

Im Winter, wenn es in ihrer Werkstatt zu kalt ist, koloriert sie vergilbte Stiche, die sie aus alten Kalendern löst und rahmt. Tut, was ihr Freude macht, arbeitet eben so lange, daß sie sich tätig und nützlich fühlt. Noch heute macht sie einen Unterschied zwischen Bertrams Geld und dem selbstverdienten. Sie ist zäh im Verhandeln. Zeigt ungern mehr als ein Stück auf einmal, läßt keinen in ihre Dachkammern, wo hölzerne Futtertröge, Viehtränken, Kinderwiegen und Spinnräder herumstehen, von Spinnweben eingehüllt, ein Dorado für den Holzwurm. Sie findet immer Fuhrleute, die ihr das »Gerümpel« bringen und in den fünften Stock schleppen. Sie feilscht um den Preis mit den Antiquaren, mag sich nun doch nicht trennen, gerade dieses Stück ist ihr lieb, es hat seine Geschichte. Eine tragische Geschichte. Sie, die sonst so schweigsam ist, erzählt nun Schauergeschichten, die sich an eine Wiege auf hölzernen Kufen knüpfen, holt sie aus der Tiefe ihres Gedächtnisses, vermutlich einer von Bertrams »Fällen«, aus seiner Kladde, die sie noch immer besitzt. Die Wiege ist hübsch, die Geschichte ist gut, was tut es, daß sie nichts miteinander zu tun haben? Der Antiquar erhöht das Angebot, trinkt sein Gläschen Hagebuttenwein.

Man muß sich interessant machen, man muß Marotten haben, das weiß sie längst, und das fällt ihr leicht. Sie zieht den verkleckssten Malkittel an, wenn Besucher kommen, hockt sich auf den Boden, holt aus den Taschen Nüsse und Dörrobst und knabbert wie ein Marder, wie ein Eichhörnchen. Allgemein ist man der Ansicht, daß sie eine Vegetarierin ist, vermutlich aus Überzeugung. Dabei ißt sie liebend gern frisch geschabtes Fleisch, kräftig mit Zwiebeln und Pfeffer gewürzt, trinkt Sekt dazu, ißt Knoblauch. Niemand, den das störte, wenn sie nach Knoblauch und Zwiebeln richt, wenn sie um drei Uhr nachts Fleisch brät.

Man lädt sie ihrer Originalität wegen zu Vernissagen ein. Als Käufer kommt sie nicht in Betracht. Kein Bild an ihren Wänden, wohl aber alte Seefahrerkarten, Sternkarten.

Wenn sie, das Sektglas in der einen Hand, einige Nüsse in der anderen Hand, niemals mit einem Katalog ausgerüstet, vor einem Bild stehenbleibt und sich an irgendwen Beliebigen wendet und nachdenklich sagt: Ein Stubenmaler, nicht wahr? Dann spricht sich das herum, dann wird gerätselt. Soll das heißen, daß dieser Maler nicht im Freien malt, daß er ein Stubenhocker ist, etwas bläßlich, kränklich? Stilleben malt, abstrahiert, das versteht sich. Das hängt ihm dann an: ein Stubenmaler. Wie eine Sibylle geht sie durch die Galerie, mit einer Nuß zwischen Zeigefinger und Daumen, wirkungsvoller noch mit einer Salzstange, zeigt sie auf ein Bild und sagt nichts als »ah!« oder »schön!« oder »wie blau!«. Sie kennt keine der einschlägigen Vokabeln, sagt niemals informell oder pasteuse Farbgebung, beweist jedoch manches Mal ihren untrüglichen Instinkt. Die Galeriebesitzer wissen das, fragen sie wohl auch einmal nach ihrer Meinung, ohne sie für maßgeblich zu halten. Journalisten bleiben während der Ausstellungseröffnung gern in ihrer Nähe, in Erwartung einer witzigen Bemerkung, einer Pointe für ihren Bericht. Läse sie regelmäßig die Zeitung, fände sie jetzt manchmal ihren Namen genannt. Man fragt: Wer ist diese Wiepe Bertram?

Sie hat Phantasie und sie hat ein aktives Gedächtnis. Sie ist nicht auf den Augenblick angewiesen, auf Gegenwart, bezieht die Vergangenheit immer ein. Sie ist jederzeit in der Lage, sich nicht nur fortzuwünschen, sondern sich auch fortzubegeben.

Sie steht unter der Dusche, hat unvermutet den rechten Hahn, den für das kalte Wasser, aufgedreht.

Der volle, eiskalte Strahl trifft sie ins Gesicht, und schon sind die Wasserfälle Tennessees da. Nicht etwa nur schwarzweiß! Ihr Gedächtnis speichert farbige Bilder, spult ganze Farbfilme ab, wird eher durch einen Geruch, ein Geräusch, einen Geschmack angeregt als durch ein Wort. Sie ist nahezu immun geworden gegen Worte. Sie war zu lange dem wortreichen Bertram ausgesetzt. Ihr Ohr ist taub für Worte. Jedoch: ein Wasserstrahl, und sie befindet sich wieder in der grünen Wildnis Tennessees, umbraust von den Wassern, die über Felswände in einen runden Kessel stürzen.

Warum denn reisen? Warum noch einmal dorthin? Zur Kontrolle, ob der zweite Eindruck den ersten bestätigt? Zur Vervollständigung ein weiterer Wasserfall, mit einem anderen Namen, ein wenig höher oder breiter, auch tiefer, die Wasser blauer, wärmer, kälter. Ihr Wasserfall verdient keine Superlative, wohl aber ein besitzanzeigendes Fürwort. Er war türkisgrün. Und woher ein zweites Mal die Knaben nehmen? Fünfzehnjährige *boys* aus Oak Ridge nahe den Smoky Mountains im Staate Tennessee, die in dem grünen Wasser schwimmen und schreien, laut schreien müssen, weil die stürzenden Wasser lauter sind als ihre brüchigen Stimmen. Sie jagen sich von Fels zu Fels, springen kopfüber in die Tiefe, verschwinden im gurgelnden Wasser, tauchen schreiend auf, schwimmen unter dem Wasservorhang hindurch, rennen plötzlich und unvermutet zum Auto, zu siebt in ein einziges Auto, das auf dem Waldweg geparkt ist. In nassen Badehosen, das Handtuch um die Schultern, sie schreien noch immer, rufen *hello!* und *hi!* und sind dann fort.

Die Wildnis schließt sich wieder. Wiepe steigt den Felsen hinunter, eine Treppe ist eingehauen. Sie schwimmt im blauen, grüner und grüner werdenden Wasser, das kühl ist, hält mit geschlossenen Augen ihr Gesicht unter die fallenden, sprühenden Wasser, findet einen Platz, auf dem sie sitzen kann, der Wasservorhang trennt sie von allem, hinter ihr der Fels und vor ihr der weiße Wasserfall. Kein Fisch, kein Vogel, nur Felsen und Wasser, und rundum, dicht gedrängt, Stamm an Stamm Eichen, Zedern, Ahorn, umsponnen von Teufelszwirn und wildem, duftendem Geißblatt und dem großblättrigen Hopfen, undurchdringlich. Die Bäume werfen dürres Holz in das breite steinige Bachbett.

Wasserfälle in Tennessee. Kein Niagarafall! Dort war sie nicht, aber in Buffalo war sie. »Eine halbe Stunde bis Buffalo«, und die *falls* hat sie nicht gesehen. Nur diesen einen, namenlosen Wasserfall, der auf ihrer Autokarte nicht einmal eingezeichnet ist. Sie würde ihn nicht wiederfinden können, vielleicht war der Waldweg zugewachsen, und die *boys* aus Oak Ridge waren in Vietnam.

Keine vorsätzlichen Erinnerungen. Sie geht nicht hin und dreht einen Wasserhahn auf und sagt: Tennessee. Es ist kein Automat, willkürlich benutzbar.

Der Anstoß muß unvermutet kommen, überraschend wie ein Schreck.

Ein anderes Stück Wüste? Genügt die *Painted Desert* nicht? Diese leuchtende Steinwüste in Arizona? Diese verwischte Palette in Blau und Rot.

Ein weiteres Meer? Andere Küsten? Sie hat über den Pazifik geblickt, war am Tyrrhenischen Meer. Adria. Reicht das immer noch nicht? Und Kap Sunion? Wie ist das zu werten? Andere Häfen? Sie kennt Marseille. Kennt Neapel, sogar Piräus. Was denn nun noch? Ein deutliches Bild durch ein nächstes verwischen?

Sie ist klüger, als sie weiß.

Neue Menschen? Die mit anderen Worten andere Sätze sagen? Dasselbe in einer fremden Sprache?

Sie ist in den Reisebüros bekannt. Sie erwirbt nahezu wöchentlich Prospekte, wahllos, nach dem Buchstaben. Geben Sie mir was mit P, sagt sie und zahlt bereitwillig die Schutzgebühr für die Prospekte, die eigens für solche Kunden erhoben wird. Sie sitzt auf ihrem Dachgarten und betrachtet Pompeji, Pyrmont, Portugal. Erkennt unterm tintenblauen Himmel den Cerestempel in Paestum kaum wieder, ein Weitwinkelobjektiv hat ihn in die Klemme genommen, daß nur ja die Pinien das nötige Grün zum Gold der Säulen und zum Himmelblau geben.

Wäre sie nicht schon längst davon überzeugt gewesen, daß die Welt sich überall ähnlich sieht – *tutto il mondo è paese!* –, die Durchsicht von zehn Prospekten könnte sie davon überzeugen. Mal ist der See ein Meer oder ein Fluß, mal hat das Hotel ein Giebeldach, und mal ist es flach, aber immer Palmen, und sei es in Kübeln im Foyer.

Geht sie dann doch auf Reisen, weil das ja ansteckt, dieses Rumoren im Haus, wenn die Koffer von den Schränken genommen und morgens um drei Uhr auf die Autos geschnallt werden und wenn dann die Ansichtskarten eintreffen, das wirkt wie ein Virus auch auf Wiepe, dann gibt sie noch einmal den Lilien Wasser, vertraut sie dem Himmel an, der auch für Lilien auf Dachgärten zuständig ist. Sie sagt nicht etwa, die Feuerlilie steht in Knospen, ich kann jetzt nicht fort, sie gibt das Auto zur Inspektion, geht zur Bank und läßt sich über ihre finanziellen Möglichkeiten orientieren, erwirbt Reiseschecks, packt einen mäßig großen Koffer und fährt los.

Fährt in zwölf Kilometer Entfernung an Reims vorbei. Da gibt es Leute, die schaudert es bei dem Gedanken: fährt wissentlich an Reims vorbei, der schönsten unter den gotischen Kathedralen Frankreichs.

Sie hat Chartres gesehen, das genügt. Jede weitere Kathedrale würde den Eindruck dieser einen schädigen. Ihr Gedächtnis würde vielleicht ein Portal aus Reims, womöglich das kleine von der Nordseite, an die Südfassade von Chartres verfrachten. Die Verwirrung in Reims ist ohnehin groß genug. Sie würde vielleicht den Turmstümpfen von Reims eine spitze Chartreser Turmhaube aufstülpen, Gewandfiguren austauschen, Fensterrosen verwechseln. Sie läßt Reims unbehelligt, fährt vorbei, das allerdings in vollem Bewußtsein: sie fährt jetzt an Reims vorbei.

Sie kennt nur ein Bild von Rembrandt. Jakobs Segen. Sie hat so lange davorgestanden, bis der Museumswärter sie gefragt hat: Sie wollen wohl was vom Segen abkriegen, junge Frau?

Sie ist in die Vogesen gereist, nur um in Ronchamp die Kirche von Le Corbusier zu sehen. Und war nicht in Straßburg. Hat nicht auf der Plattform des Münsters gestanden, den Herrn der Welt nicht gesehen und keine törichte und keine kluge Jungfrau. War nicht in Colmar, hat niemals ein Bild von Matthias Grünewald gesehen, aber: Ronchamp, und weiß seitdem, warum man von einem Kirchenschiff spricht. Schiffsleib und Festung und Arche. Jederzeit kann sie nach Ronchamp zurückkehren, ohne aus ihrem Schaukelstuhl aufstehen zu müssen.

Als sie in Rom war, auf der Rückreise von Paestum, war sie jeden Nachmittag zur Villa des Hadrian gefahren. Wer die Strecke kennt, weiß, was sie da auf sich nahm. Sie kam im Abendverkehr zurück, zwischen sieben und acht, *rush hour* in Roma. Kein Blick auf das Colosseum. Die Treppen des capitolinischen Hügels nie erstiegen. Was gingen sie die Thermen des Diokletian an! Sie fuhr die Straße nach Tivoli, kam aber nie bis zur Villa d'Este, bog am Fuß der Sabiner Berge rechts ab zu den Gärten des Hadrian. Auch dort gab es Thermen, da gab es alles und dazu noch Ölbäume und Zypressen und Lorbeergesträuch, in dem die Grillen zirpten. Sie setzte sich auf einen Säulenstumpf und starrte in die Ferne, hinter den Horizont, bis ans Ende des Hadrianischen Reiches.

Jeden Tag war sie vier und fünf Stunden dort. Jeder leidlich normale Tourist macht das in einer Stunde ab. In den ersten beiden Tagen war Schirokko, aber dann über Nacht drehte der Wind, der *ponentino* wehte, brachte Frische mit, Seeluft, Barbara verkündete es morgens, als sie der Mutter das Tablett mit dem Frühstück brachte: *ponentino*. Heute kannst du etwas unternehmen!

Wiepe verließ Rom in Richtung Tivoli. Sie machte nicht einmal den Versuch, an Hand der Rekonstruktion, die in der Eingangshalle aufgestellt war, die ursprüngliche Palastanlage zu studieren. Glanz und Glorie Hadrians. Sie erwarb keinen Führer Roms, der Stadtplan genügte ihr, ihr genügte, was sie sah, sie wollte nicht hingewiesen werden. Sie ahnte nicht einmal, daß sie sich in der ersten Weltausstellung der Architektur befand, in deren Ruinen zumindest, wußte nicht, daß der unheilbar erkrankte Kaiser Hadrian sich vor den Toren seiner Stadt seine Reiseerinnerungen bauen ließ: Assyrisches, Ägyptisches, Griechisches. Er verließ sich nicht auf sein Gedächtnis. Er besuchte ein griechisches Theater innerhalb der eigenen Palastmauern. Was kümmerte das Wiepe! Sie hockte auf ihrer gestürzten Säule am Rand des großen Beckens, sah den Schatten auf dem Wasserspiegel zu, den Säulenstämmen und den Pinienstämmen, die sich mit der Sonne neigten. Saß oft in dem kleinen *teatro maritime.* Dort blieb kein Besucher lange. Da war sie ungestört, hinter den abschirmenden Ziegelmauern fand sie Schatten, dort, wohin Hadrian sich zum Denken, Schreiben, Lesen zurückzog, die Zugbrücke hinter sich hochgezogen.

Touristengruppen durchschwärmten die Gärten, zerstreuten sich, sammelten sich am Eingang, die Hupe des Omnibusses rief sie wieder zusammen, die letzten im Laufschritt; Wiepe fotografierte sie auf Wunsch in Gruppen und einzeln vor dem gelagerten Flußgott Nil, Apollo in der Nähe und die zierlichen Säulen im Wasserspiegel verdoppelt. Man schien sie für eine Aufsichtsperson zu halten, fragte sie in sämtlichen Sprachen, hastig, auf alle Vollständigkeit bedacht, deutlich sichtbar die Enttäuschung im Gesicht tragend: Das ist alles? Nur Ruinen? Wo sind denn die tausend Statuen? Wo? Sie schickt sie irgendwohin, meist bis ans andere Ende der Gärten, zu der wuchtigen Mauer, die das Palastgelände abgrenzt, auf einen Hügel, von dem der Blick über die Ölbäume, über die ausgedörrte steinige Erde hin zu den Sabiner Bergen geht.

Dann wieder eine halbe Stunde Stille. Niemand außer den Grillen, sie starrt ins reglose Wasser, das dann und wann von einem Vogelschlag erzittert. Dann zittern auch die Säulen im Wasser. Acht Tage treibt sie das so. Dann hat sie die Trennung von Markus überwunden, das, was daran akut war. Den Rest übernimmt ihr Gedächtnis. Es ist alles nur halb so schlimm. Es geht vorüber. *I am lonely*.

Nur einmal ist sie mit einem deutschen Touristen ins Gespräch gekommen, er hat gefragt, ob sie die Aldobrandinische Hochzeit kenne. Ein Fresko aus einer der Villen der Umgebung, jetzt im Museum des Vatikans; daran erinnern Sie mich! Wiepe lehnte gerade wieder an einer geborstenen Säule. Abends fragte Barbara: Wo warst du heute? Bist du wenigstens noch die paar Kilometer bis nach Tivoli gefahren, zur Villa d'Este, ich denke, du magst Wasserspiele. Sie sind kitschig, aber schön kitschig. Natürlich nicht! Du wirst abfahren und hast nichts von Rom gesehen. Du kannst nicht erwarten, daß ich dich überall herumführe, ich habe zu tun! Wiepe erwartete das nicht und übersah, so gut es ging, das Tun ihrer Tochter Barbara, das in diesem August mit einem jungen Mann namens Enrico zu tun hatte, der durchs Treppenhaus pfiff, an die Mütze tippte, wenn er Wiepe im Fahrstuhl begegnete.

Barbara. Bébé, wie sie sich seit langem nennen

läßt. Ihr Planet ist der Jupiter, der zu den Glückssternen zählt. Eine Schützin. Jupiter, der Krankheiten und Katastrophen zu überstehen hilft. Er beherrscht die Leber des Menschen und erhält ihn fröhlich.

Wiepe traut, was ihre Tochter Bébé angeht, mehr den Sternen als dem Augenschein. Bébé ist nicht gesund, und sie wirkt nicht fröhlich. Sie raucht zuviel, trinkt zuviel, diese giftiggrünen, scharlachroten Absinthe. Von allem zuviel. Sie ist ohne Maß, ist unrastig. Kaum Ende Dreißig und schon zwei schwere Anfälle von Gelbsucht, die Leber zersetzt, da scheint Gott Jupiter zu wüten. Zu niedriger Blutdruck, müde und erregt zugleich, die Schilddrüse im angeschwollenen, weißhäutigen Hals sichtbar in Tätigkeit. Aber auch Saturn, ein Erfolgszeichen am Himmel. »Wenn die Begierden des Fleisches abnehmen, wird ihr Geist noch brennendes Verlangen nach gesellschaftlichen und intellektuellen Erfolgen haben.« Das blaue Feuer im Herzen der Flamme. So steht es in Wiepes astrologischen Jahrbüchern. Noch handelt es sich um die Begierden des Fleisches. Gegenstand der Begierde war ein junger Taxifahrer, der seinen Stand am unteren Ende der Via Veneto hatte, gleich bei der Piazza Barberini, fünf Gehminuten von Barbaras Wohnung entfernt.

Wiepe hatte sich mit keinem Wort dazu geäußert. Sie hielt sich nicht für zuständig, aber sie muß wohl doch verwundert die Augenbrauen noch höher gezogen haben, als er ihr im Flur begegnete: mit nacktem

Oberkörper, die Hose auf den Hüften, das Hemd über die Schulter geworfen. Er kam aus dem Badezimmer. Einer wußte nichts von der Anwesenheit des anderen, Wiepe hätte ein Zusammentreffen sonst wohl vermieden. Eine ungewöhnliche Stunde nach Wiepes Begriffen, vor elf Uhr morgens! Sie zog sich in ihr Zimmer zurück, und er rief: *Salve, mamma! Salve!* und schwenkte sein Hemd. Er war gut gewachsen, gewiß kein unerfreulicher Anblick morgens um elf. Er hatte den kräftigen niedrigen Haaransatz, den viele junge Römer haben, besonders die blonden. Der kleine Kopf auf dem starken Hals, die gewölbten Schultern. Wiepe war für junge Männerschönheit nicht unempfänglich. Als er fort war – die Wohnungstür fiel krachend hinter ihm zu, er pfiff, was er immer pfiff: *ricordare Marcellino* –, kam Barbara ins Zimmer der Mutter, eine Zigarette in der einen, das Absinthglas in der anderen Hand, einen ihrer durchsichtigen Morgenmäntel umgeworfen. Ich habe meine, du hast deine Affären! Sie sah die Mutter abwartend an, und die sagte nichts. Über Affären hatte sie ihr Lebtag nicht geredet.

Er gefällt mir! Hast du gesehen, wie vital er ist? Er kann ein paar Worte Deutsch, eben soviel, wie er bei den deutschen Damen gelernt hat, was die ihm an einschlägigem Vokabular beigebracht haben, als Gegenleistung. Er denkt, ich verstehe sein Italienisch nicht, er kommt aus den Abruzzen, ein Bauernjunge, der nichts kann außer Auto fahren und einen Motor auseinandernehmen und das andere. Du machst Liebe gern, sagt er anerkennend. Und ich mache Liebe gern! Wir machen uns nichts vor. Keine Gefühle. Eine martialische Liebe, wie sie das hier nennen. Barbara lachte, ohne zu lachen. Ein Mann, der nach Mann riecht und nicht nach Rasierwasser. *For Men Only*, ich kann's nicht mehr riechen! Wie sie aussehen, wenn sie ihre Maßanzüge nicht anhaben! Manchmal in seinem Auto, wenn es schnell gehen muß. Manchmal *à la campagne!* Er hat nicht oft Zeit, aber er hat oft Lust. Er muß Geld verdienen, für seine Familie, für die kleinen Geschwister, der Vater war Partisan, vielleicht schreibe ich mal was über ihn. Er ist gefallen, am Monte Cassino, ich bin mal mit ihm dagewesen. Er stellt den Taxameter an, wenn wir rausfahren. Er ist nicht mal billig. Zu deinen adrianischen Gärten wär's zu teuer für mich. Hierher kommt er nicht gern. Umfange mich! sagt er. Hörst du den Unterschied? Bist du überhaupt empfänglich für solche sprachlichen Nuancen? Umarmen! In wieviel Sprachen kenne ich das! Er macht nicht viel Worte drum. Du machst Liebe gern und basta und zurück ins Auto und gehupt, damit ich mich beeile. Du bist schön, Bébé, schöne Bébélina, er vergißt das nie zu sagen, für einen Italiener gehört das dazu.

Bin ich das? Sie blieb vor dem Spiegel stehen, öffnete den Mantel, stand nackt da, daß die Mutter in den Spiegel blicken mußte, und im Spiegel sahen sie sich an. Barbara raffte den Mantel zusammen. Hätte ich heiraten sollen? Beizeiten? Jetzt bin ich verdorben. Ich halte es bei keinem mehr aus. Kennst du das: »Der nächste, der mich nimmt, muß mich behalten.« Steht irgendwo bei Brecht, aber du liest ja nicht. Sie langweilen mich alle. Ist Jenny besser dran? Kinder? Du bist doch genauso allein?

Scusi, sagte sie dann, schob das feuchte Haar aus der Stirn, es ist satanisch heiß, aber das Wetter ändert sich, der Wind dreht, morgen wird es besser. Ich werde schreiben, das ist immer noch besser als leben. Da hat man wenigstens noch die Wahl, da sucht man sich's aus. Es ist idiotisch, im August in Rom zu bleiben. Die Freunde sind fort, und die Stadt ist trotzdem überfüllt. Ich hätte in die Berge fahren sollen. Wollen wir morgen ein Stück in die Albaner Berge fahren, wir können deinen Wagen nehmen, wenn du mit mir nicht fahren willst. Meinetwegen nicht, sagte Wiepe.

Du fährst zur Villa Adriana! Warst du wenigstens mal im Colosseum? Ich kenne die Arena in Arles, sagte Wiepe. *Mamma mia!* Du hast ein bescheidenes Gemüt. Damit endete das Gespräch über die Affären.

Barbara besitzt keine Phantasie, sie muß mit dem auskommen, was sie selbst gesehen, gehört oder auch gelesen hat, ist immer unterwegs, mit dem Körper oder mit dem Geist, kennt keine Pausen, läßt nichts aus. Bébé provoziert ständig, auch ihre Mutter, die solche Attacken, die ebenso rasch vorüber waren, wie sie kamen, natürlich nicht parieren konnte. Abends, wenn sie in ein Restaurant zum Essen gingen, war Bébé großzügig bis zur Unvernunft, spendierte Scampi und Langusten und den besten Wein aus Frascati, mußte Schäden wiedergutmachen, die sie mit Worten angerichtet hatte, immer aggressiv. Manchmal kam es während der Mahlzeiten dann doch zu Gesprächen, in denen Wiepe das eine oder andere sagte. Sie hatten sich seit dem Tod des Vaters nicht gesehen. Du bist verändert, sagte Bébé, ich habe Mühe, dich noch zu erkennen. Mütter sollten sich nicht ändern! Dazu lachte sie, schenkte der Mutter ein. Ich habe mich nicht geändert, seit ich drei Jahre alt bin.

Wiepe nickte, es stimmt. Vater sagte immer, dein erstes Wort sei »raus« gewesen. Du bist unzufrieden. Womit eigentlich? Mit der Welt? Mit dir?

Unzufriedenheit als Prinzip. Aus der Zufriedenheit kommt doch nichts!

Also bist du einverstanden mit deiner Unzufriedenheit? Sonst würdest du etwas dagegen tun.

Du bist ein Goldstück, *mamma!* Sie hatte sich das italienische *mamma* angewöhnt. Es kann nicht jeder aus seiner Haut wie du. Dazu deine Geduld! Dein guter Wille. Davon hast du mir nichts vererbt, die hast du samt und sonders für dich behalten. Du bist schuld!

Am letzten Tag fuhr Wiepe dann zum Vatikan, parkte auf dem Petersplatz, sah sich sogar die Springbrunnen an und ging ins Vatikanische Museum, ohne Katalog, nur auf ihren Spürsinn angewiesen, geriet im Sog der Touristen in die Sixtinische Kapelle, blickte kaum hoch, fand schließlich das Kabinett mit den römischen Wandbildern und darunter das der Aldobrandinischen Hochzeit. Sie betrachtete es lange, ohne den Inhalt deuten zu können, und kehrte um, überquerte den Petersplatz und ging nicht ins Innere von San Pietro. Hatte nicht einmal die Pietà des Michelangelo gesehen, nicht den Papst.

Ihr Rom, das waren die Gärten und Palastruinen des Kaisers Hadrian, war das Wandbild der Aldobrandinischen Hochzeit, das Surren der Ventilatoren in Barbaras Wohnung, das Dämmerlicht hinter den halbgeschlossenen Jalousien, der Blick aus dem Fenster über den Tiber nach Trastevere, das war Enrico, der durchs Treppenhaus pfiff, der halbnackt aus dem Badezimmer kam, Schweißperlen, die ihm den Hals hinunterliefen und sich im krausen blonden Brusthaar fingen. *Salve, mamma! Salve!*

Necrophorus Germanicus

Der August geht zu Ende. Die Zeit der Leoniden ist wieder einmal vorüber. Am Himmel herrscht Ruhe.

Wiepes Befinden hat sich verschlechtert. Die Krebskachexie hat begonnen. Sie wird einen Arzt aufsuchen müssen, der bereit ist, die Beschwerden zu lindern, aber an das Grundübel nicht zu rühren. Den Bankert.

Was jetzt nicht getan ist, bleibt ungetan. Sie hat sechzig Jahre Zeit gehabt. Sie ist vernünftig. Ihre Anpassungsfähigkeit kommt ihr noch einmal zu Hilfe. Warnungen genug hat sie erhalten, es trifft sie nicht unvorbereitet. Sie kann nicht in die Arme eines anderen fliehen und sagen: Mich friert, wärm mich. Sie hüllt sich in einen ihrer Schals und wartet.

Was sie jetzt tut, tut sie zum letztenmal. Sie braucht keine Ablenkungen mehr. Sie geht nicht mehr in die Nachtvorstellungen der Kinos, den neuen James-Bond-Film wird sie nicht mehr sehen. Sie hebt den Hörer nicht ab, wenn das Telefon läutet, öffnet die Briefe nicht mehr, spinnt sich ein ins Netz der Erinnerungen, zehrt davon, auch von den Enttäuschungen, auch von dem, was sie nicht gehabt hat. Sie stellt kein zweites Mal einen Katalog ihrer Wünsche auf. Sie müßten unerfüllt bleiben. Sie hat gehabt, was sie wollte, bis hin zu den Goldkäferschuhen, die auch auf jener Liste standen. Sie hatte solche Schuhe noch nie gesehen, nur das Wort gefiel ihr: Goldkäferschuhe. In Lyon hat sie ein Paar entdeckt, zufällig in einem Schaufenster, eine winzige Ausfertigung, zu klein selbst für sie, allenfalls fünfunddreißig, aber schillernd, grünlich. Sie hat sie nie getragen, sie sind hochhackig, sie stehen noch in ihrer Lyoner Schachtel. Ein unbrauchbarer Wunsch, aber auch er erfüllt.

Sie geht zu den Spinnen, den Käfern, den Holzwürmern in die Dachkammer. Ein bebildertes Lehrbuch über Käfer, auf den Knien hockt sie da und sieht dem Vernichtungszweck zu, hört das Pochen im Holz, das Schaben der Larven. Pochkäfer. Totenuhr. Sie studiert die Namen. Aus den Bohrlöchern in den Wiegen und Spinnrädern rieselt das mulmige Holzmehl.

Ihre Beobachtungsstation ist armselig wie die des Vaters. Keine *Scarabeiden*, nicht das kleinste Marienkäferchen, kein Hirschkäfer, dessen Larve lang und dick wie ein Männerfinger sein soll. Aber doch wenigstens zwei Kakerlaken; sie sind aus dem alten Backtrog gekrochen, den sie vor Monaten entdeckt und erworben hat. Sie verbreiten einen üblen Geruch, der sie nicht kümmert. Ein weiterer Käfer, der sie mehr interessiert als die Kakerlaken, die Spinnen und Holzwürmer, mit einem Schnürleib, tiefschwarz, fast vier Zentimeter lang, ein Einzelgänger, *Necrophorus Germanicus*, sie findet sein Abbild in ihrem

Buch, studiert seine Käferaugen, Glotzaugen im Facettenschliff, seine Gangart, ein Sechsfüßer wie alle Käfer. Linkes Vorder- und Hinterbein und rechtes Mittelbein voran, dann die rechten Vorder- und Hinterbeine zusammen mit dem linken Mittelbein. Immer gleichzeitig auf drei Beinen, ausbalanciert, standfest bei den gewagtesten Gängen. Kopfüber an einem Balken entlang, die Steigeisen fest ums Holz gelegt, sie bleibt ihm auf der Spur. Kein zweiter Käfer dieser Art, keine Möglichkeit, die Fortpflanzung zu studieren, das Familienleben, die Aufzucht. Ihre Zeit reicht zur Beobachtung eines Käferlebens nicht mehr aus.

Je länger ein Larvenleben, desto kürzer die Käferzeit, liest sie. Jahre unter der Erde, drei oder auch fünf Jahre in Mulm und Laub, dann die Verpuppung und endlich ein gerüsteter Käfer: für ein paar Wochen. Der Panzer gleichzeitig das Skelett, das ihn trägt, aus Chitin, leicht wie Kunststoff, leicht genug für einen kurzen schwerfälligen Flug, wasser- und lichtundurchlässig. Wenn sie ihn töten wollte, müßte sie fest zutreten, so stabil ist diese Rüstung. Einige Male ist sie nahe daran, es zu tun.

Sie betrachtet die Abbildungen der Glühwürmchen, der flügellosen Weibchen der Leuchtkäfer, die ihre Lichtsignale senden, um die Männchen anzulocken. Und erinnert sich an Delphi. Juninächte, erhellt von den schwirrenden Leuchtkäfern in der Luft und vom glühenden Gewürm in den Büschen. Das

Feuerwerk erlosch, als der Mond triumphierend über dem Helikon aufstieg und das tiefer gelegene Pleistostal ins Licht hob. Das bedichtete Tal, nannte es die Begleiterin. Das Lob der Dichter liegt wie Tau auf Blättern und Zweigen! Eine Philologin. Wiepe geriet ja immer an Redner. Jeder Redner sucht sich instinktsicher einen Zuhörer. Kaum war der Mond da, war die Poesie mit ihm aufgegangen. Wie ein Taschenspieler zog diese Frau Strophen hervor.

»Willkommen, schöner, stiller Gefährte der Nacht!« wurde er begrüßt, die Bewunderung galt mehr Klopstock als dem Mond überm Tal, der die Ölbaumhaine in einen breiten, hellen Strom verwandelte, der dort, wo die Lichter sich drängten, bei Itea, in den Golf von Korinth mündete. Kein Wölkchen am Himmel, trotzdem wurde Goethe auf seine Brauchbarkeit hin geprüft. »Der Mond von seinem Wolkenhügel«, derweil der delphische Mond die Phädriaden, die Brennenden, anstrahlte. Sie schleppte alle diese erschriebenen und erdichteten Monde mit sich herum. Monde aus Jahrhunderten.

Korinth, kaum fiel das Wort, wurde von Wiepe nur als Ortsangabe erwähnt, da wandelte es sich sogleich zu Akrokorinth, das sich des Wanderers Blikken naht.

Wiepe erinnert sich an den Morgen, als sie auf den Parnassos gestiegen waren, bis hinauf zu den kreisenden Adlern, die eine Viertelstunde zuvor von der Begleiterin annonciert wurden, sie hatte ihren Erhart

Kästner im Kopf und unterm Arm, auf Schritt und Tritt. Sie hatte die Prophezeiungen der Pythia bereit, kaum daß Wiepe sich neben den Erdspalt gekauert hatte. »Erkenne dich selbst!« »Nichts zuviel!« Am Nabel der Welt, ein Blättchen Lorbeer kauend. Jemand rief: Eine Pythia, sie sieht aus wie eine Pythia! Die Reisegefährtin griff zur Kamera. Wie sollte Wiepe da noch etwas vom Atem der Gaia, der Erdmutter, spüren?

Sie wusch sich auf Wunsch am kastalischen Quell Gesicht und Hände für ein Foto. Sie stieg bereitwillig in eines der Siegerhäuschen im Stadion, zur Demonstration der geringen Körpergröße der attischen Sportler. Sie ließ sich im Amphitheater fotografieren, bekam Pindar zitiert, bei voller Ausnutzung der großartigen Akustik. Ganze Touristengruppen spendeten Beifall.

Der Wasserfall war bereits ausgetrocknet, schon der Juni war ungewöhnlich heiß und trocken. Noch eine letzte Mondnacht in Delphi. Sie saßen im Heiligen Feld, rundum die gestürzten Säulen und Marmorblöcke. Als hätte ein kindlicher Gott sein Spielzeug liegengelassen, wäre überm Spiel eingeschlafen. Die Gefährtin wurde nicht müde, Vergleiche und Zitate herbeizuschleppen, Bild auf Bild.

Am nächsten Tag nach Hosios Lucas, auf der Straße nach Theben, an jener Kreuzung vorbei, wo Ödipus sich zu entscheiden hatte. An Unterrichtung fehlte es auch diesmal nicht. Ein ganzes Kapitel Ödipus, ein wahrer Ödipuskomplex, derweil Wiepe den Wagen zu steuern hatte. Endlich das Kloster. Es war Wiepes Wunsch. Sie wollte byzantinische Engel sehen, Mosaiken. Dazu hatte sie sich Hosios Lucas ausgesucht. Das Kircheninnere war eingerüstet bis unter die Gewölbe. Im dämmrigen Inneren war kaum etwas von den Mosaiken wahrzunehmen. Der erwartete Eindruck blieb aus, zumal Rilkesche Engel in ganzen Scharen aufzogen und die anwesenden vertrieben. Im Hof trafen sie auf ein paar Mönche mit krausen Bärten und grauen Zöpfchen im Nakken, die sich zurückzogen, als eine Führung nicht gewünscht wurde. Die Gefährtin zeigte auf ihr Buch, sie trug ihr Wissen mit sich, eine Philologin bester Provenienz, auf die klassische Griechenlandreise gut vorbereitet, nichts dem Zufall überlassend.

In der Mittagsstunde dann jener unvergessene Augenblick, als Wiepe am Abhang stand und übers hüglige Tal sah, auf dessen Sohle Ölbaumblätter ihre silberne Unterseite nach oben kehrten, ein helles, verwirrendes Schwirren, dazu das Sirren ferner Grillen. Wiepe hob die Arme, wie schon einmal als Kind, stellte sich auf die Zehenspitzen. Sie hätte fliegen können, sie wußte es, spürt es noch heute als Zerren in den Armen. Ein Zuruf bewirkte, daß sie die Arme sinken ließ. Ein Schwall liebevoller Ermahnungen. Der Traum des Ikarus währte kaum zwei Sekunden, trotzdem war Wiepe so nah an seiner Verwirklichung wie nur menschenmöglich. Kein Gedanke an

Mike, den kalifornischen Schwiegersohn, und die gewünschte Flugmaschine. Sie wurde nach diesem Vorfall noch schweigsamer, nahm es der Begleiterin übel, als hätte es einzig an deren Zuruf gelegen, daß der Versuch mißraten war. Wenn je Menschen fliegen lernen, dann werden die Philologen die letzten sein, zur Strafe, daß sie sich immer mit Geistesflügen begnügen. Niemals wird sie der Wind auf seine Schwingen nehmen, da war Wiepe sicher.

Nachts der Mond und am Tag dann die Asphodelen. Diese Frau hatte niemals eine gesehen, interessierte sich nicht für Asphodelen, solange sie nicht lyrisch verarbeitet waren. Die so schön doch nicht sind, farblose Rispen, mehr Gras als Blume. Wiepe versuchte da aufzuklären, fand unterwegs sogar eine Wiese, hielt an, pflückte ein paar Rispen. Bevor sie den Mund öffnen konnte, saß Benn auf dem Zwischensitz. »Asphodelen, der Proserpina geweiht.« Wiepe hätte durchaus etwas zu sagen gehabt. Mit Liliengewächsen kannte sie sich aus, sie hätte sogar einen mythologischen Beitrag zu leisten gehabt. Die weiße Affodil galt den Griechen als Symbol der Trauer, sie wurde auf die Gräber der Verstorbenen gepflanzt. Statt dessen Benn. Hier diente die Natur nur als Vorwand, den ewigen Born großer Dichtung zum Überfließen zu bringen. Da nutzten keine Dämme des Schweigens. Der Ölbaum trug einzig und allein Zweige, um des Siegers Stirn zu kränzen, die Aleppokiefer wurde zu Poseidons Fichtenhain, wo man die Fichte brach, um damit des Sängers Schläfe zu umwinden.

Immerhin nahm die Philologin, Wiepe versucht vergeblich, sich an den Namen zu erinnern, wahr, daß Wiepe Eulenaugen hat. Eule der Minerva diesmal. Eine Eule nach Athen! Man war mittlerweile in Athen angekommen. Wiepe hockte auf den Marmorstufen der Propyläen und wartete geduldig, bis diese Frau mit frisch gestärktem Enthusiasmus zu ihr zurückkehrte. Von der Akropolis hat sie allenfalls die Erinnerung an den kühlenden Marmor unter ihrer Sitzfläche mit nach Hause gebracht. Honig vom Hymettos – die Bienen des Hymettos! Wiepe erklärte, daß sie ihn nun auch zu essen wünschte, die Bienen wenigstens summen hören wollte! Mit Worten war sie nicht zu befriedigen. Das war so leicht nicht, aber jeder Wunsch, den sie äußerte, wurde erfüllt. Bis an den östlichsten Zipfel Attikas, bis ans ferne Kap Sunion mußten sie fahren. Sie standen nebeneinander unter den Säulen, hoch überm Meer, und da tat es dann nur noch Sappho: »Nicht mit Ängsten, nicht mit Verzweiflung beuge, Herrin, den Mut mir!«

Wiepes Gedächtnis bewahrt die Zeilen wortgetreu. Nur, wie war der Name? Von jenem Moment an wurde sie »Herrin« genannt. Lesbos rückte nahe. Wiepe war ahnungslos, ohne Arg wie immer. An die Zuneigung einer Frau war sie nicht gewöhnt. Weder zu ihrer Mutter noch zu ihren erwachsenen Töchtern hatte sie ein zärtliches Verhältnis. Selten mehr als ein

Kuß zur Begrüßung, zum Abschied. Und jetzt diese junge Frau in Barbaras Alter, fast vierzig, blond, eher kühl, intelligent. Die letzte Umarmung wäre ohne den Skorpion die einer Frau gewesen. Abends auf der hölzernen Terrasse des Restaurants, nahe am Meer, wo sie nach dem Essen einen attischen Wein getrunken hatten. Die Gefährtin trug offene Sandalen, der Skorpion bohrte seinen Stachel in die nackte Ferse. Keine Tarantel! Nur der Schrei und der Sprung waren danach.

Ein Skorpion, wie hätte sie nicht an Bertram denken sollen? Es konnte nur er sein, der da eingriff. Ein Eisenstab wurde zum Glühen gebracht, im Herd war noch Feuer, der Wirt nahm die Operation eigenhändig vor, Eile war geboten. Die letzten Gäste, die Wirtin, die beiden Kellner, alle im Kreis, und dann wurde der kleine rote Einstich ausgebrannt. Die beiden Kellner hielten die Verletzte fest an den Armen, Wiepe nahm ihren Kopf in beide Hände, streichelte ihn sogar, dann tranken beide noch einen Uzo, die Wunde wurde mit Alkohol desinfiziert, alles wurde getan, aber das Gift der Ernüchterung war in die Gefährtin eingedrungen.

Wiepe war nicht auf Vollständigkeit bedacht; was die Skala menschlicher Leidenschaften anging, brauchte sie nicht Stufe um Stufe hinunterzusteigen. Sie faßte niemals Neigung zu einem jüngeren Mann, hatte nie den Wunsch nach derben Umarmungen, nach Primitivität, wie ihre Tochter Bébé.

Jedes neue Erlebnis muß mit der Preisgabe einer Erinnerung bezahlt werden, da muß Platz eingeräumt werden für neue Erlebnisse, bevor ein neues Bekenntnis über die Lippen kommen kann. Wie sehr hatte Markus Bertram ins Vergessen gedrängt! Das dauerte Jahre, bis er wieder an den ihm zustehenden Platz in ihrem Gedächtnis aufrückte. Ich liebe dich. Wem hat sie es überhaupt gesagt? Zu hören bekommen hat es keiner. Auch dafür ist es nun zu spät.

Man war in derselben Nacht noch nach Athen zurückgefahren, um einen Arzt aufzusuchen, einsilbig nun beide.

Ihre letzten Reisen machte Wiepe allein.

Der erste Kuß. Die letzte Umarmung. Das Gespinst der Erinnerungen, das sie aus ihrem Gedächtnis abspult, wird immer dichter, verwirrt sich immer mehr. Sie hüllt sich in einen neuen Kokon, aus dem es nur noch eine Verwandlung gibt.

Kein Hätte-ich-doch, kein Könnt-ich-doch-noch-einmal. Sie hat niemals in den Formen des Konjunktivs gelebt. Sie hat kein Betteln der kleinen Mädchen geduldet. Ich möchte aber doch gern! Sie hat sofort nachgefragt, was willst du, willst du das wirklich, bist du ganz sicher? Daß sie genau wußte, was sie wollte, war ihre Stärke gewesen. Sie konnte sich konzentrieren, und jetzt konzentriert sie sich auf die Beobachtung der Käfer, vor allem auf den schwarzen, schnürleibigen *Necrophorus Germanicus.*

Schmerzen. Dann wieder schmerzlose Phasen. Ihre Kräfte nehmen ab, ihr Geist verwirrt sich, ihr Gedächtnis unternimmt immer waghalsigere Sprünge, die Erinnerungsfäden verknoten sich, reißen, sie findet die Enden nicht mehr.

Wir lassen sie jetzt am besten allein.

Der Knopf von Bertrams Mantel steckt noch in der Tasche ihres Regenmantels, den sie an einen Nagel in eine der Dachkammern gehängt hat, achtlos, vor Wochen schon. Die türlosen Käfige schaukelt der Wind. Der Brief an Jenny, den sie, ebenfalls schon vor Wochen, begonnen hat, der durch den Klecks einer Taube unterbrochen wurde, liegt in einer der vielen Mappen, und das Buch, das Barbara aus Wien geschickt hat, liegt in einem Regal in ihrem Wohnzimmer. Es handelt sich dabei um einen Band »Geschichten« von Bert Brecht. Zwischen Seite 144 und 145 liegt Wiepes Vergrößerungsglas. Es ist also anzunehmen, daß sie die Geschichte von der »unwürdigen Greisin« gelesen hat, um die es ihrer Tochter Barbara vermutlich ging. Da gibt es einen Absatz, mit dem wir dieses Buch beschließen wollen.

»Genau betrachtet lebte sie hintereinander zwei Leben. Das eine, erste, als Tochter, als Frau und als Mutter, und das zweite einfach als Frau B., eine alleinstehende Person ohne Verpflichtungen und mit bescheidenen, aber ausreichenden Mitteln. Das erste Leben dauerte etwa sechs Jahrzehnte, das zweite nicht mehr als zwei Jahre.«

Über Christine Brückner
Aufsätze, Rezensionen,
Interviews
Herausgegeben von
Gunther Tietz
320 Seiten
Ullstein TB 22173

Von *Ehe die Spuren verwehen* bis zu den *Quints*: Christine Brückners Romane, ihre Erzählungen und *Ungehaltenen Reden* gehören zu den bekanntesten Werken der Gegenwartsliteratur. In diesem Materialienband werden sie einer gründlichen, auch kritischen Revision unterzogen; er vereint die wichtigsten Rezensionen und Interpretationen mit Gesprächen und Beiträgen namhafter Literaturwissenschaftler.